その時鐘は鳴り響く

宇佐美まこと

At that Time the Bell will Ring

Makoto Usami

東京創元社

目次

その時鐘は鳴り響く

プロローグ

「それじゃあ、失礼します」

二年生三人が入り口で振り返り、揃って頭を下げた。

「おう」

机の上に広げたスコアを見ていた高木圭一郎《たかぎけいいちろう》が顔を上げて答えた。

「ほんとに講義に出るんか。真面目《まじめ》やな」

「はい、高木先輩みたいに四年になってから苦労したくないもんで」

「早いうちにちゃんと単位を取っとかな」

二年生たちは口々にそんなことを言い、にやりと笑って去っていった。

「あいつらにつまらんこと吹き込んだんは、安原《やすはら》やろ」

高木は篠塚瞳《しのづかひとみ》に向かって言った。

「さあね」

瞳は高木と読み合わせていたパート譜を脇に寄せ、コーヒーの紙コップを手に取った。開け放たれた部室の出入り口の向こうの地面に、木の葉の影が揺れている。プレハブ小屋の部室のそばに大きなクスノキが立っているのだ。五月の今、クスノキには淡黄色の小さな花がいっぱい咲いている。その花が発する青っぽい匂いが、周囲に撒き散らされている。部室の前を通っていく新入生が、何の匂いだろうというように振り仰いでいった。

毎年春に繰り返される光景だった。

手の中の紙コップをくるくる回しながら、瞳は言った。

「ねえ、高木君」

「うん？」

スコアに目を落としたまま、高木が答える。

「高木君は卒業したらどうするの？」

「地元の会社で内定を一個もらっとるけど、たぶん、そこには就職せんと思う。もうちょっと就活を粘ってみるつもりや」

「ふうん」

瞳の気のない返事に、高木は身を起こした。そのまま、後ろの壁にもたれる。ベニヤ板の壁は頼りなくしなった。

「篠塚は？　どうするんや？」

それには答えず、瞳は遠い目をして外を見やった。風が吹き、部室の屋根に被さるように繁っているクスノキからの青い匂いがますます濃くなる。

「不思議だねえ。来年の今頃は、皆ばらばらになってるんだから」

「まあな。ばらばらなとこから集まってきて、この大学で一緒のサークルに入ったんやからなあ」

瞳はコーヒーを一口飲んだ。

「二十年、三十年後はどうなってるんだろう、私たち」

プロローグ

「そんな先のことまで考えたことなかったな」

紙コップに歯を当てたまま、瞳は小さく笑った。

「高木君はまだピアノで『想い出のサンフランシスコ』の練習をしてるかもね」

「全然上達してないやろな」

高木も話を合わせた。瞳はコップを机の上に戻す。

「ねえ、私はこんなことを想像するの。何十年か経って、私たちの誰かがどこかの街を歩いているの。するとコンサートホールの前の掲示板に、気になっていたコンサートのポスターが貼ってある」

瞳はちょっと考えて「たとえばポール・モーリアとかレイモン・ルフェーブルとか」と言った。どちらも自分たちのコンサートのポピュラーステージで取り上げた作曲家だ。

「ほんで?」

耳だけ瞳に向けておいて、高木はスコアを取り上げた。

「ちょうど今からコンサートが始まるってことに気づく。で、入ろうかどうか迷うわけ」

「どうするかなあ。もう音楽からは長い間離れとるんやろ?」

「そう。もう興味も薄れてるかもしれない。時間の無駄だと思うかも。それで長いこと、その場で立って迷うのよ」

「決断力がないなあ。それ、南田《みなみだ》やろ」

また瞳は笑った。

「その時、コンサートホールの階段の上から誰かの声が聞こえたような気がして、見上げるんだけど、誰もいない」

高木はスコアを下ろして、瞳に向き合った。

「日本のどこかの街で、偶然に私たちは同じポスターを見て、こんなふうに引き寄せられて再会するかもしれないね」

「いつかどこかのコンサートホールで？」

瞳は紙コップの縁を人差し指でなぞりながら頷《うなず》いた。

「そう。階段を上ってチケットを買ってホールに入りさえしたらね」

「一人一人、別々のとこから来て、同じポスターを見るんや」

また頷く。高木も微笑《ほほえ》んだ。

「ポスターを見た時、皆の頭の中で鐘が鳴り響くんやな」

クスノキがざわりと揺れ、トタン屋根を枝が叩いた。

第一章　血だまりの中の花びら

　黄色い現場保存テープの下をくぐる時、頭の後ろで束ねた髪が引っ掛かった。そばに立っていた制服の警察官が、テープをちょっと持ち上げてくれた。先にくぐった先輩刑事の志賀《しが》は、振り向きもしない。

「ありがと」

　黒光亜樹《くろみつあき》は制服警官に向かって小さく呟《つぶや》いた。おそらくここから近い法善寺《ほうぜんじ》交番の巡査だろう。まだ学生といってもいいような若い彼が見ているのは、亜樹の腕に通した「捜査」と記された腕章か、それとも急いでゴムで一括りにしたためにぐちゃぐちゃの髪の毛だろうか。

　暗闇の中でライトの光があちこち動いている。

「マル害は?」

　志賀が警察官の一人に問うた。最初に現場に到着した巡査から、被害者の死亡は確認済みだと報告が上がっていた。規定通り、呼吸停止、心拍停止、瞳孔散大を確かめたのだろう。答えが返ってくる前に、志賀は白手袋をはめ、自分の靴にビニールカバーを掛けた。亜樹もそれに倣う。

遅れてテープをくぐってきた草野《くさの》が、もたもたと手袋をポケットから取り出している。

　小太りの草野が手袋や靴カバーと格闘しているのを尻目に、志賀と亜樹は先に進んだ。

　ざっと見たところ、現場に到着しているのは四人だ。交番の巡査が二人と赤羽《あかばね》署の自動車警ら班の地域警察官二人のようだ。彼らは通信指令本部からの無線に従って、殺人現場に駆け付けたのだろう。そして緊張しながらも定石通りに現場保存をきっちりやっている。

「あそこです」

警ら班の班員が指を差すと同時に、ライトを奥に向けた。コンクリートで固められた地面に、人がうつ伏せに倒れているのがわかった。

「通報者はどこ？」

「はい、パトカーのそばで待機してもらっています」

亜樹の問いに、班員はてきぱきと答えた。名前は知らないが、見覚えのある顔だ。通報してきたのは、偶然ここを自転車で通りかかった通行人とのことだった。車内灯のついたパトカーの近くに自転車を支えた人物が立っていた。さっきテープを持ち上げてくれた巡査がそばにいて、言葉を交わしているようだ。

パトカーの中では時折受令機が「ピーッ」と鳴り、その都度巡査が頭を突っ込んで対応している。おおまかな状況は、彼の口から通信指令本部に伝わり、そこから各方面に指令が出されているることだろう。

「ホトケさんを拝んでおくか。鑑識が来たら当分近寄れないから」

「そうですね」

志賀の後ろから亜樹はついていった。バタバタと派手な靴音を立てて草野が続く。緩い上り坂になった道路の右手に赤羽台《あかばねだい》団地の団地棟、左手は並木だ。団地側の歩道の手前に車止めのガードパイプがある。歩道の石畳の隙間から雑草が伸びていて、ガードパイプの下で茶色く立ち枯れていた。歩道の奥で体はうつ伏せに、顔だけは横向きという状態で倒れていたのは、体格のいい男性だった。

　志賀は慎重に死体に近寄り、腰をかがめて観察した。彼の後ろで軽く手を合わせた亜樹も、身を乗り出した。警ら班員はそれに従ってライトを近づけた。五メートルほど先に街灯が立ってはいるが、届く光はすこぶる弱い。

　高台にある団地の裏を通る道路の周辺は、緑の植栽が多い。それだけ空間もゆったりしているということだ。車道の向こうは斜面になっていて、幹の太い木が何本も植えられていた。暗くて種類が判然としない木々の根元は土だが、団地棟が並んでいるこちら側は、歩道の横に高いコンクリートブロックの壁がそそり立っていて、いかにも無粋な感じだ。男が倒れているのは、そうした壁と壁の間に形づくられた中途半端な三角形の空間だった。

　年齢は六十過ぎというところか。両目は閉じているが、眉間に皺《しわ》が寄り、苦悶《くもん》の表情を浮かべているように見える。首の左側が大きく切り裂かれていて、そこから流れ出した血液がコンクリートの地面を汚していた。それだけではなく、伏せた体の下からも大量の血が流れ出ているから、体の前面にも傷があるのだろう。それらの血液は固まり始めていた。

「コロシで間違いないな」

　志賀は素早く死体から離れて言った。背後で草野がひゅっと息を呑む気配がした。いちいち音を出さずにいられない男だ。亜樹はもう一度よくマル害を見た。身に着けているものは上等そうだ。髭《ひげ》もきれいに剃ってあるし、髪の毛もきちんと整えてある。赤羽駅付近で見かける酔っ払いとは違う。きちんとした職業を持ち、そこからの安定した収入で生活している人物だと目星をつける。

「犯人は逃走中ということでいいんですかね」

草野は年齢は亜樹と同じ三十二歳だが、一度別の職に就いていたので、警察官を拝命したのは亜樹より二年後だった。刑事課に配属になったのも亜樹の方が先だ。そのためか、同じ巡査部長という階級なのに亜樹には敬語を使う。

「たぶんね」

亜樹は背中を向けたまま答えた。

「じゃ、じゃあ、捜査本部がうちの署に？」

「うるさい」

志賀が一言で黙らせた。ライトを掲げた警ら班員に詳細を問い質す。

「凶器は？」

「見当たりません」

彼は硬い口調で答える。

「だが、まだよく捜してないんだろ？」

「はい。現場に着いたのが二十分ほど前ですので」

この人員では現場保存が精一杯だろう。

「セカンドバッグがあるな」

男の体のそばに、黒いバッグが落ちていた。亜樹にもわかる高級ブランドのバッグだった。ファスナーはきちんと閉まっていて、物色された形跡はない。

「身元はすぐ割れるだろうな」

「ええ。それにあれ——」

亜樹は、男の顔の横にある左手を指差した。流れ出した血で汚れた手は大きく開かれていた。

手首に巻かれた腕時計の針が、懐中電灯の光の中で動いているのが見て取れた。銘柄はわからないが、この時計も値が張るもののようだ。

「ほう」

志賀が声を上げた。男の左手の薬指が、第二関節のところで欠損していた。

「今、切られたってわけじゃなさそうだ」

指の切り口は肉が巻いて丸くなり、古い傷だということが知れた。身元を特定するのに大いに役立つ身体的な特徴だ。亜樹は、指先を見ようとできるだけ体を傾けた。すると、つんと鼻にくる匂いがした。甘いお香の匂いの中にぴりっとした苦い匂いが混じっている。それに青い樹木が発するような匂いが重なる。それが死んだ男から漂ってくるのだ。

「ん？」

亜樹は一人でガードパイプを回って死体に近づいた。奥まった三角形のそこは、団地の敷地内になるのか、それとも道路に含まれるのかよくわからない。

「おい」

志賀が後ろから咎《とが》める。殺人現場で最優先されるのは鑑識作業だ。それまでは刑事課員でもむやみに死体に近づくことは禁じられている。それは亜樹も重々承知していた。それでも特徴的な匂いに惹かれて、つい歩を進めた。地面に広がった血液部分を踏まないように慎重に。

死んだ男が発する匂いは、彼の衣服に沁みついているようだ。やがて時間が経てば、夜の空気に溶けてなくなってしまうかもしれない。亜樹は鼻腔《びこう》に流れ込んでくる匂いに神経を集中した。

エスニック料理で嗅《か》ぐ匂いに似ている。あ、これ、クローブの匂いだ。そう思った途端に、志賀に肩をつかまれて後ろに引き戻された。

「お前、いい加減にしろよ」

「すみません」

一応、素直に謝っておく。赤羽署で初の女性刑事であるという立場はわきまえているつもりだ。ことさら突っ張っても反感を持たれるだけだ。

東京都北区《きた》赤羽西《あかばねにし》。三月二日の今は、まだ夜明けまでには一時間以上ある。都会の真ん中だが、春先の気配を含んだ空気はどことなく清冽《せいれつ》だった。赤羽署で当直当番だった亜樹が、通信指令本部からの無線を聞いたのが午前三時五十一分のこと。すぐに志賀と草野と三人で、警察車両に乗って飛び出した。被害発生の一報に対応して、当直当番の三、四人が現場臨場部隊となるのだ。髪の毛は乱れ、顔はすっぴんに近いがいつものことだ。二人とも気にしてはいないだろう。

歩道に戻ろうとして、足下の血だまりに目をやった。警ら班の班員は、律儀にライトを向けてくれている。

「ちょっとここを照らしてみて」

「はい」

志賀が聞えよがしに舌打ちするのはあえて無視した。亜樹はその場にしゃがみ込んだ。地面に顔を近づける。光の輪が、血液がいっぱいに広がった地面を照らし出す。緩い下りの傾斜で、大量の血も低い方向に流れている。コンクリート面を汚した血液の中に、小さくぽっかりと空《あ》いた部分があった。そこだけ血液が付着していないのだ。

「何でしょうね、これ」

亜樹の声に、志賀も覗《のぞ》き込んできた。

「花びら、みたい」

流血がハート形にくり抜かれている。そこを亜樹はつくづく眺めた。

「花びらが風で飛んできたんだろ」

志賀はすぐに興味を失った。

「そして、また風で飛ばされたんですかね？」

亜樹は立ち上がって辺りを見渡した。それらしき花びらは見つからなかった。遠くへ飛ばされてしまったのだろうか。

「花ぐらい咲いてるだろうが。春なんだから」

「はあ」

「そんなもんより、凶器とかのブツを捜すのが先だろ」

その時、道路を警察車両がやってきた。赤羽署の鑑識係だ。無駄口を叩くことなく、資器材を提げて現場に向かってくる。すぐに投光器が現場を明るく照らし出した。じきに本庁からも機動捜査員や刑事部捜査一課の刑事がやってくることだろう。もしかしたら本庁の鑑識課員も出張ってくるかもしれない。そうなると、この静かな場所は警察官で溢れて、騒然となるに違いない。

その時、志賀のポケットの中で携帯電話が鳴った。

「はい、志賀です。今臨場しています。はい――、はい」

通話の内容からして、赤羽署の刑事課長のようだ。現場の様子を尋ねてきたのだろう。

「重見《しげみ》さん」

亜樹は顔見知りの鑑識員に声をかけた。

「ここ、この部分、写真撮っておいてください」

さっきの花びらの跡を指差した。重見は、地面を一瞥《いちべつ》したが、答えることなく死体の横にひざまずいた。別の鑑識員がカメラを構えて死体の写真を撮り始めた。現場の写真はくまなく撮るはずだ。余計な口出しはするなということか。

「黒光」

課長との電話を終えた志賀が寄ってきた。

「お前、通報者を署に連れていって聴取しておけ」

「私一人でですか?」

「そうだ」

「わかりました」

手袋と靴カバーを取っていると、草野が亜樹の背後で大きなくしゃみをした。

「バカ。お前の唾《つば》で現場を汚すな」

志賀が怒鳴りつける。

「す、すみません。花粉症なもんで」

草野は、ティッシュで洟《はな》をかみつつ、ペコペコと頭を下げた。

亜樹が踵《きびす》を返して道路に出ようとした時、警察車両が数台連なってやってきた。亜樹の目の前で停車する。開いたドアからはスーツ姿の警察官がどやどやと降り立った。規制線の中に入ってくる。本庁からの機動捜査隊員が到着したのだ。「一機捜」と記された腕章を見てわかった。

彼らは現場内で立ち尽くす女性刑事の前を通り過ぎていった。鑑識活動からは少し離れたところで、志賀と相対している。草野はくしゃみをこらえているのか、赤い顔をしてハンカチで鼻を押さえていた。

ぞくぞくと集まってくる車両と警察官に異変を察したらしい住民がぽつぽつと出てきて、黄色いテープの向こうに立っている。鑑識員は青いビニールシートを張って、手早く現場を覆い隠した。警ら隊員が野次馬の整理を始めた。ここは赤羽台団地のすぐ裏に当たるのだ。住民の数は多い。聴き込みをするのは骨だろうなとふと思った。

機捜は、すぐにでも目撃者捜しに散っていくだろう。凶器などの証拠品を捜す者もいるだろう。彼らは被疑者検挙に向けて動く初期捜査のプロだ。その捜査手法を、亜樹はまだまともに見たことがなかった。騒然となった現場からは離れがたかったが仕方がない。

亜樹も緊張していた。赤羽署の刑事課に配属されて二年半。赤羽駅周辺の飲み屋街で、暴力行為がエスカレートして殺人にまで発展した事案を取り扱ったことはあるが、犯人は現行犯逮捕できた。犯人が逃走していて、一から捜査を始める殺人事件に出くわしたのは初めてだった。

草野が言うように赤羽署に捜査本部ができるとしたら、これも初めての経験だ。

赤羽台から仰いだ東の空は、少しずつ明るみを増していた。連なる家々やビルの輪郭《りんかく》がはっきりとし始めた街を見下ろし、亜樹は大きく息を吸い込んだ。現場保存テープをくぐる時、また警察車両が二台やってきた。今度は本庁捜査一課の刑事だろう。後ろ髪を引かれる思いで、亜樹はパトカーの方へ歩いていった。

「だから、さっきのお巡《まわ》りさんに全部しゃべったんだって」

「お時間を取らせてしまって申し訳ありませんが、ご協力をお願いします」

パソコンを前にして、亜樹は頭を下げた。佐川《さがわ》と名乗った通報者は、大仰にため息をついた。今から聴取する事犯の概要は、きちんと書類にしてプリントアウトし、本人に提示して間違いがないか確認しなければならない。書類作成業務は、警察の仕事の大きな部分を占めている。

亜樹は佐川から、死体を発見した時の状況を丁寧《ていねい》に聴き取っていった。事件の端緒《たんちょ》となる第一発見者の証言は重要だ。

佐川は赤羽駅の東口にあるカラオケルームの店員だった。何人かでシフトを組んでいて、彼の仕事が終わったのは午前三時。制服から私服に着替えて、カラオケルームを自転車で出たのが三時二十分頃。

「で、あそこを通りかかったわけ」

彼が住むワンルームマンションは、もう少し先の赤羽西六丁目にあるという。

「すぐに人が倒れていることに気づきましたか？」

あの場所はかなり暗かった。死体があったのはガードパイプの向こうだし、背の高い雑草も生えていた。自転車でさっと通るだけではなかなか気がつかないところのように思えた。

「俺の自転車は特別仕様のハロゲンランプだからね。結構遠くまで照らしだすんだ。付属品じゃなくて、自分で買って付けたんだ」

そこまで言って、「自転車、ちゃんとあそこで保管してくれてるんだろうな。野次馬に持っていかれるってことになったりしないよね」と念を押した。かなり自転車には思い入れがあるらしい。ちらっと見ただけだが、そういえば凝った仕様の自転車だった気がする。

緩い坂道を上っていく時、疲れていてハンドルがぐらついたという。それで彼自慢のハロゲンランプが歩道の奥の空間を照らし出したというわけだ。

「人だということはわかった」

佐川は真顔になった。

「酔っ払いが寝てるのかと思ったんだ。最初は」

だが違った。佐川は気になって自転車から下り、スマホのライトで照らしてみたそうだ。それであの大量の血液を見て肝を潰した。

「死んでるって気がついた」

佐川は唾を呑み込んだ。

「それはガードパイプの外から？　それとも奥まで足を踏み入れましたか？」

「外からに決まってんだろ？　死体になんか近寄りたくないよ」

それですぐさま一一〇番に電話して、道路でパトカーが来るのを待っていたと言った。

「その時、誰かを見ませんでしたか？」

「見てない」

「じゃあ、現場に着くまでは？　人や車とすれ違ったということは？」

「ないね。いつもあそこを通って家に帰るけど、あの時間は人通りはほとんどない」

辺りは静かだったので、不審な物音も聞いていないと佐川は証言した。死体の様子やそれを見つけた正確な時間などを問い質した。執拗《しつよう》に聴取する亜樹に、しだいに佐川は苛立《いらだ》ってきた。

「なあ、もういいだろ？　知ってることは全部話したんだから」

プリントアウトした調書にも、ぞんざいにしか目を通さない。

「きちんと見て確かめてください」

亜樹の言葉に不機嫌さを隠そうともせず、机の上の書類に目を落とした。

「あなたの名前、住所、年齢、勤め先も」

「わかった、わかった」

犯罪絡みの事案に対応するたびに、こういう態度を取られることにはもう慣れた。女性だから軽く見られているとも思わない。そういうことでいちいち腹を立てていたのでは、刑事なんて務まらない。

「じゃ、もういいだろ」

腰を上げかけた佐川を押しとどめる。

「すみませんが、もう少しここでお待ちください」

「は？　何で？」

佐川は、別の刑事を相手に何度も同じことを繰り返さねばならないだろう。たとえば赤羽署刑事課強行犯捜査係の亜樹が所属する班長の白石《しらいし》や、本庁捜査一課の刑事に。夜勤明けの彼には申し訳ないが、まだ解放するわけにはいかない。佐川は大あくびをして脚を組んだ。

通報者がお役御免になって家路についたのは、それから二時間後のことだった。現場まで警察車両で送られ、自転車にまたがってよろよろと去っていったという。現場に残っていた草野が後で教えてくれた。彼の話では、機動捜査隊員が周辺の聴き込みや遺留品の捜索に当たっているらしい。赤羽署の刑事課員も全員招集されて初動捜査に全力を尽くしている。

夜が明ける前に本庁からも鑑識がやってきて、作業を始めたそうだ。所轄《しょかつ》署の鑑識係は刑事課に所属していて、あらゆる事件現場に出動して活動する。しかし殺人事件などの場合には、本部鑑識と呼ばれる警視庁の刑事部鑑識課の職員が出動してくる。

鑑識作業の後、遺体は赤羽署に運ばれて検視を受けているとのことだった。本部鑑識課に所属している検視官が担当している。検視が終われば、どこかの大学病院の法医学教室に送られて解剖に付される。被害者のものと思われるセカンドバッグも調べられているはずだ。

赤羽署の中は現場から引き上げてきた捜査員たちや、殺人事件発生の報により、新たに招集された署員たちで、ざわついている。

「絶対特捜ができますね」

自席についてパソコンに向かっていた草野がこそっと囁《ささや》いてくる。

「たぶんね」

「緊張しますね」

言いながら、草野の視線はパソコンの画面に向かい、指は高速でキーを叩いている。草野は正確で緻密な書類を作成することにおいては定評がある。たぶん今は現場見取り図を作成しているのだろう。特捜本部ができれば、これが捜査員に提示されるのだ。

草野の予想通り、赤羽署の中に『赤羽台路上男性殺人事件』の特捜本部が設置されることになった。殺人事件が発生すれば、たいてい特捜本部が所轄署の中にできる。ここで本庁から出張ってきた捜査員と所轄署員が協力して捜査をするのだ。そこまではスムーズに決まったようだ。だが、今回はやや問題があった。都内にもう一つ特捜本部が立っていた。品川《しながわ》署に設置された『十代女性連続殺人事件特別捜査本部』だ。

端緒の殺人は品川区内だが、他の二件の殺人は港《みなと》区と豊島《としま》区で発生したために合同捜査本部になっている。日が暮れてから帰宅途中の高校生やアルバイトなど、若い女性が車に押し込められて連れ去られ、後日死体で見つかるという残虐きわまりない犯罪だ。連れ去られた直後に乱暴されて殺害されるという酷似した手口から、同一犯によるものと断定されて捜査が進んでいた。三人も若い女性が殺されたのだから、本庁もその捜査の方に注力している。どうも被疑者が浮かんでいるようだ。要するに品川署の特捜本部の捜査は、大詰めを迎えているということだ。

当然、警視庁の捜査員もそちらに多く投入されていた。こちらの特捜がどんな布陣になるかはまだよくわからない。いずれにしても特捜本部が設置されるとなると所轄は大変だ。刑事課員も手が空いているわけではない。それぞれ担当の事件捜査に当たっているのだ。そこからやりくりして人員を特捜に割《さ》かねばならない。亜樹も目下のところ、管内で起きた強盗事件の捜査にかかっていた。現場臨場部隊として一番に駆け付けた志賀や草野を含めて亜樹も特捜に組み込まれるだろう。そうした場合、抱えていたヤマは棚上げになるのだと聞いていた。

「黒光さん」

「え？」

席から立った草野が見下ろしている。さっきから何度か声をかけていたようだ。

「何ぼうっとしているんですか？　午後一時から記者会見をやるそうですよ」

「そうなの？　誰が出るの？」

物思いにふけっていたことを悟られまいと、何とかぴりっとした声を出した。

「本庁の捜査一課長ですよ。殺害現場の視察も終えられたみたいで、今、署長室で打ち合わせ中だそうです」

草野は案外耳ざとい。捜査現場では白石や志賀に怒られてばかりだが、署内の情報をどこからともなく仕入れている。どうしてその情報収集能力を捜査で生かせないのかと亜樹はいつも思うのだ。

草野の言う通り、昼前から報道各社の記者が集まり始めた。未明から現場に臨場していた亜樹は、朝から何も口にしていなかった。特に空腹は感じなかったが、草野に言われて一緒にコンビニで買ってきたおにぎりとお茶とで簡単な食事を済ませた。特捜本部ができると、捜査会議も始まる。それに備えるためにも腹ごしらえをしておかねばならない、とは草野の弁だ。それに亜樹も賛同した。たった十分ほどで終わる食事だったが。

「黒光さんは、本庁の石田《いしだ》捜査一課長に会ったことあるんですか？」

三個目のおにぎりを頬張りながら、草野が訊いてくる。

「あるわけないでしょ」

「ですよね。自分らからしたら雲の上の人ですもんね」

それはいささかオーバーな言い方だとは思ったが、黙っていた。だが、警視庁の捜査一課長が所轄に出張ってくることは、殺人事件が起こって特捜本部でも設置されない限りないのではないか。前にいた麴町《こうじまち》警察署でも、この赤羽警察署でも、そういう機会には出くわさなかった。

捜査一課長による緊急の記者会見が始まる前に、白石班長に呼ばれた。草野は四個目のおにぎりを目を白黒させながら呑み込んで、班長の席に寄っていった。志賀もそこにいた。彼から詳しい報告は受けていただろうが、白石はもう一度亜樹と草野にも未明の臨場の様子を質した。二人の話を黙って聞いた後、白石は口を開いた。

「マル害の身元が割れた」

「え？　そうなんですか？」

素《す》っ頓狂《とんきょう》な声を出した草野は、志賀に睨《にら》まれた。

「捜一がセカンドバッグの中を検《あらた》めたんだ。その中に運転免許証やマイナンバーカードが入っていた。簡単なことだ」

志賀がぶすっとした顔のままで説明した。現場に残っていた彼は、身元につながるものを先に本庁の刑事に見つけられたことを悔しがっているのかもしれない。鑑識の作業が終わるのを待っているうちに、本庁の刑事に先を越されたのだろう。

「名前は根岸恭輔《ねぎしきょうすけ》。六十一歳。住所は西《にし》が丘《おか》一丁目」

「今、機捜が確認に入っている」

白石の説明に、志賀が付け加えた。

「うちの署も総力を挙げて特捜本部の捜査に加わらなければならない。鹿嶋《かしま》課長も気合が入っている」

四角い白石の顔がぽっと上気した。彼も刑事課長からよくよく言い含められたのだろう。所轄は所轄でやるべきことを粛々《しゅくしゅく》とやるのみだと、白石は言った。

「当然特捜本部には、お前らも参加してもらう。一番に臨場したんだからな」

「はい」

「捜査会議は午後三時からだ」

「わかりました」

草野はぴんと背中を伸ばして返事をした。突き出た腹を覆うスーツがぴちぴちで、ボタンが弾け飛んでいきそうだった。

石田捜査一課長は、広報担当の副署長を従えて記者会見をした。まずは被害者の名前と年齢。正式に発表したということは、機捜によって確認が取れたのだろう。今頃は関係者から事情聴取しているのかもしれない。続けて現場の概要と検視官が報告した死体の傷の状況を発表した。記者から被害者の職業や犯人の目星、現場の状況について質問が飛んだようだが、捜査一課長は、すべて「捜査中です」と答えた。

捜査会議までにはもう時間がない。赤羽署では、急いで専従捜査員を選定した。刑事課から多くの人員が特捜に回された。それでも足りないので、交通課や地域課からも招集されるらしい。

しかし間に合わせで頭数を揃えただけでは、本庁から「使い物にならん」と言われるので、鹿嶋刑事課長は苦心惨憺《くしんさんたん》しているようだ。そういう裏事情まで、草野は聞きつけてきて亜樹に耳打ちしてくれた。

署員が二百九十人ほどしかいない赤羽署では、特捜本部を構えるのは大変なことだ。人員配置のみならず、捜査本部の設営にもかからなければならない。署長、副署長までがおおわらわだった。

亜樹たち現場臨場部隊は、捜査会議で報告をしなければならないというので、その打ち合わせと書類の作成で時間はあっという間に過ぎていった。

午後三時よりだいぶ前に、亜樹は草野とともに捜査会議場に入った。

赤羽署の警務課員が総出で講堂を作り替えたという会議場は、なんとか形になっていた。入り口には墨で黒々と書かれた『赤羽台路上男性殺人事件特別捜査本部』という看板が掲げられていた。捜査員からは戒名と呼ばれるものだ。会議場内にはスチール製の長机がずらりと並べられていた。ざっと見たところ、五十人は座れるようだ。捜査員と向かい合うようにひな壇が配置されていた。スチール机には、ぽつぽつと捜査員が着席している。赤羽署員だけではなく、本庁から来た刑事も混じっている。

「おい、クロ」

聞き覚えのある声が飛んできた。

「飯田《いいだ》さん！」

亜樹は、真ん中辺りの席で手を挙げた刑事に駆け寄った。

「飯田さん、特捜本部に来られたんですか?」

五十歳近い刑事は、目尻に皺を寄せた。

「ああ、赤羽署の特捜に行くよう言われたから、お前さんに会えると思ってたよ」

「じゃあ、一緒に捜査できるんですね?」

つい弾んだ声が出てしまい、亜樹は慌ててトーンを落とした。

「まさか飯田さんがこっちの捜査に加わってくれるとは思っていませんでした」

言いながら、飯田の隣のパイプ椅子に腰を下ろした。草野はおずおずと斜め後ろの席に座った。

「本庁も人手がないのさ。ほら、例の事件の方に取られて――」

亜樹は「ああ」と頷く。やはり本庁は「十代女性連続殺人事件」の方に重きを置いているのだ。

「赤羽は特捜本部編成の手続きをしたけど、本庁の捜査一課はそういう事情で、手の空いている殺人班は一つもなかった。他の事件にかかっている刑事を招集して、寄せ集めの派遣隊を作るしかなかったのさ」

本庁の方でも、赤羽署の刑事課と同じことが起こっていたわけだ。隠さずに内情を説明してくれる飯田の話を聞きながら、亜樹の心は浮き立った。殺人事件に関わりながら不謹慎だとは思うが、飯田とまた一緒に仕事ができることが嬉しかったのだ。

飯田は、亜樹を刑事に推薦してくれた恩人だ。新米刑事となった彼女を指導してもくれた。都内の大学を出た亜樹は、警察官を志した。高校時代に遭遇したある事件が、亜樹の人生を方向付けたのだった。

警視庁に入庁後、麹町警察署の配属となった。まずは地域課の巡査として交番勤務についた。交番での仕事に励みつつ、亜樹は巡査部長への昇進試験を受けるべく勉強を続けた。警察は厳格なヒエラルキーが存在する組織だ。ここに入ったからには上を目指すしかない。入庁した時から刑事になると決めていたから、その努力は惜しまなかった。

そもそも麴町警察署は、皇居や霞《かすみ》が関《せき》を抱える重要な管轄域だ。警察学校での成績のよい者が配属されると言われていた。そういう点で自分は有利だと考えたのだが、現実は厳しかった。ハードな勤務をこなしながらの勉強はなかなか難しい。二度受験して失敗し、三度目にようやく巡査部長となった。

警察では、昇進すると配置換えがあるのが決まりなので、赤羽警察署に配属となった。そこで亜樹は少しばかり落胆した。エリートが配置される麴町署とは違って、東京都二十三区の北の端に位置する北区赤羽は、そう重要視されていない地域のように見受けられた。荒川《あらかわ》を越えればそこは埼玉県。労働者の街と言われ、赤羽駅周辺は多くの居酒屋が立ち並んでいて治安も悪いイメージがあった。一応、山の手の目黒《めぐろ》で生まれ育った亜樹には馴染《なじ》みの薄い土地柄だった。

「まあ、赤羽？　そんな遠いところへ配属されるなんて」

思ったことをすぐに口にする母にもそんなふうに心配された。そして続く言葉はいつも一緒だ。

「警察官なんかにどうしてなったのかしらねえ」

三十歳を超えてからは、それに結婚を促す言葉がくっついてくるようになった。ずっと専業主婦だった母の美弥子《みやこ》は、いつまでも子どものように無邪気で純粋すぎるきらいがあった。そういうところが、ばりばり仕事がしたい亜樹を時折苛立たせるのだった。

だが赤羽署に配属されたことが、亜樹にはいい方向に働いた。恩人となる刑事課にいた飯田に出会ったからだ。

赤羽署でも交番勤務で、自転車泥棒から空き巣、ひったくり、傷害事件などの細かい検挙を積み重ねた。せんべろと呼ばれる飲み屋が昼間から営業し、風俗店も多い猥雑《わいざつ》な赤羽では、こういった犯罪に出くわすケースが多かった。

酔っ払いや怪しい外国人にも怯《ひる》まず、こつこつと検挙に励む女性巡査部長は、署内ではわりと目立っていたと思う。ある時、たまたま検挙した人物が薬物を所持しているということがわかり、刑事課に引き渡した。地域課の仕事はその申し送りで終わりだった。

そこで飯田に声をかけられた。たいていの刑事は、いくら巡査部長でも女性というだけで偏見の目で見る。まして特別な地位の刑事に取り立てようなどとは思いもしない。それなのに飯田は言ったのだ。

「黒光、刑事になりたいのか？」

そばにいた別の刑事課員が、ぎょっとしたように飯田を見返したのがわかった。飄々《ひょうひょう》とした飯田はまったく気にしていなかった。

「お前さん、なかなか実績を上げているそうじゃないか」

「はい！　ありがとうございます」

「どうなんだ？　その気があるのか？」

「はい。あります」

たぶん、緊張のあまり体はこちこちになり、顔は紅潮していたと思う。

「そうか。わかった」

その時はそれだけだった。しばらくは何の音沙汰もなかったのだが、飯田は、刑事課長に話を通してくれた。その後、刑事課長と当時の署長の推薦を受けて、亜樹は刑事になるために必要な捜査専科講習を受けることができた。そこでも懸命に励んで優秀な成績を残し、晴れて刑事となった。後で聞いたところによると、女性や子どもが巻き込まれるなど、多様化する犯罪に対して女性刑事を増やさねばならないという上の意向もあったようだ。

とにかく亜樹はチャンスをものにした。刑事課に配属されると、亜樹は飯田に一から刑事の仕事を仕込まれた。ベテラン刑事の飯田が目をかけているということで、赤羽署の中では一目置かれるようになった。もちろん、刑事になってからもたゆまず職務に励んだこともある。とにかく手を抜くことが性分的にできないのだ。今では男女の壁もそう感じられなくなるほど、同僚や上司からも評価されている。

実家から出て、赤羽署の近くのマンションに引っ越した。宿直当番にも夜中の呼び出しにも応じられるようにという熱意からだった。母はさらに心配したが、振り切った。馴染んでしまえば、赤羽は別に怖い街でも品の悪い街でもなかった。近年は都市整備も進み、清潔でおしゃれな街になった。赤羽駅には多くの路線が乗り入れていて都心へのアクセスもいいし、商業施設も充実している。住んでいる人々も庶民的で優しい。犯罪率はやや高いが、何といっても自分は警察官なのだ。恐れることはない。

目まぐるしく数年を赤羽署で過ごしたが、やりがいはあった。勉強する時間がなかなか取れなくて、次に目指す警部補の試験は今のところお預けになっているが、いずれは受験したいと思っている。

ところが一年前に、恩人の飯田は警視庁へ異動になった。本庁と所轄との間は人事異動での入れ替えはさかんに行われているから、仕方のないことではある。飯田自身、過去に一度本庁勤務を経験していると言っていた。その時は生活安全部だったらしい。

五十の声を聞く年齢になった飯田にとっては、本庁刑事部の捜査一課に異動するということは、栄転を意味する。いつまでも彼に甘えているわけにはいかない。そう思って気持ちを吹っ切ったのだった。

その飯田が、古巣の赤羽署に設置された特捜本部へ招集されてきたのだ。亜樹としては高揚するのは当然だ。それがつい出てしまった。

「飯田さんが来てくれたら、心強いですよ」

本心からそう言った。飯田はくしゃりと破顔した。見慣れていた笑顔に、亜樹の顔もほころぶ。

「俺は今、第六強行犯捜査に所属してるんだ」

首を傾《かし》げた亜樹に「強盗犯捜査第一係だよ」と続ける。

「だからさ、殺人犯捜査じゃないんだ。だけど人が足りないってんで駆り出された」

「でも……」

ベテラン刑事には違いない。だからこそ、特捜本部に組み込まれたのだろう。所轄で起こった殺人事件を捜査して解決に導くために、本庁から刑事が出張ってくる。たてまえは捜査一課殺人班が所轄の応援に入るという形を取ってはいるが、実際に主導権を握るのは、本庁の捜査官だ。そういう知識は亜樹にもあった。飯田と一緒に仕事をしている時に、折に触れ彼が授けてくれたのだ。飯田は警部補だが、ざっくばらんな性格で、新人刑事にも親身に接してくれていた。赤羽署初の女性刑事としてのびのびとやってこられたのは、やはり飯田のお陰だと思う。

「とにかくあっちも人手がないからな。本当なら強行犯係の一個班がそっくりやってくるところだが、俺らのようなよそ者を掻き集めてようやく十一人を送り込んだってわけだ」

だからこれからやってくる管理官は、科学捜査担当の管理官で、実働の刑事は殺人班のいくつかの係、それと特殊犯捜査係、特別捜査の係から一人、二人をなんとか都合をつけて出したのだという。普通なら初動捜査のみで引き上げる機動捜査隊からも何人かが加わるだろうと飯田は予想した。

「な？　それで俺がここにいるっていうわけだ」

「へえ！」

そういう裏話に目がない草野が、小さく感嘆の声をあげた。

亜樹にも草野にも初めての特捜本部だ。中身がどうであれ、緊張しながらもここで捜査ができることに気負いとやりがいを感じていた。

そうこうしているうちに、会場は捜査員で埋まっていった。あとから来た志賀に呼ばれて、亜樹と草野は真ん中よりもやや前の席に座った。そっと見渡すと、席についた捜査員は、全部で四、五十人はいるようだ。これまた草野の豆知識で、赤羽署が何とか用意した捜査員では結局足りず、北区内の王子《おうじ》警察署と滝野川《たきのがわ》警察署からも応援要員が来ているそうだ。こうした采配は捜査一課がするもので、近隣の警察署は指定捜査員として強制的に数人を差し出さねばならない。

やがて特捜本部の幹部が入ってきた。ざわついていた会場が静まり返った。ひな壇についた幹部が紹介される。捜査本部長は、警視庁の刑事部長、副本部長は刑事部捜査一課長と赤羽署の署長ということだ。だが、この三人はお飾り的な存在だから、品川署の特捜本部が忙しい今、本庁の刑事部長や捜査一課長がここに座るのは、おそらく今日だけではないだろうか。亜樹の隣に座った草野は、「雲の上の人」よりも上の刑事部長を穴のあくほど見詰めていた。

実際に捜査本部を指揮するのは管理官ということになる。飯田から聞いていた科学捜査担当の管理官は、大崎《おおさき》という名前だそうだ。進行役を務めているのは、赤羽署刑事課の宮沢《みやざわ》係長だった。宮沢から振られて、最前列から赤羽署の鹿嶋刑事課長が立ち上がった。手にしたメモを見ながら、事件概要が説明された。事件が発覚した日時、場所、状況が述べられる。その後、臨場した刑事課員として志賀が立ち上がった。よく響く声で、要領よく鹿嶋課長の説明を補足した。それに合わせて、草野が作成した現場見取り図がスクリーンにプロジェクターで映し出された。

「ホシにつながる遺留品は、今のところ発見されていません」

志賀は硬い口調で締めくくった。

続いて、現場に駆け付けた機動捜査隊の隊長からその後の捜査の報告があった。きちんと髪の毛を撫でつけて銀縁《ぎんぶち》の眼鏡《めがね》をかけた、銀行員のような男性だった。

「被害者について判明したことを説明します」

口調も声質も穏やかだった。彼からもたらされる情報に、亜樹は耳を傾けた。

「被害者、根岸恭輔さんは、不動産業を営んでいたようです。主に個人事業者向けに都内中心部の店舗を斡旋《あっせん》しています。美容室やエステサロン、スポーツジムなど、美容や健康関係に特化した物件中心のようです。優良な自社物件を多数抱えていて、かなり繁盛《はんじょう》しているとの情報を得ました」

機捜隊長は眼鏡をちょっと持ち上げて、また資料に目を落とした。

「不動産業の店舗は渋谷《しぶや》にありますが、それとは別に外国人旅行者向けの宿泊施設を自前で数か所経営しているそうです。インバウンドの伸びがよくて需要も増え、業績はいいようです。店舗とは別に事務所は汐留《しおどめ》のオフィスビル内にあります。登録されている事業所名は『オリオン都市開発』」

根岸はなかなか時流に目ざとく、腕のいい経営者のようだ。短時間でここまで調べ上げた機捜の能力にも亜樹は舌を巻いた。所轄も負けてはいられない。

スクリーンに根岸恭輔の写真が大映しになった。おそらく店のホームページから取ったものだろう。中年に見える血色のいい男がやや右斜めを向いた角度で微笑んでいた。不動産屋という俗っぽいイメージはなく、身に着けるものにも気を配るエリートビジネスマンという雰囲気だ。そのせいか実年齢よりも若く見えた。

「身元は被害者のそばに落ちていたセカンドバッグの身分証明書から判明しました。中身はそのままそっくり残っていましたので、荒らされた形跡はありません。財布には三十三万円余りの現金が入っていました。カード類もカードポケットに多数残っています。抜き取られた形跡はありません」

「それなら物盗りの線は薄いな」

進行役の宮沢が念を押した。

「そのようです」

捜査員たちが少しだけざわついた。強盗致死事件でないとすると、怨恨の可能性が高い。根岸の身辺を探っていくと犯人が浮かぶかもしれない。

「マル害の家族は？」

石田捜査一課長から質問が飛んだ。

「独身で北区西が丘一丁目の自宅で一人暮らしとのことです。親族がいるかどうかは今確認中です」

「なぜあの時間にあの場所を通りかかったんだ？」

これは鹿嶋刑事課長から、地元警察官として土地事情をわかった上での質問だ。西が丘一丁目は、赤羽台から近い。帰宅途中というなら頷ける。死亡したのは何時なのだろう。あの死体の状態では、死後数時間経っている気がする。亜樹は素早く頭の中で計算した。

「おそらく赤羽駅周辺から帰宅するところだったと思われます」

案の定、機捜隊長も答えた。まだ捜査が詳しいところまでは及んでいないのだろう。

「目撃情報は？」

「それも今のところありません」

「それでは発見者の証言だけか」

鹿嶋が言った。亜樹がまとめた佐川の供述は、さっき志賀が発表した。

赤羽駅周辺は賑《にぎ》やかなところだ。赤羽スズラン通り商店街はいつ行っても繁盛している。アーケードの下には百を超える店舗が軒を連ねている。イトーヨーカドーやイオンスタイル、ユニクロもあって買い物には便利な場所だ。都心に比べると物価は安いと思う。それらと共存するように飲み屋街も歓楽街もある。そのぶん、昼間から酔っ払いがいる、夜、早い時間から客引きに声をかけられるなどの苦情が、警察署や交番に届くのも事実だ。しかし、今まで凶悪な事件はそうなかった。殺人事件が勃発《ぼっぱつ》し、犯人の目星がつかず、署内に特捜本部が立つなどということはまれなのだ。

駅周辺を離れると、あとはどこにでもあるありふれた住宅街だ。特に駅の西側は、団地と閑静《かんせい》な住宅街の中に学校が点在している。深夜には、あまり人通りはない。目撃情報がないのはそのせいだ。だが、六十一歳とはいえ、大柄な男を刺し殺すのには力もいるし、抵抗を受けて争いもするだろう。地取《じど》りで何か証言が得られるかもしれない。

機捜隊長が席につくと、今度は鑑識が立ち上がった。

「まだ解剖が終わっておりませんので、検視官の所見を報告します」

本庁の鑑識員は、書類に目を落としながら話した。検視官の見立てでは、死体が発見された二時間前には殺されていただろうということだった。とすると午前二時前にはもうあそこで刺されて息絶えていたということか。相当に遅い時間だ。終電も終わっている。もしかしたら東口辺りで飲んでいたのかもしれない。あそこには夜遅くまで飲める赤ちょうちんの店はいくらでもある。あるいは、独身ということだから、キャバクラやガールズバーなどの接待の女性がいる店に行っていたのか。

鑑識の報告は続く。

「マル害は、腹部に刺創《しそう》、左頸部《けいぶ》に切創《せっそう》あり。腹部の刺創は肝臓などの臓器に損傷を与えていると推察されます。左頸動脈《けいどうみゃく》も切断されています。おそらく死因は失血死かと思われます。詳しい解剖所見が待たれます」

検視官は、根岸が殺されたのは午前零時から二時の間と見当をつけたらしい。

プロジェクターに、被害者の写真が次々と映し出された。投光器で照らされた死体周辺は血の海といった様相だった。亜樹の隣で、草野が「ううっ」と小さな唸《うな》り声を上げ、洟を啜《すす》った。

「これも解剖で血中アルコール濃度から明らかになるでしょうが、飲酒の形跡がありました」

やはりどこかで飲んでいたのだ。そこまでで予定されていた報告は終わった。

宮沢が捜査員たちに質問を促すと、何人かの手がさっと挙がった。

「防犯カメラや車のドライブレコーダーの映像は？」

「今、機捜が当たっているところです」

「マル害に恨みを持っている人物は何人か挙がりましたか？」

「まだそこまで、身辺の聴き込みが至っておりません」

「凶器は見つからないとのことですが、形状の見当はついていますか？」

「おおよそですが、刃渡り十五センチほどの有尖片刃器《ゆうせんへんじんき》としか答えられません。これも解剖の結果待ちです」

「防御創《ぼうぎょそう》はありましたか？」

「この二か所以外には、刃物による傷はありませんでした」

「ということは、抵抗する間もなく刺されたということでしょうか」

「そのようです」

「現場写真では、マル害の左手の薬指が欠損しているようですが、これは今回の事件とは関係ありませんか？」

「左手薬指はかなり以前に欠損したもののようです。今回の事件で、刃物によって切られた訳ではありません」

「今回、腹と首に深い傷があり、実際大量の流血が見られます。マル被は相当返り血を浴びているのでは？」

「それは考えられます。捜索範囲を広げて周辺を当たれば、血痕が見つかる可能性もあります」

機捜と鑑識、それに志賀が宮沢とやり取りした。ひな壇の面々は黙って聞いていた。

血痕の質問が出たので、亜樹もさっと手を挙げた。宮沢に指されて立ち上がる。

「臨場した時に、流れ出した血痕の中に花びら様の痕跡がありましたが――」

志賀が黙っていろというふうに目配せを送ってきたが無視した。曲がりなりにも刑事として二年はやってきているのだ。これくらいのふてぶてしさはもう身に付けている。

「これは遺留物にはなりませんか？　いいえ、遺留品の痕跡というか」

先ほど「遺留品は発見されていない」と報告した志賀は、苦虫を噛み潰したような顔をしている。

「ええっと――」

鑑識員は、パソコンを操作している部下に近寄った。何かを命じられた部下は、忙しく画像を繰って見ている。現場で撮影した夥《おびただ》しい写真の中から、当該の画像を捜しているのだろう。

「これですかね？」

コンクリートの上に残された血痕と、その中で抜き出されたような花びらの形が映し出された。

「そうです。ここだけ血液で濡れていません。ここに何かがあったということではないでしょうか」

鑑識員は、戸惑ったように口ごもった。そして小さく咳払《せきばら》いをした。

「血液が飛び散った時に、こういう形状のものがここにあったということでしょうね」

「それは何だったのでしょうか。近くでこの形に合致するものは見つかりませんでしたか？」

さっきの銀行員めいた機捜隊長が立ち上がった。

「見つかっていません」

ただ一言答えて座った。

「花びらが風で飛んできたのかもしれません」

鑑識員は補足した。

「わかりました」

亜樹もそれ以上は食い下がることなく、席についた。志賀がじろりと横目で睨んできたが、素知らぬ顔で正面を向いた。

これらの情報を踏まえて、捜査方針と捜査の分担はすでに決められているはずだ。捜査一課長が簡単な挨拶《あいさつ》をした。「特別捜査本部の全員の力を結集して、早急に犯人を検挙し、被害者の無念を晴らさなければならない。そして警察官の使命である都民の安心と安全を取り戻すよう努めたい」というような、ありきたりなものだった。

その後、宮沢によってデスク主任が紹介された。デスク主任から編成が呼び上げられるのだ。編成とは、「地取り」「鑑取り《かんど》」「証拠品分析」「電話解析」「ビデオ分析」などの班分けと、刑事の組み合わせだ。亜樹は緊張で体が強張った。捜査の組み合わせは、本庁の刑事と所轄署の刑事が二人一組でコンビを組み、割り当てられた捜査に当たると決まっているからだ。たいていの場合は初対面の刑事と組むことになる。

デスク主任は、淡々と担当と組み合わせを読み上げた。氏名に続けて階級も告げられる。警察組織においては、階級は大事だ。階級の違う相手と対等なコンビを組むにしても礼を失することになってはいけない。名前を呼ばれた二人はその場で起立し、相手の顔を見て頷き合ったりしている。早く捜査に出ていきたくて、うずうずしている気配を感じた。

亜樹の名前はなかなか読み上げられない。草野は本庁の中年の刑事と組まされた。本庁の飯田は機捜隊員と組んだ。地取りの班分けが終わって鑑取りに入った。鑑取りの班が終わりに近づいた頃、「鑑八組、榎並《えなみ》と黒光」と呼ばれた。さっと起立して相手を目で捜した。会場の後列、それも端っこに座っていた男がのっそりと立ち上がった。

デスク主任が「榎並警部補」と呼んだ本庁の刑事をよく見ようと目を凝らす。年齢は三十代半ばというところ。背が高いせいか、やや猫背で色黒だということぐらいしかわからない。向こうは亜樹の顔をろくに見ようともしない。亜樹が軽く頭を下げたのに無反応なのも気分を害した。

組み合わせはよっぽどのことがないと変更されないと聞いていたから、幸先の悪さを感じた。彼が腰を下ろす寸前、向こうの方に見えた飯田が、すっと眉根《まゆね》を寄せたのも気になる。

宮沢から捜査会議の終了が告げられて、全員で立ち上がって礼をした。それを合図にひな壇の幹部たちは退場していった。

これからいよいよ捜査が始まるのだ。刑事たちは、それぞれの相棒とデスクの机に寄っていき、地取りなら地割りされた受け持ち区域を聞き、鑑取りなら振り分けられた分担の仕事を聞く。亜樹は急いで榎並に駆け寄った。

「赤羽署刑事課の黒光です。これからよろしくお願いします」

「ああ」

相手は素っ気なく答えた。亜樹は心の中でため息をついた。相性の悪い相棒と組まされたら最悪だ。二人の歯車が合わないと、捜査はうまくいかないだろう。たいした結果を得られないに違いない。なにより、捜査に力が入らない。

亜樹は不躾《ぶしつけ》なほどまじまじと榎並の顔を見た。鼻筋の通った色黒の顔は整っているといっていいのに、細めた目や、片方の唇の端がくいっと持ち上がっている様などは、人を見下しているように見え、どうにも近寄りがたい雰囲気を醸し出している。

デスクの前に並んだ鑑取り班は多く、「榎並・黒光班」が呼ばれる気配はない。

「あの――」

何とか気持ちを奮い立たせて、不愛想な刑事に話しかけた。

「榎並さんは、捜一に所属されているんですか?」

「ああ」

不愛想この上ない。この人、これで本当に捜一の刑事をやってるのかなと亜樹は腹立たしく考えた。別の事犯にかかっていたのに、無理やり赤羽署に行かされてふて腐れているのかもしれない。だけどふて腐れるって刑事としてどうなんだろう。こっちも殺人という重大な事件なのだ。見上げた榎並の横顔は無表情で、何を考えているのかわからない。様々な思いが、亜樹の中で渦巻いた。招集されればそこで全力を尽くすべきではないか。

「私を赤羽署で指導してくださった飯田さんが、本庁からこの特捜に参加されているんです」

「ふうん」

これも気の抜けた返事だ。

「俺は第五強行犯捜査で特別捜査をやってんだ」

しばらく間があった後、榎並が言った。

「そうですか」

特別捜査ってなんだろう。その疑問が顔に出たのか、榎並が「ケイゾクだよ」と付け加えた。

「ケイゾク」とは、長期にわたって捜査を続けている事案を担当から引き継いで、継続捜査を実施する係の俗称だとは聞いていた。それがどれほどの重大な仕事をする部署なのかはよくわからなかった。

そうこうしているうちに前にいた捜査員たちがはけていき、亜樹たちの番になった。

ぴっと背筋を伸ばしてデスクの前に立った亜樹の隣に、一歩遅れて榎並が立った。どうもだらりとしたたたずまいだ。捜一の警部補という威厳も気概も感じられない。

デスクは、正面に立った二人を一瞥した後、机の上のパソコンに目を落とした。捜査員の組み合わせ表と、捜査の分担が記された配置表があるのだろう。

「マル害の身辺についての聴き込みだ。赤羽での飲み友だちがいないか。店主でも客でも、飲み屋街で親しい関係を持っていた者がいないか。マル害は、昨日遅くまでどこかで飲酒していたことが予想される。その店を捜し出して、店を出るまでのマル害の様子を調べてくるように。特に同伴者がいたかどうか」

榎並が黙っているので、亜樹が「はい」と答えた。答えながら「どこかで？」と心の中で反問した。赤羽は、庶民的な飲み屋街の街として通っている。居酒屋は三百店ほどあるというし、カフェなど通常の飲食店や風俗店まで含めると、七百店近くなり、とんでもない数だ。その中からどうやって根岸が飲んでいた店を突き止めればいいのだろう。

「さっそくかかれ」

動こうとしない二人に、デスクはやや苛立った声を出した。ようやく二人はデスクの前から退いた。亜樹は緊張と高揚でやや硬くなっている自分をリラックスさせるため、一つ深呼吸をした。敷鑑《しきかん》捜査とも呼ばれる鑑取りは、被害者の周辺を当たる捜査だ。今回のホシは、物盗りとは考えにくいので、この捜査は重要だ。怨恨の線からホシが被害者の近くにいる可能性は高い。被害者の交友関係の解明、関係者からの事情聴取、それから彼らのアリバイ確認。

同時に被害者の生前の行動を解明することも大事だ。とりわけ死亡直前の足取りを知ることは、事件の解明に大いに役立つ。もしかしたらデスクの言う通り、ホシが行動を共にしていたかもしれないのだ。過去に、居酒屋で偶然隣り合った者同士が意気投合して飲んでいたのが、しだいに言い争いになって喧嘩《けんか》が起こり、傷害事件にまで発展した事件を担当したことがあった。これもそういう類《たぐい》の事件かもしれない。こうなったら居酒屋を片っ端から当たるしかないだろう。

「じゃあ、行きますか？」

ここは所轄で地理に明るい自分が案内すべきだと考えて、亜樹は榎並に声をかけた。

「どこへ？」

「赤羽で飲むというと、駅の周辺です。まずは東口へ——」

しかし榎並は亜樹の言葉を完全に無視した。大股でデスクに歩み寄り、捜査員を押しのける。別の班への指示を出していたデスクは、口をつぐんで無作法な刑事を見上げた。

「マル害のスマホに登録されている店の情報をもらえませんか？　無闇やたらに歩き回って店を当たるのは非効率ですから」

デスクはちょっと渋い顔をした。が、すぐに気を取り直したように返事をした。

「わかった」

電話解析担当に問い合わせるから少し待ってろと言われ、榎並は後ろに下がった。彼に押しのけられた捜査員が迷惑そうな視線を送ってくるのも気にならない様子だ。デスクはスマホを取り出して、どこかにかけた。榎並はおおかた空席になった会議場で、空いたパイプ椅子にどっかりと腰を下ろした。亜樹は所在なくそばに立っていた。

「それらしき店名を抜き出して、データを送ってくると言っている」

通話を切ったデスクが大きな声を出した。榎並が何も返事をしないので、亜樹が代わりに「ありがとうございます」と頭を下げた。そしてそろりと榎並の隣に座った。

「私は一軒一軒当たっていくものと覚悟してました」

小さな声で話しかけると、榎並は「ふん」と鼻で笑った。

「まあ、俺はそれでもかまわんけどな。赤羽の飲み屋街探訪のつもりで」

むっとした。榎並のやり方の方が効率的だとは思うが、あまりな言い方ではないか。捜査は足を棒にしてやるものではないのか。一軒一軒の積み重ねが結果を生むのではないか。飯田からそうした労力を惜しむなと教わっていた。それに「赤羽の飲み屋街探訪」とはどういう料簡《りょうけん》だろう。捜一の刑事がそんな舐《な》めたことを口にするなんて。

初めての殺人事件の本格的な捜査で、気負い込んでいる女性刑事を見下しているのか。しばらく忘れていた憤《いきどお》りを思い出した。赤羽署で刑事に取り立てられた時、周囲の目は様々だった。刑事課は当然男性ばかりだったから、居心地がいいとは言えなかった。どうせ使い物にならないだろうと冷ややかに見る者、からかいの目で見る者、お飾り的なお嬢様扱いをする者。うんざりした。

しかし亜樹は、特段反発することも腐ることもなく、ひたむきに任務を全うした。男性の刑事と同じように宿直当番をこなし、率先して街に出て捜査に向き合った。暴力事件にも怯まず、女性の被害者に寄り添い、同僚が嫌がる書類の作成も自分から申し出て引き受けた。

そんな地道な努力を周囲も認めてくれるようになった。飯田がいなくなっても、一人前の刑事としてやってきたという自負はあった。それなのに、本庁から来たこの男は、女性刑事だというだけで私を見下しているのではないか。亜樹は膝《ひざ》の上に置いた拳をぎゅっと握りしめた。

その認識は間違っていたと思わせてやるからね。

デスクが榎並を呼んだ。大儀そうに立ち上がっていく長身の男の背中を睨みつける。プリントアウトしたリストが、榎並に渡された。戻ってきた榎並は、それを亜樹の目の前でひらひらさせた。

「ほら、この店へ案内しろ」

亜樹はリストをひったくって立ち上がった。

第二章　事故人材

　ドアのカウベルがカランと鳴った。

　看板には「カフェ＆バー　エポック」とあるが、夕方の今は、昭和レトロな喫茶店にしか見えない。こういう店は、赤羽には結構多い。昼間は喫茶、日が暮れるとアルコールを出す店に変わるのだ。

　亜樹は大股でカウンターに寄っていった。榎並はその後ろからついてくる。本庁と所轄の刑事の組み合わせだと、主導権を持つのは断然本庁の刑事だということはわかっていたから、亜樹もそのつもりでいた。捜査のプロである警視庁刑事部捜査一課の刑事と仕事ができる機会に恵まれたら、その技術を盗み取るつもりで食らいつけと飯田に言われていた。

　それなのに、榎並は捜査を先導しようとはしない。飲食店のリストを手に入れたまではよかったが、その後はまるでやる気がなかった。繁華街に行くのも店を捜すのも亜樹まかせで、ぶらぶらと彼女について来るという感じだ。捜査というよりもまさに「探訪」だ。それでも所轄刑事の立場をわきまえて、亜樹は本庁の警部補を案内した。

　一軒目として訪問した「カフェ＆バー　エポック」でも、先に入店するのも聴取するのも亜樹にやらせる。所轄の女性刑事の能力を試しているのか。そういう偉そうな警察官はたまにいる。気を取り直して、亜樹はカウンターの中に立つ五十年配の男性に声をかけた。

「赤羽署の者ですが、少しお話を伺《うかが》ってもよろしいでしょうか」

いきなり写真付きの身分証を呈示して、「警察です」と切り口上で言うことは避けている。そんな威圧的な態度の警察官には、相手も警戒心を露《あら》わにして口が重くなるのだ。飯田から教わったことの一つだ。こちらが本当に警察なのか疑って、確かめたいという要望が来れば出せばいいと飯田は言った。

白いシャツの男は「はあ」と答え、亜樹の背後に所在なげに立っている榎並へと視線を走らせた。本来なら率先して質問を投げかけるはずの本庁捜査一課の警部補は、沈黙している。

「私はここの店長ですが、どういうことでしょう」

どうやら彼は、目の前の二人が警察官であるとは信じてくれたようだ。

亜樹は、ある人物がこの店に来たことがあるかを確かめたいのだと言った。殺人事件に関連した聴取であるということは、まずは伏せて話を進める。それにも男は「はあ」と応じただけだった。

「このカフェは――」

どう見ても、そんなしゃれた名前にはふさわしくない店内をさっと見渡した。客は三人だけ。テーブル席で新聞を広げている老人と、向かい合ってしゃべっている派手な化粧の女性。これから歓楽街の店へ出勤するのか。

「何時からアルコールを出されるのでしょう」

「いや、別にそれは決まっていません」

赤羽では昼間から飲める店はいくらでもあるから、ここもそれに倣っているのだろう。営業時間を問うと、午前十時から午後十一時までだという。

亜樹は根岸の写真を取り出して見せた。さきほど捜査会議で提示された、オリオン都市開発のホームページから取った写真だ。

「この人に見覚えはありませんか？　客として店に来たことは？」

店長は写真にぐっと顔を近づけた。

「ああ――」と小さく呟く。

「なんか見た気がします。たぶん、うちに来られたことはあるんじゃないかな」

そこで黙る。亜樹は辛抱強くその先の言葉を待った。だが彼は考え込んだままだ。

「夜の時間帯に飲みに来たのでは？」

水を向けると「そうですね。たまに来られてお酒をあがっていたようですね」と応じた。

「バーテンダーはもう来ていますから、呼んできましょう」

壁にかかった古びた時計を見ると、もう午後六時を過ぎていた。しばらく待っていると、店長に連れられて、似たような年齢の男が現れた。こちらはバーテンダーらしく白シャツに黒い蝶ネクタイを締めていた。黒縁の眼鏡に照明が当たって光っている。

「彼がたいていは夜のバーを切り盛りしています」

がっしりした体型の男は、体を揺らしたのか頭を下げたのかよくわからない仕草で挨拶をした。

亜樹はもう一度初めから自分の身分と訪ねて来た用件を説明した。

「なあ、この人、お客さんで来たことあっただろ？　僕は見覚えがある程度だけど、君はたまに話していたんじゃないか？」

「ええ」バーテンダーは頷いた。「そうですね。来られたことはありますね」

ほっとした。「カフェ＆バー　エポック」の名前と電話番号が根岸のスマホに登録してあるのだから、当然といえば当然なのだが、店側が客の顔を全部憶えているとは限らない。幸先がいいと思った。

バーテンダーは、この客はいつもカウンターに座るので、しゃべることもあると言った。「どんなことを？」

「他愛のないことですよ。世間話程度です。天気や景気の話、あとは音楽の話とか」

「うちは、レコードで音楽を聴かせるんですよ。そこが気に入って来てくださるお客さんもいます」

横から店長が口を挟んだ。店の隅にレコードプレイヤーを含むオーディオセットが置いてあるのを指し示した。二人が並んで立つカウンターの後ろの棚にも、レコードジャケットが十数枚、飾ってあった。

静かに音楽を楽しむために、一人で来る客も結構いるらしい。気取らない雰囲気の店で、レコードの音楽を聴きながらバーテンダーと会話して酒を飲む。バーテンダーの方も心得ていて、当たり障りのない話で相手をするのだ。

彼は根岸という名前も知らなかったし、ここ数週間は姿を見ていないと証言した。当然、昨日も来ていない。この店の営業時間と根岸の死亡推定時刻をすり合わせると、もし閉店までここにいたとしても、もう一軒別の店に行ったと考える方が妥当だ。

「根岸さんについて、何か気づいた点はありませんでしたか？」

「いや、別に」

彼は言葉少なに答えた。

亜樹は自分の名刺を渡して、何か思い出したことがあれば連絡をするように頼んだ。最後に根岸が殺されたことを告げると、店長もバーテンダーも驚いていた。だが、たいして動揺していなかった。本当に単なる店の客だったのだろう。

亜樹は外に出てから、急いで手帳を出して、店名と聴き込んだことを書きつけた。質問を榎並が引き受けてくれれば、彼の後ろで目立たないようにメモを取ることもできるのだが、何もかも自分がやらなければならない。しかし彼が所轄の刑事をまったく当てにせず、邪魔者扱いするよりはましかとも思った。初めての特捜本部での捜査経験だ。何もかもが勉強だと肝に銘じた。

「次の店もこの近くです」

それにも榎並は何も答えない。デスクからもらったリストも亜樹に渡したままだ。リストをざっと見たところでは、やはり赤羽駅周辺が多い。「オリオン都市開発」の不動産店舗がある渋谷や、六本木《ろっぽんぎ》、青山《あおやま》などの店もあったが、殺される直前、そこで飲んでいたとは考えにくい。あの時間ならやはり赤羽駅東口の飲み屋だろう。

リストに載っていた次の店は、「作兵衛《さくべえ》」という酒場だった。赤羽のいいところは、飲み屋への聴き込みが早い時間からできるところか。暖簾《のれん》をくぐると「いらっしゃい！」と威勢のいい声が飛んできた。

狭い店内にテーブル席が三つだけ。あとはカウンターがある。壁に並んだメニューの紙は、変色して丸まっていた。カウンターには一人だけ客がいて、徳利《とっくり》を傾けていた。

ねじり鉢巻きの大将は、根岸の写真を見るなり、来たことがあると言った。

「赤羽じゃないとこで働いてて、仕事の帰りにちょっと寄るという感じだったなあ」

たいていは宵《よい》の口《くち》だという。ここでも根岸は深い話はすることはなかったようだ。彼について何か気がついたことはないかと問うと、大将はちょっと考え込んでから、顔を上げた。

「この人、ちょっと変わった匂いがしたよな」

また考え込み、「甘くて苦い、スパイスのような……。たぶん、煙草《たばこ》の匂いだな、あれは」と続けた。

亜樹は臨場した時に嗅いだ匂いを思い出した。夜気の中、鼻腔に流れ込んできたクローブのような匂いが、まざまざと蘇《よみがえ》ってきた。あれは煙草の匂いだったのか。

「何ていう煙草ですか？」

大将は首を傾げた。

「知らねえよ。うちは禁煙だからさ」

彼の後ろの壁に「禁煙」と大書きされた紙が貼ってあった。

「でもたぶん外国製だろうな。変わった匂いだったから」

ここでも根岸という名前は知られていなかった。来る時はいつも一人で、常連というほどではないようだ。数日前に来たけれど、昨日は見ていないと、大将はきっぱりと答えた。

外に出た亜樹は、手帳に店名と「数日前来店　煙草　外国製」と書きつけた。

「あの人が言った匂い、私も嗅いだんです。マル害の衣服に染みついた匂いでした」歩きながら榎並に話しかける。「何というか――スパイスのような、甘いんだけど青っぽい匂いもして」

「ふうん」

「あれ、煙草の匂いだったんですね。そう言われると頷けます。何ていう煙草でしょうね」

「さあ」

「榎並さん」

亜樹は立ち止まって榎並に向き合った。榎並も仕方ないと言うように足を止める。結構な人通りの中、迷惑そうに人が避けていく。

「私のやり方、間違ってます？」

「いや」特に表情を変えず、榎並は言った。

「何で？」

「いえ、何でもありません」

喉の奥に引っかかった言葉を呑み込んだ。歩き始めると榎並もついてきた。

本当は聞きたかった。なぜあなたは先に立って捜査をしないんですか？　所轄の女性刑事を試しているんですか？　それとも何か気に入らないことがあるんですか？

だが思いとどまった。そんなふうに捜一の刑事に食ってかかるのは、子どもじみている気がしたのだ。相手の態度が気になって捜査に集中できないなんてばかげている。これは殺人事件の捜査なのだ。下命された任務を果たすまでだ。

その後訪ねた二軒は空振《からぶ》りだった。店長たちには、根岸に心当たりがないと言われた。写真を見せても首を横に振るばかりだった。しかしこれは強盗や傷害事件の捜査でも、よくあることだ。無駄足だったとも思わない。

次に訪ねたのは、洋風の居酒屋だった。「猫のしっぽ」という名前で、国産ワインが飲める店だった。根岸はアルコールの種類にはこだわらない男だったようだ。

「あ、知ってますよ」

根岸の写真を見るなり、バンダナを頭に巻いた店主は言った。

「うち、結構混むんで、電話で空いてるかどうか確かめてから来られてました」

「ネギシ」と名乗り「空いてる？」と尋ねて、空席があれば通話直後に一人でやってきたという。

だから名前も顔もわかると彼は答えた。

「喫煙席もあるんで、そこに座りたかったんでしょう」

「ここで煙草、吸ってたんですか？」

「ええ」

「変わった匂いのする煙草？」

「ガラム・スーリア・マイルドですよ」

「え？　え？　もう一度お願いします」

亜樹は急いで手帳を取り出した。微動だにしない榎並をちらりと見てから、店主がゆっくりと口にした煙草の銘柄を書き取った。

「それ、珍しい煙草なんですか？」

「そうでもないよ。コンビニで買えるから。でも煙草を吸う人自体が減ってきたからね。外国製の煙草を吸う人も珍しくなったな」

実家が煙草屋なんだという店主は、豊富な知識を持っていた。まだ繁忙時間ではないことが幸いした。奥の厨房では、別の店員が黙々と料理の仕込みをしていた。ガラムという煙草はインドネシアのものらしい。

「甘いフルーティな香りがするんだけど、濃厚な吸いごたえなんだ。初心者にはまず無理だな」

自身は喫煙しないという店主の口調は軽い。

「インドネシアらしく、香辛料みたいな匂いもする」

「クローブとか？」と言うと、「あ、それそれ」と同調した。

「もうもうと煙が上がるしね。だから、あの人が近づいてきただけでわかるよ。吸ってなくても」

「作兵衛」の大将も禁煙の店でも匂うほどだったと言っていた。根岸が死んだ後も、衣服に染みついた匂いは亜樹の鼻を刺激したのだ。

「だから彼、コロンを使ってたんだ。あんまり煙草臭いのはよくないって一応は気にしてたみたいだ」

「コロンを？　どんなものを？」

「名前は知らないけど、森林の匂いだって言ってた。青っぽい清々しい匂いのコロン」

甘くてエスニックな特徴的な煙草の匂いを消すために、森林のコロンをつけていたのか。だが、二つが混じり合った匂いは悪くなかった。

「それからネギシさん、左手の薬指が途中までしかなかったでしょ」

煙草を吸う仕草を見ていたのか、ここの店主はそれに気づいていた。

「どうして欠けたか、何か言ってました？」

「さあ、知らないなあ。向こうが言わないし、こっちもそんなこと訊くのは失礼かと思ってさ」

根岸が殺されたのだと言うと、店主はのけ反るほど驚いていた。

「まさかね。あの人が――」

根岸については、ただの客だというだけで、それ以上深い話は聞けなかった。彼に恨みのある人物などには心当たりはないと店主は言い募った。

「ワインと煙草の好きないい人だと思うけどなあ」

帰り際に名刺を渡すと、店主はしきりにそんなことを言った。

それでも根岸という人物の輪郭はなんとなく浮かび上がってきた。いつも一人でふらりと居酒屋にやってきて、当たり障りのない話題に終始する。別の客とも深く付き合っている様子はない。インドネシアの変わった煙草を嗜《たしな》む男で、相対した人物には特徴的な匂いを印象付ける。殺人につながるものではないが、今夜遅くに行われる捜査会議で報告する情報としてはまずまずだろう。

「それじゃあ、次の店にいきますか」

もはや榎並の意見を聞くことはなかった。

午後八時を過ぎると居酒屋は混雑し、まともに取り合ってくれなくなった。この街で刑事稼業を数年にわたってやってきた亜樹は、そんなことには慣れていた。しつこく食い下がり、質問を繰り出した。時には店内がうるさくて会話が成り立たない上に、混んでいて狭い店もあった。亜樹は店主を外に連れ出し、問い質した。忙しい時に連れ出されるのだから、相手もたまったものじゃない。

女刑事だということで、邪険な態度を取ったり、食ってかかる者もいた。

亜樹も怯まない。道端で、大声でやり取りをする飲み屋の店主と女性刑事はいい見世物だった。酔客が立ち止まって見物し、時にはからかいの言葉を投げつけたりもした。そんな見物客を亜樹は追い払う。赤羽で酔っ払いを怖がっていたのでは仕事にならない。

「答えてもらわないと店には戻れませんよ」

「なんだと？　警察がそんなことを言っていいのか？」

喧嘩腰になった店主は顔を真っ赤にして、今にも殴りかからんばかりだ。

「まあまあ」

榎並がいきり立った店主の肩をぽんと叩いて、なだめにかかる。その呑気な仕草に、店主は拍子抜けしていた。

「ちょっと話をしてくれればいいんだ。そしたらあんたもさっさと仕事に戻れるってもんだ」

刑事らしくない投げやりな言い草に、亜樹はカチンときた。店主は、不躾な女刑事と緩い口添えをする刑事との関係を訝《いぶか》しがるように両方を見やった。結局、彼からは有意義な供述は得られなかった。

歩き始めた亜樹の横に並んだ、榎並にきつい視線を送る。

「あんな言い方ないでしょう。あの人、何かを知ってたかもしれないのに、適当に答えたらいいみたいな言い方をするから――」

「そうツンケンするな」

「ツンケンって何ですか?」

とうとう突っかかってしまう。

「私のやり方が間違っているかどうか、さっきお伺いしたはずですが」

バカ丁寧な言葉でやり返した。

「間違っているとは言ってないだろ」

亜樹はその場で立ち止まった。一、二歩先に行った榎並がだるそうに振り返った。

「言ってはないけど、そう思ってるんですか?」

榎並は肩をすくめた。

「思ってもいないさ。つまらないことを勘ぐるな」

「つまらないこと?」

「面倒くさい奴だな。お前」

それだけ言うと、榎並は背中を向けて歩きだした。

「面倒くさいってどういうことですか？」

亜樹はさっさと歩き続ける刑事に追いついた。

「そういうとこが面倒くさいってこと」

もう話をするのが嫌になってきた。使い物にならないと見下されたり、邪魔になると無視されたりする方がまだましだ。食いしばった奥歯が鈍く鳴った。

一つわかったことは、榎並は優れた捜査官ではないことだ。やる気もない。捜一の刑事と組んで、その捜査法を間近に見て身に付けようと思っていた亜樹の目論見《もくろみ》は完全に外れた。さっき捜査員の組み合わせを発表したデスクの顔が浮かんできた。赤羽署唯一の女性刑事を軽く見て、捜査能力の劣る刑事と組ませたのだろうか。「ケイゾク」の特別捜査官は、要するに第一線で活躍する刑事ではないのだ。デスクにも腹が立ってきた。

捜一の刑事から学ぶことがないのなら、自分のやり方でやるまでだ。この聴き込みで、いい情報をなんとしてでも得たい。そして、取るに足りないと判じた刑事のコンビを組ませたデスクを、見返してやるのだ。

亜樹は足早に飲み屋街の細い路地を歩き始めた。榎並は黙ってその後についてきた。


今度の店は庶民的な飲み屋だった。「阿呆鳥《あほうどり》」という店名を染め抜いた暖簾をくぐる。カウンターの中にはエプロン姿の女性が一人だけ。髪の毛を鮮《あざ》やかな紫色に染めた店主は、もう七十は超えているだろう。彼女の後ろの壁には、「酔っ払いお断り」とか「掛けお断り。貸したあなたが来なくなる」とマジック書きした紙が貼ってあった。

カウンターにも一つきりのテーブルにも客がいて、店主は忙しそうに働いていた。亜樹が来意を告げると、店主は鍋の中を搔き混ぜていたお玉を持ち上げて、「何だって？」と問い返した。

カウンターにいた三人の客も興味深そうに顔を上げた。

女将《おかみ》は根岸の写真に、敏感に反応した。

「ああ、根岸さんだろ？」

モツ煮をたっぷり盛った椀を、カウンターの客にどんと出した。美味《おい》しそうな匂いに、亜樹の腹の虫が鳴きそうになった。

「ここに来られたことがあるんですね？　よく来てました？」

急いで問うた。カウンターの客は、モツ煮をべちゃべちゃと音を立てながら食べ始めた。

「まあね。気まぐれな人だったからね。三、四日続けてきたかと思うと何か月も音沙汰がなかったりね」

それだけ言うと、女将は背中を向けて流しに向き合った。盛大に水を流しながら俎板《まないた》を洗う。

「根岸さんのことを何で警察が訊き回ってんの？」

水の音に負けないくらいの声が飛んできたと思ったら、カウンターにいた二人の客が、「女将さん、お勘定して」と立ち上がった。女将はエプロンで手を拭きながら振り返り、二人の客の精算をした。そそくさと出ていく客を見送りながら、彼女は不機嫌な顔を亜樹と榎並に向ける。

「あんたらのせいで、客が落ち着かない気分になるじゃないか」

モツ煮を注文した客は、カウンターの端で椀の中身を熱心にたいらげていた。

「すみません。お話を伺ったらすぐに失礼しますから」

「まあ、いいさ」

下手《したて》に出た亜樹に、女将はいくぶん和らいだ表情になった。

「で？　根岸さんの何を訊きたいわけ？」

そこで根岸が殺されたことを告げ、昨日は来店しなかったかどうか尋ねた。

「殺されただって？」女将は一瞬、言葉を失った。「あの根岸さんがね。なんてこった」

「よくご存じだったんですか？　根岸さんのこと」

畳みかける亜樹に、女将はゆっくり首を横に振った。

「ここで話すだけだよ。ただの客の一人。でも気のいい人に見えたけどねえ」

しみじみと言う彼女は、根岸から聞いたことをぽつぽつと話してくれた。

「あの人、商売の腕はいい人なんだろ？　成功者っていうか。不動産屋をやってて、いいとこに事務所を構えてさ。そう聞いたよ」

「汐留です」

「そうそう。そんなオフィス街に事務所を持つような人が、気軽にうちみたいな店に来てくれるんだからね。有難いよ」

根岸は飾らない人懐っこい人物だったと女将は言う。こういう女性店主は、案外変わり者の客の懐《ふところ》にも入るのがうまい。きっと根岸とも親身な話をしていたはずだと、亜樹は踏んだ。案の定、今までの店では聞けなかったことを語ってくれた。

根岸は埼玉県の川口《かわぐち》市の出身だそうだ。川口といえば、赤羽からは荒川を越えてすぐだ。だから、この辺には馴染みがある。商売の関係でセレブな客とも交流があるが、彼自身はこういう庶民的な店で飲むのが性に合っていると言っていたという。それで、出身地に近い赤羽に住み、都心での仕事終わりに一杯飲んで帰宅するのが習慣だったそうだ。

かなり深い本音まで、この店主には話していた。

「実家はね、川口市のちっちゃな町工場だったんだってさ。子どもの頃に工作機械に指を挟まれて、あの人の薬指、ちょん切れてただろ?」

「ええ」

そう返すと、女将は深く頷いた。

「川口は工場が多いんだ。なんせ『キューポラのある街』だからね。見たことある? あの映画」

それには曖昧《あいまい》に微笑んでおいた。

「そう思うと、あの人は偉かったよねえ。そんな苦労からあんだけの商売を起ち上げて、外国の煙草をふかすような人間になったんだから」

あれ、いい匂いがする煙草だったよと女将が言った。亜樹はまた遺体に沁みついた匂いを思い出した。煙草の銘柄までは女将は知らなかった。モツ煮を食べ終わった客が煙草に火をつけた。この店でも根岸はガラム・スーリア・マイルドを吸っていたのだろう。

こういう個人経営の店では禁煙や分煙をうるさく言わないに違いない。そんな注意をしていたら商売が成り立たない。だから根岸は禁煙店が多い都心ではなく、赤羽駅東口で一杯やっていたのだろう。かなりの愛煙家だったことが窺《うかが》える。コロンで煙草の匂いを緩和してまで吸いたかったわけだ。

彼が誰かと来た記憶はない。いつも一人で来店し、深酒をすることはなかったと店主は証言した。それからは「あの人が殺されるなんてねえ」の繰り返しになったので、亜樹は店を辞した。

「今日はこれまでにしましょうか。捜査会議に間に合わないから」

店の外で榎並に一方的に告げた。

「ああ」

案の定、榎並は異議を唱えることはなかった。

夜の捜査会議は午後十時から始まった。

本庁の刑事部長と捜査一課長の顔は見えなかった。捜査会議を仕切っているのは、本庁の捜査一課の殺人班の係長で、生島《いくしま》と名乗った。

生島に指名され、それぞれの捜査員の組が、聴き込んできたことを報告した。地取り班はたいして目覚ましい情報を得られなかったようだ。深夜帯には、あの辺は人通りも絶える。なにせ大型団地の裏なのだ。住人は全部で一万人近くいるから、聴き込みには苦労するだろう。

北区には大型団地が多い。もともと軍用地だったものが戦後になって払い下げられた。大規模な工場の跡地もあった。それらが高度成長期に地方から流入してきた働き手のための、大型団地の用地に転用されたのだ。赤羽台団地はその代表例だった。

老朽化した団地はUR都市機構によって建て替えられている。亜樹は以前の団地を知らないが、今の赤羽台団地は、都心に建つ新築マンションと同じようなスタイリッシュな外観だ。建て直されて、以前より人口は増えたらしい。おまけに幹線道路を一本隔《へだ》てた向こうには、都営桐ケ丘《きりがおか》団地というこれまたひと回り大きな団地が建っているのだ。地取り班は地割りに従って一戸一戸を訪ね歩いたようだが、赤羽台団地全戸を回るまでには至っていなかった。

さらに間が悪いことに、根岸が殺害された場所に近い数棟は、現在建て替え中だった。夜になると工事関係者も去り、空っぽな高層団地は光もなく黒々とたたずむのみだ。要するに人気《ひとけ》が絶える。通報者の佐川も、あの時間、車も人も見なかったと供述していた。

有意義な情報は、鑑取り班からもたらされた。オリオン都市開発の関係者への、聴き込みを行った班からの報告だ。
「オリオン都市開発は、二十一年前の平成十五年にマル害によって設立されました。現在、従業員は二十七名。内訳は渋谷の不動産店舗に十五名、汐留のオフィスに十二名。オフィスに設立当時から勤める人物がいました。彼によると、根岸氏は若い頃に宅建の資格を取り、埼玉県で小さな不動産屋を営んでいたのが、東京都内の物件をぽつぽつ扱うようになり、それが東京進出の足掛かりとなったと話していたそうです。その時に手に入れた物件が、現在自前でやっている、インバウンド需要に即した小規模の宿泊施設となりました。その頃から不動産業のかたわら、手広く商売をやり始めたとのことです。化粧品販売、健康食品の販売、トレーニングマシンのレンタルなど、主に美容と健康に関わる事業らしいです。うまくいったものもそうでないものもあると語っていたとのことです。そうした商売で培った人脈と、本業である不動産業をつなげて現在の形態になったようです。すなわち美容室やエステサロン、スポーツジムなどの物件を扱う不動産業です」

様々な事業に手を出した挙句、広げ過ぎた商売の整理をし、不動産業を主軸としたオリオン都市開発を起ち上げたという。埼玉でひっそりと不動産屋をやっていた男が、東京に出てきて事業をぐんと大きくしたわけだ。「阿呆鳥」の女将が言ったように、典型的な成功者の物語に聞こえる。

亜樹は手帳を取り出して、丁寧に報告を書き取った。細かい文字が並んだ手帳を、榎並は横からちらりと見たが、自分ではメモを取ろうとしない。

報告が終わった捜査員が席に着くと、別の鑑取り班が立ち上がった。
「その事業について付け加えます。美容関係に特化した事業に関わってきたのは、事業展開のうちの一つとして、ユニセックスなコロンを自社ブランドとして売り出したためだということでした。マル害はかなりの愛煙家で、自分の衣服に付着した煙草臭を消すためにそうした製品を探し出してきて、その結果うまく商業ベースに乗せたようです。それがまずまず評判がよく、美容関係者と取引ができて、彼らに物件を紹介するというつながりから、現在の不動産業の形になったそうです」

そういうことだったのか。喫煙家が必要に迫られて探し出した製品が、もともとの事業と結びついたわけだ。そしてうまくいった。ガラム・スーリア・マイルドの特徴的な匂いは消臭目的で使ったコロンでも完全には消せなかったようだが、あの二つが混じり合った匂いは、彼の成功を象徴していたのかもしれない。

付き合いも派手で、顧客や商売仲間と飲食を共にすることも多かったようだ。銀座《ぎんざ》の高級クラブで接待をしたかと思えば、気の合った仲間同士で六本木のキャバクラやショーパブへ繰り出すこともあったという。支払いは常に根岸だったと、商売仲間が証言した。身に着けるものもプラダやバレンシアガなどグレードの高いものばかりだ。値段も見ないで自分のものを買ったり、クラブの女性へプレゼントしたという。

「交友関係は広いので、一人一人当たるしかありません」

「ふうん、なかなかやり手の実業家というわけですね。だいたいマル害の輪郭が見えてきましたね」

実質的な指揮官である大崎管理官も、亜樹の認識と同じような感想を述べた。科学捜査専門の管理官らしく、理知的で落ち着いた口ぶりだった。彼の隣に陣取った赤羽署の杉本《すぎもと》署長が、首を何度も縦に振って賛同した。

根岸は例の煙草しか吸っていなかったと、オリオン都市開発の従業員が証言した。甘くスパイシーな煙草の匂いが、オフィスの社長室にも沁みついていて、しょっちゅう愛用のコロンを振り撒いていたということだった。

「オリオン都市開発が物件を斡旋した美容室やエステサロンなどでは、『リンデラ』というコロンが置いてあるそうです」

亜樹は手帳に「リンデラ」と書いて二重線を引いた。

「植物やハーブ系の爽やかな匂いで、鑑識もマル害の衣服にその匂いがついていたのを確認しています」

最初に気づいたのは私なのに、と亜樹は首を伸ばして志賀の姿を捜した。先輩刑事は後ろ姿しか見えなかった。リンデラが商品化されたのは、埼玉で不動産屋をしていた頃だというから、早い時期からマル害は多角的な商売を目論んでいたのだろう。自分のために見つけ出したコロンが当たったのだから、商才があったというべきか。

「匂いのことはもういい」生島係長が遮《さえぎ》った。「要するにマル害は、消臭剤を体に振りまくほど、煙草好きな人物だったということだ」

彼は、大雑把《おおざっぱ》にまとめた。

その後も、鑑取り班から報告が上がった。根岸は独身で、北区西が丘一丁目の一軒家で一人暮らしだった。埼玉県川口市の出身なので、都内でも馴染みのある赤羽に住居を構えていた。そして仕事終わりに赤羽駅周辺で一杯飲んで帰るのが習慣だった。せっせとメモを取りながら、亜樹は少しずつ気落ちしていった。自分が聴き込んできたことは、おおかた報告されてしまった。

そして決定的な報告があった。赤羽駅周辺の居酒屋を当たっていた別の組が、根岸が殺される直前に立ち寄った店を見つけ出していた。

「検視官の見立てでは、マル害が殺害されたのは午前零時から二時の間ということでしたが、赤羽一番街商店街のシルクロードにある『まんまる』という店で零時まで飲んでいたそうです。店主からマル害に間違いないとの証言を得ました。来店時から店を出るまで一人だったとのことです」

シルクロードには、多くの居酒屋や大衆食堂が並び、気軽に飲める立ち飲み屋もある。せっかく根岸のスマホから情報を得たのに、亜樹と榎並が回った店には、「当たり」の店は含まれていなかったということだ。

消沈しているところを、「鑑取り八班」と生島係長に指名された。微動だにしない榎並に目で促され、亜樹は立ち上がった。

「えっと……」手帳を繰る。「マル害のことを記憶している店は何軒かありました。毎日どこかの店で飲んでいたようです。マル害がガラム・スーリア・マイルドという特徴的な匂いの煙草を吸っていたこと、コロンを使っていたことを証言する人もいました。左手の薬指がないことに気づいている人もいたので、かなり頻繁《ひんぱん》に東口の辺りで飲んでいたのだと思います。それから、あの指は、子どもの頃に実家である町工場の工作機械に挟まれて欠損したとのことでした」

それぐらいしか亜樹には報告することがなかった。

「これでだいたいマル害の普段の行動や商売についてはわかった。聴き込みの中で、マル害に恨みを持っていたような人物は浮かんでこなかったか？」

生島は、ざっと捜査官たちを見渡した。誰も答えなかった。今のところホシの目星はつかないようだ。電話分析班が解析した根岸のスマホに保存されている人物名は多く、鑑取り班がその一人一人に当たっているとの報告が上がった。保存はされていても、電話番号を変えたのか連絡が取れない人物も多く、苦労しているようだ。

機捜が根岸の家の中を念入りに捜索したが、そこからも目ぼしいものは見つからない。引き続き詳細に調べを進めるとも報告があった。

「家族はどうだ？　独り暮らしだということだが、親族については？」

捜査員の一人が立ち上がった。

「マル害は川口市の出身のため、実家近くの交番に照会してみましたが、両親はすでに亡くなっており、兄弟もいないそうです。浦和《うらわ》市で不動産業を始めたということから、その経緯を調べているところです」

「ということは、今のところマル害の身近には、彼に殺意を抱くほどのトラブルがあった者はいないのですか？」

管理官がやや語気を強めた。生島が急いで付け加えた。

「飲酒時に居合わせた客と口論になったとか、酔客のもめごとに巻き込まれたという情報もないのか？」

「そういう情報はありません」

誰かが答えた。亜樹が回った店でも、根岸は穏やかに飲んでいるといった印象だった。店主のウケもよかった。

「住居の近隣トラブルはどうだ？」

「それも今のところはないようです」

「だが、実際にマル害は殺されている。理由もなく突発的に事件に巻き込まれたということか？」

「あの近辺で最近傷害事件、あるいは暴力事件が起こったかどうか調べてみましたが――」

機捜隊員が立ち上がった。この一年間、路上で起こった犯罪としては、夜間に帰宅中の女性を狙った痴漢が二件、自転車で歩行者を追い抜きざまにショルダーバッグをひったくっていった窃盗が一件起こっているという。後者の場合、被害者がバッグを取られまいとして引きずられ、軽いけがを負った。どちらも犯人は未だ捕まっていない。

駅の西側の住宅街では、数年前に夜に侵入盗一件があって犯人は検挙されたと、亜樹は承知していた。東口の辺りでも、犯人が逃走したような殺人事件は今まで一度も発生していない。

それなのに殺人事件が起きた。絶対に許すことはできない。ペンを握る手に、亜樹はぐっと力を込めた。

「ブツはどうだ？」

生島は、要領よく質問を繰り出す。

「現場ではホシにつながるようなブツは発見できませんでした。今後、範囲を広げて捜索していきます」

他の捜査員が付け足す。

「明日には司法解剖の所見が出るので、凶器の形状なども判明すると思います」

「凶器はホシが持ち去ったということか」

「現場で見つかっておりませんので、そう考えられます」

「マル害からあれだけ大量の出血があったのだから、ホシはかなり返り血を浴びているだろう。拭《ぬぐ》いきれないほどの血塗《ちまみ》れの凶器を所持してもいるから、目につくはずだ。地取り班は、目撃情報を徹底的に拾え」

「はい！」

「それでは今日はここまでとする。明日からもそれぞれの分担で任務に専念するように」

明日の捜査会議の時間が告げられた。引き続きホシにつながる情報を求めて、各組はまた聴き込みに回る。

講堂の壁掛け時計を見上げると、午後十一時半を回っていた。宮沢係長の「起立、礼」という号令で深夜に及んだ捜査会議はお開きになった。ひな壇の幹部が出ていくと、捜査員も出入り口に向かう。終電にはまだ間に合う時間なので、急いで駅に向かう者、赤羽署が用意した仮眠室に向かう者、様々だ。だが、そのまま机に座ってパソコンに向かっている者も多い。今日の捜査の成果を捜査報告書としてまとめ、提出しなければならないためだろう。

ふらりと立ち上がった榎並は、ズボンのポケットに両手を突っ込んだまま、亜樹に「じゃ、お疲れ」と言った。

「お疲れ様でした」

亜樹も挨拶を返す。

榎並はそのまま、すたすたと講堂を出ていった。エレベーターで階下にいく群れに混じったところをみると、そのまま帰宅するようだ。

報告書は当然、亜樹が書くものと決めつけているのだろう。たいていは階級が下の者が書類を作成するので、亜樹もそのつもりではいたが、少しぐらいねぎらいの声をかけていってもよさそうなのに。

署の近くに引っ越していてよかったと心底思った。駆り出された捜査員のうち、自宅が遠い者や都合で署に留まる者は、道場を転用した仮眠室で雑魚寝《ざこね》する。警務課が昼間、寝具や夜食を用意したはずだ。女性である亜樹は、必要があれば宿直室を使うように言われていたが、宿直当番以外で署に泊まり込むことは極力避けたかった。

やる気のない相棒はとりあえず忘れよう。さっさと報告書を作って、自宅マンションに帰ろう。刑事課の自席に戻ろうと廊下に出たところで、飯田が待っていた。

「お疲れ様です」

先ほどよりも、よっぽど気持ちのこもった挨拶を口にした。

「ああ、お疲れ」

「飯田さんは、どうするんですか？　道場に泊まり込み？」

「まさか。この年で勘弁してくれよ。もう帰るよ」

そう言いながら、飯田はその場を動こうとしなかった。

「何か？」

「ああ、ちょいとクロに用事があったんだ」

飯田は、亜樹を廊下の隅に連れていった。帰宅したり、道場に向かう捜査員の流れとは反対の方向だ。壁際に長椅子があり、二人で腰かけた。

「言おうかどうしようか迷ったんだが――」

飯田は歯切れの悪い言い方をした。

「何でしょう」

「あの、お前さんと組んだ捜一の奴だ」

「榎並さん？」

「ああ」

飯田は膝の上に置いた自分の両手を見下ろした。少しの間黙ってから、決心したように顔を上げた。

「あいつは事故人材なんだ」

「事故人材？」

亜樹は飯田の言葉を反復した。

「何ですか？　それ」

「つまり、あれだよ。あいつは監察に目をつけられてるってことだ」

「監察に？」

意外な言葉に驚く。

警視庁警務部人事第一課監察係——亜樹も一般的な知識として、彼らの仕事は知っていた。素行不良の警察官を懲戒するセクションだ。監察官は、身内である警察官を調査し、不祥事の証拠が固まれば対象者の処分を行う。そうやって組織の綱紀粛正をはかるのだ。

「榎並さんが？　何をしたっていうんですか？」

飯田はゆるりと首を横に振った。

「それがわからん。目をつけられているとしか」

「じゃあ、今まさに監察の調査対象にされているんですか？」

「いや、それとも違うんだ」

飯田は声を落とした。それにつられて亜樹も小声になる。周囲には誰もいないとわかってはいたが。

「意味がよくわかりませんけど」

「俺が耳にしたのは――」また飯田はうつむいた。「奴が監察に呼び出されたことは確かなんだ」

警察学校でも監察係は習ったし、卒業後の配属先でも、先輩警察官から冗談混じりに脅されていた。監察から呼び出しがかかったら、もう警察官生命が終わったも同然だと。

「警務部人事一課監察係です。本部十一階の人事一課までご足労願いたい」

たとえばある日、そんな文言で出頭要請がかかる。本人にとっては唐突だが、その時にはすでに証拠固めは完了している。もう逃げようがない。本人の不祥事は暴かれ、あとは処分が下るのみだ。起こした不祥事の種類や程度によっては、上司も管理監督責任が問われて処分が下される。

「発端は、タレコミらしい」

「榎並さんが不祥事に関わっていると？　で、監察から呼び出しがかかった」

「ああ」

飯田の声がまた重くなった。

「わかるだろ？　監察はただの疑いだけでは出頭要請はしない」

「そうですね」

亜樹はぐっと唾を呑み込んだ。いったい、あのつかみどころのない捜一の刑事は何をやらかしたのだ？　榎並は徹底的に洗われたはずだ。

「ところが奴には何の処分も下されなかった」

「疑惑は晴れたのですか？　榎並さんが潔白を証明して」

「いや、どうやらそうではないらしい」

実直な飯田らしくない持って回った言い方だ。

「どうもあいつが関わっている不祥事は、監察でも深入りできないもんだったらしい」

亜樹は意味を取りかねて黙り込んだ。飯田は身を乗り出してきた。

「それ以上つつくとヤバいってことだよ」

「ますます訳がわかりません」

「俺も詳細は知らない。でも奴がつかんでいるかもしれないものは爆弾なんだ。とんでもない警察のスキャンダルに発展するかもしれない」

「かもしれない」の連続は、亜樹を苛立たせた。

「そんな大変なもの、どうしてあの人が？」

榎並は、それほどの切れ者には思えなかった。

「あいつが掘り起こしたわけじゃない」

飯田は少し言い淀んだ。しかし、自分を奮い立たせるように言葉を継いだ。

「クロも憶えてるだろ？　去年の一月に綾瀬《あやせ》署の地域課の巡査部長の男――確か畠山《はたけやま》といった――がピストル自殺した事件」

「ええ」

「彼は、榎並と同期で親しくしていた。その後の内部調査で、彼が警察の超一級のスキャンダルを知ってしまったと判明した。だが彼はそれを告発せずに自殺した」

飯田は乾燥した唇を、ぐっと真一文字に食いしばった。

「もみ消そうとする上からの圧力に耐えかねて、自分の頭を撃ち抜いた」

その時の発砲音を聞いた気がして、亜樹は一瞬目を閉じた。

「そんな――。そのスキャンダルを葬るために一人の警察官を犠牲にしたんですか？」

到底信じられない。警察にも当然不祥事はある。そのために人事第一課監察係はあるのだ。彼らを沈黙させ、警察が組織ぐるみで隠匿《いんとく》しようとするスキャンダルは何なのだろう。

「畠山が精神的に追い詰められて死を選ぶとは、上も思っていなかったのかもしれない。だが、結果的には彼が死んでくれて助かったと思っただろうよ。ところがその後、タレコミがあって——」

「榎並さんが、死んだ巡査部長から、その重大な情報を打ち明けられていたという内容だったんですね」

亜樹にもようやく見えてきた。

「監察に呼び出されて、あいつがつかんでいることを問い質されたのだろう」

「監察の調査でもスキャンダルの全容がつかめなかったから？」

飯田は小さく頷いた。

「必ずしも監察はその事案を握り潰そうとしているわけじゃないらしい。だから榎並から情報を引き出してから、手をつけようという魂胆《こんたん》だったんだろうよ。ところが、奴はのらりくらりと追及をかわして何もしゃべらなかったようだ」

榎並のあの食えない態度を見れば、彼が監察係の前でどんな反応を示したかはだいたい想像がついた。黙ってしまった亜樹に飯田は続ける。

「本当にあいつは何も知らないのか、あるいは真実を話すことで自分も畠山のように、上からの圧力で潰されるのを恐れたか……」

真実を知っているのを伏せて宙ぶらりんな態度を取り続ければ、警察組織の中で自分の身を守れると榎並は判断したのか。しかし、どっちにしても感心しないやり方だ。正義を重んじる警察官がそんな駆け引きで保身に走るとは。亜樹の中で怒りの炎が燃え上がった。その気配を感じ取ったのか、飯田は急いで付け加えた。

「だからあいつには監察も手がつけられない。爆弾を抱えたまま組織の中でのうのうと生きている」

「だいたい、どうして飯田さんは、そんなことを知っているんですか？」

亜樹は疑問を口にした。監察官は、警務、公安出身の成績優秀者が抜擢《ばってき》されることが多い。警察の警察である彼らは、細心の注意を払って捜査を進める。組織の中では孤立しているといっていい。よって、他部署に情報が漏れるということは通常はない。

「榎並が口を割らないもんだから、監察は捜査の方向を変えた。どうしても看過できないスキャンダルだったんだろうな。榎並を諦《あきら》めて、タレコミをした人物を突き止めようとした」

監察も焦りが出たのだろう。やや慎重さを欠いた捜査の過程で、事情を聴取された者から不穏な噂《うわさ》が密かに広まった。それもごく一部の職員に限られてはいたが、憶測が憶測を呼び、飯田の耳にも入ったらしい。スキャンダルの内容はわからないが、上層部で隠匿されているのは事実のようだ。結果、榎並は「監察に目をつけられた事故人材」として、腫物《はれもの》に触るような扱いを受けているという。

「あいつは監察から今もマークはされているが、そのまま塩漬けになったレアなケースなんだよ」

畠山巡査部長は本当に自殺だったのだろうか。まさか殺されたということだろうか。亜樹は身震いした。

榎並は何を知っているのだろう。監察に呼ばれて何を訊かれたのだろう。榎並自身がスキャンダルに関係しているとか？　そうでなければ、監察が探りを入れるだけの目的で呼びつけたりはしないだろう。

榎並が「ケイゾク」に配属されたのは、周りから今も警戒されてはいるものの、取り扱いに腐心しているということの現れなのか。

亜樹は首をひねった。謎だけを投げかけられたようで、収まりが悪い。

「あいつには気をつけた方がいい。あまり深入りするな。腹に何を隠し持っているかもわからない得体の知れない男だから」

彼は独身寮から出て一人暮らしをしており、警察内に親しくする者もいない。綾瀬署の畠山が自殺するまでは、同期同士での交流もあったらしいが、今では同僚とも交わらないのだと飯田は言った。孤独で偏屈、協調性は皆無——今日、自分が受けた印象と併せて、亜樹は榎並にレッテルを貼った。

ただ、飯田が悩んだ末に忠告してくれたことだけはわかった。

「わかりました。ありがとうございます」

まだ不安そうにしている飯田に、にっこりと笑ってみせた。

「あの人、やる気がまったく感じられないんです。飯田さんの話を聞いてなんとなく納得できました。胡散臭《うさんくさ》い人ですよね」

そんな問題のある人物と組まされた自分が、軽んじられていることもよくわかった。

「お前さんは直情型だからな。変に奴に突っかかって、面倒になるとよくないと思って」

「大丈夫です。榎並さんとの距離感は心得ました」

亜樹の返答に、飯田は疑い深そうに目を細めた。

「飯田さんが本庁に行かれてから、私も少しは成長しましたよ」

ややおどけると、やっと飯田も笑みを浮かべた。両眉が下がるいつもの笑い方を見て、亜樹も肩の力を抜いた。

ポンと亜樹の肩を叩いて、去っていく飯田の疲れた後ろ姿を見ながら、亜樹は腹を決めた。

榎並がどんな秘密を隠し持っているかは関係ない。人が殺され、刑事課の自分はその捜査に当たっているのだ。今はそれだけが重要だ。本庁から来た刑事にやる気がないのなら、却って好都合だ。自分のやりたいようにやって、ホシを挙げるまでだ。


翌朝の捜査会議で、榎並・黒光班には、根岸の交友関係の聴き込みが下命された。この任務にはいくつかの班が当たっており、二人には根岸の自宅の近隣関係が当てられた。しかし、オリオン都市開発や、不動産業の関係者、あるいは根岸の親族の聴き込みの方が、実のある話が得られそうだ。昨日の飲み屋への聴き込みからして、どうも自分たちは甲斐のない鑑取りに回されている気がする。きっと夜の捜査会議では、他の班が有意義な結果を報告するだろう。

それもこの事故人材なる男のせいに違いない。亜樹は隣をぶらぶら歩いている榎並を睨みつけた。今は赤羽駅から根岸の家までの道をたどっている。

「榎並さん、ちょっと現場に寄っていきませんか?」

昨日の未明に臨場した赤羽台団地の裏は、ここから遠くない。夜ではなく、明るい時間にもう一度あの場所を見てみたかった。

「うん? ああ、いいよ」

榎並は特に異を唱えることなく、方向を変えた亜樹についてくる。本庁の刑事を従えて、亜樹はさっさと先を行った。本庁の捜査一課の刑事に、所轄の刑事は顎《あご》で使われることが多々ある。ただの道案内くらいにしか思われていないのだ。そこまでいかなくても高圧的な態度を取られる場面はある。

飯田のような刑事はまれなのだ。現に、今朝会った草野は、相棒の本庁刑事にだいぶ絞られているようで、ぶつぶつと愚痴《ぐち》をこぼしていた。

赤羽台団地に行く途中、弁財天の小さな社《やしろ》がある。その横から高台に上る道は歩行者しか通れないくらい細い。急な坂道を上ると、赤羽台団地の裏手に出る。そこには車も行き来する広い道路が通っている。右側は団地のコンクリート壁、左側は適当な間隔で樹木が植えられた下り斜面だ。昼間だと、道路よりさらに高いところに建つ団地棟に見下ろされている感がある。近くの建築中の棟には人が立ち入らないよう、工事用のフェンスが設けられていた。

現場はもう規制が解かれ、特に変わった様子はない。現場の前で立ち話をしていた中年女性二人が、近づいてくるこちらに気づいて顔を見合わせ、別々の方向に去っていった。殺人事件のことは、昨日からニュースで報じられていたし、今朝の新聞にも載った。近隣の住民には知られているだろう。いろいろと噂話が飛び交っているに違いない。もしかしたら、根岸宅の近所から有力な証言が得られるということもある。亜樹は思い直した。

根岸が倒れていたガードパイプの向こうを見てみる。大量の血液は、きれいに洗い流されていた。

亜樹はしばらくガードパイプの外から現場を見ていた。榎並も亜樹の隣に立った。広大な赤羽台団地は、植栽も豊かでのんびりとした印象だ。常緑樹が植わっているところから、鳥の鳴き声が聞こえてきた。殺人現場とは思えないのどかさだ。

根岸は駅から来たのだから、自分たちと同じようなルートをたどって来たに違いない。西が丘一丁目の自宅に帰るにしては、少し遠回りをしている気もする。弁天通《べんてんどおり》という大きな通りを真っすぐに進めばいいのに、わざわざ団地裏を通ったのには、理由があったのだろうか。犯人に人気のない場所に誘導されたのか。

延々と続く工事用フェンスのため、ここからは団地には入れない。今は中で工事をしているのだろうが、遠いため騒音は聞こえなかった。トラックが行き来することもない。

人を殺すには、おあつらえ向きの場所——ふとそんな不謹慎な思いが頭を過《よ》ぎった。やはり通り魔や突発的な窃盗ではない。根岸は狙われたのだ。

そう思い巡らせながら隣を見ると、榎並が割と真剣な眼差しで現場を見ているのに気づいた。この人、殺人事件の捜査に関わったことがあるのかしらと、ふと思った。曲がりなりにも本庁の捜査一課の刑事なのだから、警部補になるまでにその機会はあっただろう。捜査を先導しようとしないが、案外高い能力の持ち主なのだろうか。

榎並の横顔を見ていたら、彼は急にこちらを向いた。

「なんだ?」

「別に」

素っ気なく答えて、ガードパイプを回って奥へ進んだ。

「ここなんです」

マル害が倒れていた場所から、少し離れた地面を指差す。

「何が?」

亜樹が指し示す箇所を、榎並も釣られて見た。

「ここに流れた血の中に、ハート形の跡があったんです」

「ああ――」榎並は皮肉っぽく唇の端を持ち上げた。

「お前、これを気にしてたんだったな。もしかしたら、ハート形のものがここに落ちていたかもしれないと」

捜査本部での質問を憶えていたようだ。

「そうなんです。これです」

亜樹はスマホを取り出して、画像を見せた。今朝早くに鑑識に頼んで撮らせてもらったものだ。

榎並は呆れたように横目で見た。

「ただの花びらだろ？　鑑識もそう言っていた」

「ええ、おそらく。でも何の花でしょうね」

スマホをしまって周囲を見渡す。寸法も鑑識で聞いてきた。縦が二・五センチ、一番広い部分の横幅が二センチほどで、結構大きい。桜ではない。サクラソウでもない。バラなら大きさが合うが、開花は五月なので、咲くにはまだ早い時期だ。

亜樹は顔を上げて周囲を見回し、鼻をひくつかせた。春の温かな風の中に、花の香りが混じっていないか。

人知れず飛んできて、コンクリートに張り付いていた花びら。そのそばで、深夜ほろ酔い加減で通りかかった男の腹に鋭い刃物が突き立てられた。男が前のめりになったところを、ホシは今度は首の脇を切りつけた。夥しい血液が辺りいちめんに飛び散る。闇夜、血液が地面の花びらを汚したことには、ホシもマル害も気づかなかった。

マル害が倒れ、ホシは逃げていく。その後風が吹いて、花びらはどこかに飛んでいった？　いや、血液を含んだ花びらは重いだろうから、そう遠くへは飛ばなかったのでは？

亜樹は植え込みや道路や側溝を丹念に見て回った。この辺りは鑑識が調べ尽くしている。事件に結び付くような物証はすべて回収していったはずだ。そして捜査会議では、血のついた花びらの報告はなかった。この周辺にはない。

うろうろと歩き回って地面を凝視する相棒を、榎並は突っ立って見ていた。

「何してんだ？」

しばらくして、ぶっきらぼうに声をかけてきた。亜樹は答えず、下を向いて歩き続け、とうとう諦めて元の場所に戻っていく。

「榎並さん」

榎並は顎をくっと持ち上げて応じた。

「もしここに花びらが落ちていて、マル害の血がその上に降ってきたとしたら、ちょっと風が吹いたくらいで飛んでいくと思いますか？」

榎並が呆れた顔をしたが、無視した。

「血塗れの花びらなら、地面に張り付いたままになっていると思いませんか？」

榎並はやれやれというように首を横に振った。

「お前、まだそんなことにこだわってんのか」

「だって、どこにも見当たらないでしょう？　花びら」

榎並は、また唇の端を持ち上げる嫌な笑い方をした。

「お嬢さんだからハートが気になってしょうがないんだ」

それだけ言うと、くるりと背を向けた。現場を後にして歩き始める。

「このこじらせ事故人材が」と、亜樹はその背中に向けて心の中で毒づいた。

もう一度根岸が倒れていた場所を振り返る。記憶の中の甘く刺激的な匂いを鼻腔に蘇らそうとした。しかしもはや何も感じられなかった。

グリーン系のコロンと煙草が混じり合った独特の匂いを振り撒きながら赤羽で飲み歩いていた男は、何の手がかりも遺《のこ》さず、永遠に沈黙してしまった。彼が己の体から流れ出た血の中に突っ伏した時、誰が見下ろしていたのだろう。踵を返して去っていくホシの後ろ姿を想像した。

体の内側から突き上げてくる昂《たかぶ》りとも怒りとも知れぬ感情を、大きく息を吸い込んで抑え込む。

道路の脇の植栽から風に飛ばされてきた春落ち葉が、小さな渦になって足下にまとわりつく。顔の周りで躍る後れ毛をさっと払って、亜樹は坂道を下りていった。

第三章　音叉《おんさ》の響き

瀬戸大橋《せとおおはし》に差しかかると、横殴りの雨になった。風も強い。ハンドルを取られそうになって冴子《さえこ》は舌打ちをした。

「最悪」

晴れていれば、多島美の瀬戸内海が見渡せるはずだった。

一度運転して瀬戸大橋を渡ってみたかったのだ。岡山に住んでいるのに、なかなかその機会に恵まれなかった。四国へ行く用がなかったためだ。愛媛県松山《まつやま》市の大学を卒業して、大阪で就職し、結婚と同時に名古屋《なごや》に移り住んだ。すっかり松山とは縁が切れた生活になっていた。離婚後地元の岡山に戻っても、四国へはなかなか足が向かなかった。卒業した後に二度か三度、友人に会うために行った憶えがあるが、卒業から三十年が経った今ではその友人たちとも疎遠になってしまった。

それが先日、いきなり大学時代のサークルで主将を務めていた男から連絡をもらった。彼に誘われて母校を訪ねることにしたのは、単に気が向いたからだ。彼の用事はたいしたものではなかったのだが、こんな機会でもなければ行くことはないだろうと思った。愛車のアウディで橋を渡ることも、彼との電話の途中で決めた。

天候がよくないことは事前に予報でわかってはいたが、こんな荒天になるとは思っていなかった。

与島《よしま》パーキングエリアにたどり着く。瀬戸大橋上で唯一のパーキングエリアがある島だ。駐車場に車を入れ、ドアを開けた途端に雨風に襲われた。ジャンプ傘を開くのが間に合わない。念のため着てきた防水加工のスプリングコートが役に立った。

そのまま与島プラザの中に逃げ込んだ。大ぶりのバッグからタオルを取り出して、濡れた髪を拭く。フードコートでホットコーヒーを注文した。天候のせいか人はまばらで、窓際の席に着いたが、ガラスにも大粒の雨が叩きつけているので、瀬戸内海の景色は薄ぼんやりとしか見えない。

約束の時間までにはまだだいぶ間がある。急ぐことはない。少し休んでいくことにした。

ここは四国へ渡る中間地点だ。さっきの駐車場からは、通ってきた瀬戸大橋の姿が見えた。車道の下に鉄道が通っているのも霞《かす》みつつわかる。この橋ができた時は、世界一長い鉄道道路併用橋として話題になったものだ。本州と四国を結ぶ三本の橋の中では最初にできた橋で、冴子が学生の時には、岡山と松山をＪＲの特急に乗って行き来していた。四国側の坂出《さかいで》から本州側の児島《こじま》まで、たった十五分の行程だったが、美しい景色を楽しんでいた。この与島パーキングの上を通る時、いつかここへ車で来て、景色を存分に眺めてみたいと思っていた。

それで今回の四国行きを車にしたのだ。しかし、念願のビュースポットに来たというのに、このありさまだ。冴子はコーヒーカップを両手で包み込むようにして、春の大雨に霞む瀬戸内海を見下ろしていた。本来なら白い航跡を残して行き来する船の姿も見えるはずだが、海面がどこなのかすら見分けがつかない。

よりによってこんな日に、四国へのドライブをすることになるとは、つくづくついていない。コーヒーを一口啜って考えた。やっぱりやめておいた方がよかったか。ちょうど気が塞ぐようなことがあったので、気分転換にいいと思ったのだが、なんだか余計に落ち込むようだ。

——ママ、ごめんね。結婚式にはママを呼べない。

穂波《ほなみ》の声がまだ耳にこびりついている。

「そう、いいのよ。気にしないで。ママは穂波が幸せになってくれればそれでいいんだから」

言いながら、苦い思いを呑み込んでいた。もっとすんなりと言えるはずだった。離れて住む娘の結婚式のことなど、今まで考えたこともなかった。それなのに穂波が結婚すると聞いた途端、胸がざわついた。とうに踏ん切りをつけていたつもりだったのに、いざとなったらどうにも自分の感情をコントロールできなかった。

二十八年前、大阪の広告代理店で働いていた時に知り合った同僚と結婚した。しばらくは勤務しながら気ままな二人だけの生活を送っていたのだが、冴子の妊娠がわかると同時に、夫・誠一郎《せいいちろう》の実家に戻るという話がにわかに浮上した。誠一郎の実家は、名古屋城の近くで明治時代から続く老舗《しにせ》の旅館だった。長男である誠一郎はそこを継ぐことが期待されていた。

結婚する時に、もしかしたら家業を継ぐかも、とは聞かされていた。が、誠一郎は旅館経営には興味がなさそうだったし、広告代理店の営業の仕事が性に合っていると常々言っていたので、冴子はあまり現実的にとらえていなかった。だから義父の体調がすぐれず、この際、家に戻って家業を手伝ってくれと言われたのを、すんなり夫が受け入れたことが信じられなかった。

妊娠しても今まで通り広告代理店で忙しく働き続けていた冴子は、流産しかけた。それで弱気になった。医者から安静を言い渡されたのを潮に、仕事を辞めてしまった。そこからは一気呵成《いっきかせい》に話が進んで、誠一郎は実家の旅館を継ぐことになった。冴子が次期女将になるということは、暗黙の了解という形で進んだ。

冴子は見えない海を見下ろしながら、ゆっくりとコーヒーを飲んだ。

そういえばあの旅館の名前は、「青海楼《せいかいろう》」だった。海の近くでもなかったのに、どうしてそんな名前を付けたのだろう。今さらながらそんなことを思う自分がおかしかった。

何もかも過去に閉じ込めて見向きもしなかったのに、穂波からの電話で心が乱れた。名古屋で過ごした八年と三か月は、苦い思い出しかない。一人娘の穂波を育てながら、旅館の仕事もこなした。サラリーマン家庭で育った冴子にとっては困難極まりない毎日だった。姑《しゅうとめ》からは、特に接客を厳しく仕込まれた。将来の女将なのだからと、それが口癖だった。立ち居振る舞いから旅館に代々伝わっているしきたり、客を迎える段取り、掃除の仕方、花の活け方、料理の名前、顧客の顔と名前、仲居たちを統率する方法。口を酸っぱくしていちいち細かいことを指摘する姑も、嫁入り後にこうやって一つずつ憶えていったのだという。

冴子は持ち前の負けん気と吸収力とで、懸命に努めた。

旅館の奥に住居部分があるので、プライベートな生活もあってないようなものだった。夜遅くまで客の相手をし、翌日の段取りをしてから自宅に戻っても、そこには舅《しゅうと》や姑がいて、気が休まることがなかった。

一通り仕事を憶えた時、冴子の中に芽生えたのは、意欲や自信ではなく、こんなはずではなかったという後悔だった。厳しい就職戦線を戦い抜き、大学で学んだ社会学を活かせる職に就いたのに、それを捨てて自分は何をしているのだろう。若旦那然として接客の場に出ない夫は、かつてのやり手の営業マンからは想像もできない変貌ぶりだった。

何より、穂波との時間が持てないことが辛かった。生まれた時から青海楼にいる穂波は、母と過ごせないのを寂しがらなくなり、大勢の大人に囲まれてちやほやされるのに馴染んでしまっていた。一般家庭からずれた生育環境に穂波がいることが、気がかりだった。後悔や焦燥を抱きつつも、若女将としての仕事は追いかけてくる。もともと完璧主義者の冴子は、手を抜くことを自分に禁じた。

やがて精神に綻《ほころ》びが生じた。些細《ささい》なミスで落ち込んだかと思うと、もっと大きなミスを犯していることに気づかず、それを仲居頭に指摘されてうろたえることが増えた。挙句に彼女に食ってかかったりした。穂波の参観日を間違えて学校に出向く。客との会話がうまく続かない。料理長が書いたお品書きをいくら読んでも頭に入ってこない。そんな異常事態が続いて、ようやく自分はおかしいのだと気がついた。

「君は疲れているんだよ。少し休めばよくなるよ」

のんびりと言う誠一郎に腹が立った。父親の体調が回復したおかげで、彼は青海楼の経営には、あまりタッチしなかった。馴染みの客や同業者との付き合いで、旅館を空けることも多くなった。その上に地元に帰ったせいで、学生時代の仲間との交際が復活した。高校時代にやっていたテニスを再開し、付き合いゴルフと併せて気ままに過ごしていた。

冴子が旅館に出なくなっても、経営には何の支障もなかった。常連客たちが「若女将は？」と問うても、舅や姑が適当にあしらって済み、青海楼は何事もなかったように運営された。

ただ冴子が心療内科にかかってうつ病と診断されると、誠一郎も含めて皆は狼狽《ろうばい》した。冴子を心配したためではなく、老舗旅館の風聞を気にしたためだった。

冴子は自宅に閉じこもった。心療内科の医者は、よくないと忠告したが、冴子は家族とも従業員とも会いたくなかったし、家族も同じことを望んだ。ショックだったのは、穂波が母親よりも、父親や祖父母、旅館の従業員たちと一緒にいる方を好んだことだった。

姑たちが「お母さんは病気だから」と言い含めたことが原因だった。それでも治療が功を奏して少しずつ落ち着いてくると、冴子はどうにか環境を変えようと考えた。もともと自分は積極的で労働意欲の高い人間だとわかっていた。

しかし彼女が提案した、青海楼を出て三人で住もうというプランや、冴子が旅館以外で働きたいという希望は、ことごとく誠一郎によって拒絶された。そうした夫婦の会話もすぐに舅姑に伝わってしまう。

「冴子さん、あんたはもう旅館のことはええで、家であんきにしとき」

外に働きに出るなということだ。寸分の隙もなくきっちりと着物を身に着けた姑は、正座した冴子を立ったまま見下ろした。

「何もせんでいいから、もう一人子どもを産んでちょう」

そして背中を向けて言った。

「男の子ならなおええわ」

それで心が折れた。ここで過ごす人生は自分のためのものではない。

誠一郎と正式に離婚が成立するまでに一年以上かかった。ネックは穂波だった。たった一人の跡継ぎを、向こうは手放したがらなかった。

「ごめんね、穂波。ママはもうここにはいられないの」

二人きりになった時、穂波にそう告げた。青ざめた穂波は、口を真一文字に結んで涙をこぼした。

「穂波、ママと一緒に行く?」

穂波は激しく頭を横に振った。二つにくくった髪が、頰を打った。

「嫌だ！　ママのバカ！」

冴子があの家を出るためには、娘を諦めねばならなかった。別れの日、穂波は射るような目つきで去っていく母親を見ていた。

冴子は一人で岡山に帰った。岡山で、人材派遣会社に就職して、人材派遣や紹介だけでなく研修やアウトソーシングなども手がけた。やりがいのある仕事に没頭し、数々の資格も取り、五十歳を過ぎた今では、部長になった。

穂波とはたまに連絡を取り合っていた。岡山まで何度か遊びに来たこともある。誠一郎は独り身のままだと、彼女の口から知らされていた。そんな交流が続いていたので、穂波から結婚するという話を聞いた時、式に列席できるのではないかとかすかな希望を抱いたのだった。誠一郎の隣で、母親面して座ろうという気はさらさらないが、末席にでも座らせてもらえればと思ったのだ。たった一人の娘の花嫁姿を見てみたかった。

だが、そのささやかな願いは打ち砕かれた。穂波からの電話を受けた時、消沈しながらもやっぱりなと思った。舅も姑もまだ健在で、誠一郎が跡を継いだ今でも、青海楼にも顔を出しているという。式はその青海楼で盛大に執り行われるそうだ。たった一人の孫娘とその夫に老舗旅館の跡を継がせようという企てを持っているに違いない。そんな彼女の結婚式にとうの昔に出ていった実母を呼んで、変な噂を立てられたくないのだろう。

冴子はこの十五年間、一人でやってきたのだ。気持ちの切り替えはうまくできると思っていた。だがやはり、どこか吹っ切れないところがあった。腐った気分を引きずっていたから、雨の中のドライブとなってしまったのかもしれない。

早く四国に渡ってしまおう。昔の仲間に会えば、また気持ちも変わってくるだろう。

冴子はコーヒーを飲み干して立ち上がった。ちょうど合わせたように、ガラスの外を流れ落ちる雨粒が途絶えた。いい兆候だ。このまま瀬戸大橋を突っ走ろう。

外に出ると、雲の上がいくぶん明るくなっていた。傘は必要ないようだ。柔らかな灰色の雲を見上げながら、冴子はアウディに向かった。


坂出から松山までは、高速で二時間ほどだ。冴子は快調に飛ばしていた。

点けっぱなしにしていたラジオから、井上陽水《いのうえようすい》の「少年時代」が流れだした。冴子はボリュームを落とし、アクセルを踏み込んだ。

冴子は松山大学の社会学部に通った。その時にマンドリンクラブに入った。岡山の同じ高校から行った友人に誘われたのがきっかけだった。友人は早々にクラブをやめてしまったが、軽い気持ちで入部した冴子は結局四年間在籍した。

友人がやめたのは、マンドリンクラブの活動が思っていたよりもハードだったからだ。練習は厳しかったし、上下関係も強固だった。体育会系と見紛《みまが》うばかりの組織と活動内容だった。演奏会は年に二回。七月のサマーコンサートと十一月の定期演奏会に向けて部員は練習に励むのだが、演奏会が近づくと大学の講義そっちのけで拘束された。全体練習は午後四時半からと一応決まってはいたが、それまでに個人練習をして合奏に堪えうる技量を身に付けておかねばならない。パートのトップに召集されてのパート練習もあったし、同学年でそれぞれの楽器を持ち寄っての練習もあった。

とにかく音楽漬けの毎日だった。マンドリンというウクレレに似た丸っこい可愛らしいイタリア製の楽器と、その美しい音色に釣られて入部しても、練習と規律の厳しさに音《ね》を上げる部員は多かった。新歓の時期に気まぐれに入った部員は、五月、六月の間に淘汰《とうた》されていくのだった。それでも学年ごとに十数人が残って、卒業まで音楽生活を送る。

冴子が残留組に入れたのは、仲間のおかげだと思う。一年生で最初に迎えるサマーコンサートを乗り越えた同志として、同学年のつながりは強くなった。その頃には楽器もある程度は弾けるようになっているので、上達する楽しさもあった。厳しくても、丁寧に指導してくれる先輩にも尊敬の念が生まれてくる。慣れればいい人ばかりだとわかる。バイト代を貯めたり、親に頼んだりして自前の楽器も購入できて、やる気が芽生えてくる時期でもある。マンドリンクラブは、岡山から来て一人暮らしをしていた冴子には、頼もしい拠り所となった。

だけど――長い間彼らからも離れてしまっていた。

前のトラックがちょこちょこブレーキを踏んで変に減速することに眉を寄せながら、冴子は物思いにふけった。あれほど音楽に没頭し、仲間と一体化して演奏会に臨み、飲んで笑って、熱を帯びた音楽論を交わした日々は、もう遠くへ去ってしまった。あの場所を忘れて漂ってきた年月の長さを思うと、不思議な気がする。あの美しかった日々は、もう幻想の中の一時期として自分の中で処理し、現実だけと向き合ってきた。

だから当時主将だった南田英司《えいじ》から連絡をもらった時、一瞬ぼうっとしてしまった。失われた時間にまた取り込まれるのは、幻想に還る思いだった。

「おい、聞いとんのか？」

南田に問いかけられて、「うん、聞いてるよ」と答えた自分の声が、二十歳《はたち》の時のような若さを取り戻しているのに驚いて笑ってしまった。

「何がおかしいんじゃ。お前は変わってないな」

「どこが？」

笑いながら問い返した。

「しっかりしとるくせに、つかみどころのない感じがだよ」

また笑った。彼の用件を聞く前から、既に浮かれていた。

向こうも笑った。彼は松山市出身で、卒業後は家業である海産物や珍味の卸業を継いでいた。卒業してもマンドリンクラブの同期のメンバーをまとめる幹事になった。だが冴子が名古屋に行ってからは疎遠になり、ここ二十年くらいは年賀状のやり取りだけになっていた。

マンドリンクラブは、十一年前に廃部になってしまった。現役生が少なくなり、最後はとうとう演奏会もできなくなった。OBが賛助出演して、なんとか締めくくりの演奏会をしたと聞いた。その演奏会にも冴子は行っていない。OB会は存続し、時々集まってアンサンブル形式で演奏したり、懇親会をしていたのだが、コロナ禍を経てそれもなくなったようだ。とにかくどの活動にも冴子は関わってこなかったので、風の便りで聞く程度だった。

地元に残った南田が、活動停止状態のOB会で名前だけの会長をしているのも、今回、本人の口から初めて聞いた。

そして、ようやく本題に入った。マンドリンクラブの部室が、まだ大学の部室棟に残っている。そこに使われなくなった楽器や古い楽譜、演奏会のテープなどを保管していた。だが、その部室棟の経年劣化が激しくなり、今回壊して建て直すことになった。その際に廃部になっているクラブは、撤退してもらおうと決まったという。ついては、中の荷物を処分して欲しいと大学から南田に連絡がきた。

「へえ、まだあったんだね。部室」

地元に残ってOB会の世話までしている南田に、やや後ろめたい気持ちになった。それでも、そんなことを彼がわざわざ電話してきた理由がわからなかった。

「ついに松山大学マンドリンクラブも、息の根を止められるっちゅうわけだ」

南田は冗談めかして言った。このクラブは、戦前から続く伝統ある音楽サークルだった。現役の時は、そんな歴史を気にも留めなかったが、よく考えれば長い伝統に終止符を打つことは、思い入れの強いOBにとっては忸怩《じくじ》たる思いがあるのだろう。遠く離れてしまい、仲間や演奏からも遠ざかった自分とは全く違う思いを抱いたのだと、今さらながら思い至った。あれほど密に付き合っていた仲間だったのに、何もかもが離れてしまっていた。

南田は主将を任されるくらいだから、統率力や行動力に優れていた。細かいことに気がつく上にユーモアもあって、部員皆から頼りにされていた。冴子もよくサークル活動や学業について相談を持ちかけていたものだ。その相談も、もはや詳細を思い出すことができないが。

とにかく、彼は同期の中でも懇意にしていた一人だった。

「もうOB会も機能していない。部室を片付ける言うても、俺一人の裁量でやるしかないんじゃや」

「申し訳ないね。そんな大変なこと――」

「来んか?」

「え?」

「我らが青春の燃えカスの息の根を止めにさ、松山に来んか?」

冴子は噴き出した。そうだった。いつもこうやって南田は唐突に人を笑わせ、さりげなく落ち込んだ者の気持ちを奮い立たせるのだ。自分が離婚したことや、その際のすったもんだを彼が知っているとは思えない。結婚は伝えた気がするが、離婚は伝えていないはずだ。だが、年賀状の名前が旧姓の国見《くにみ》に戻った時、南田は事情を察したことだろう。彼の気遣いのようなものを感じた。

結局、南田の誘いに乗った理由は、彼が声をかけたもう一人の名前を聞いたこともある。安原昌彦《まさひこ》。彼とも仲がよかった。確か同期は十五人いたと思うが、その中でもグループが自然にできていた。南田と安原と冴子、そして指揮者の高木圭一郎とコンサートミストレスだった篠塚瞳。この五人はなぜか馬が合って、常に一緒にいた。

「安原君も来るの？」

「うん、あいつもえらい乗り気でな。キバコも来るのかと訊いてきた」

再び声を出して笑った。十八歳で初めて会った時、「冴子」という名前を安原は「キバコ」と読んだ。読み間違いを皆に笑われると、ムキになって冴子の八重歯《やえば》を指して反論したものだ。

「ええやんか。こいつ、牙があるもんな」

以来、クラブ内では冴子は「キバコ」と呼ばれることになった。今でもニックネームで呼んでくれる安原に会ってみたくなった。

「会うと幻滅すると思うで。あいつ、腹の突き出たおっさんになっとるから」

自分もいいおっさんのくせに、そんなことを言う。だが、それを言うなら自分だって同じだろう。すべての者の上に三十年という年月は等しく降り注いだのだ。

「ついでに篠塚の墓参りもしたらええと思うて」

南田はさらっと付け足した。

「そうだね」冴子も軽く流した。

「行くよ。瞳も喜ぶよ、きっと」

「うん」

スケジュールは、南田が三人の都合をすり合わせて決めた。松山に着いたらまず瞳の墓参りをすることに決めた。

松山に近づくにつれ、雲間から陽が射し始めた。

「よかった」

冴子は独りごち、アクセルを踏み込んだ。


篠塚瞳の墓は、松山平野の西部にあった。

こんもりした山の中腹にある、市営の墓地だ。最後にここに来たのはいつのことだろう。卒業後も二回は来たと思うが、時期はよく憶えていない。自分の境遇の変化に取り紛れて不義理をしてしまったことを、冴子は手を合わせながら詫びた。

背後では、安原のせわしない呼吸音が続いている。階段を十数段上がってくるのに、彼はふうふう汗をかいた。南田が表現した通りの腹の突き出たおっさんになった安原は、それでも墓に着くとせっせと掃除をした。落ち葉を掃き集め、墓の前の地面に生えた雑草を引き抜いていく。手伝おうとする冴子を「ええて、ええて」と制した。大汗をかきながらもさっさと掃除を済ませると、墓石に柄杓《ひしやく》で水をかけ、枯れた樒《しきみ》を引き抜いて新しい樒を挿した。

その間に南田は線香に火をつけて、冴子に渡してくれた。それで一番に冴子が手を合わせることになった。線香立ての灰は固まってしまって、線香が立てにくかった。しばらくここへは誰も参っていない気配がした。

「篠塚の両親も、もう亡《の》うなってしもうたんやなあ」

墓碑銘を見た南田が呟いた。

「そうなんだ」

安原に場所を譲りながら、冴子は相槌《あいづち》を打った。瞳が亡くなった時、悲愴《ひそう》な顔で立ち尽くしていた父親と、亡骸《なきがら》にすがって泣いていた母親の姿を思い出した。彼ら二人ももう鬼籍に入ってしまったのか。あの時の悲しみは、行き場を失って漂っているのだろうか。

冴子は雲の合間からうっすらと青色が見え始めた空を見上げた。そしてまた墓に目をやる。首《こうべ》を垂れて背を向ける南田の向かいに、「篠塚家之墓」と刻まれた冷たい墓石が見えた。安原がかけた水で輝いている。

――瞳、ごめんね。こんなに長く来なくて。

三十年前、あれほど生き生きとしていた瞳が、この冷え冷えとした石の下で眠っているとは今でも信じられなかった。

マンドリンオーケストラには様々な楽器があるが、瞳も冴子もマンドリンパートを担当していた。冴子は大学に入ってからマンドリンを始めたのだが、瞳は高校からマンドリンをやっていた。その上に幼少期からピアノを習っていて、一時はプロのピアニストになるべく練習に励んでいた。そのため、演奏能力は冴子より格段に上だった。いや、当時の部員の中でも技量は頭抜けていた。

四年生になった時、瞳はすんなりとコンサートマスターならぬコンサートミストレスとなった。冴子はトップ奏者の補助的役割のインナーとして、常に瞳の隣で弾いていたのだが、彼女のうまさにいつも舌を巻いたものだ。演奏能力だけではない。元々音楽的素養のある彼女は、曲の理解力や楽譜の読み込みに長けていたし、後輩たちへの指導も的確だった。

――あんなに才能のあった子が死んでしまったなんて。

それも学生生活最後の定期演奏会を控えた時期に。

夏合宿で、彼女は合宿所近くの崖から足を滑らせて転落した。毎年行って土地鑑のあった合宿所だったのに、あんな不運な事故に遭うとは。優秀なコンミスを失くしたマンドリンオーケストラは、秋の定演開催が危ぶまれた。結局、予定の曲を慣れたものに変更したりしてなんとかやり遂げたのだが、さんざんな出来だった。沈鬱《ちんうつ》さを抱えたまま冴子たちは卒業し、各地に散っていった。他の学年と違って、卒業後集まって懇親会を開くことがなかったのは、瞳という影響力のある大事な仲間を失ったせいだ。

それと――。

「さあ、行くか」

安原が、ことさら元気な声を出した。

「篠塚の墓参りができんでずっと気になっとったんや。安堵《あんど》した」

そう言うと、バケツや掃除道具を提げて、石段を下りていく。安原の恰幅《かっぷく》のいい後ろ姿を追って、南田と冴子も続いた。

「安原君も今日は松山に泊まり？」

彼は愛南町《あいなんちょう》という愛媛県の南端から来ていた。

「うん。松山に弟がおってな。そこに泊めてもらうつもり」

「そうなんだ。弟さんがいるんだ」

「あいつ、独り身やからな。今晩は気兼ねせんと何時まででも飲める」

「大事な仕事を控えた明日もあるんやからな。ほどほどにしとけよ」

南田が釘を刺した。今晩は三人で飲むことにしている。部室へ行って中を確かめ、収納物の処理を相談するのは明日の午前中と決めていた。

「心配すな。もう昔みたいには飲めん」

「それ聞いて安心した。お前、カバが水飲むみたいにガバガバ酒飲みよったもんな。あんなに飲まれたら付き合いきれんわ」

「はいはい、年を取りましたよ」

「コンパの後、べろんべろんに酔ったお前を何べん担いで下宿まで連れていったことか。そのまま、お前の汚い部屋で泊まらされて、介抱させられて――」

「その節は大変お世話になりました」

安原は豪快に笑った。

ここまでは全員で冴子の車で来た。飲み会は、冴子の宿泊先のホテルの近くの店を南田が予約したそうだ。南田と安原を乗せて、冴子は車を出した。助手席の南田と後部座席の安原が、近況報告し合うのを、運転しながらじっと聞いていた。

安原は愛南町役場で働いていると言った。卒業後、一旦は松山で重機のレンタル会社に就職したが、数年後には地元に帰って役場に入った。今は水産課で漁業と養殖業の、指導や推進をしているという。高校時代の同級生と結婚して四人の子どもにも恵まれ、両親とともに八人家族で賑やかに暮らしているらしい。

子どもが四人と聞いて、南田は口笛を吹いた。

「そらまた頑張ったなあ。うちは一人がやっとや」

結婚が遅かったから、長男はまだ中学生だと南田は言った。卸の家業は、コロナのせいで売店や飲食店からの注文が激減し、それから低迷したままだ。だから息子に継がせるか迷っていると付け加えた。

自分に振られる前に、冴子は離婚して一人娘とは離れて暮らしているのだと簡単にしゃべった。今は地元の岡山で会社員をしているとも付け足す。

「離婚したんか。キバコも苦労しとんのや」

安原がずけずけと言い、南田が「今時、離婚なんぞ珍しくない」とフォローしてくれた。

「原因は何？　旦那の浮気？」

安原が突っ込んで訊く。しかし気を悪くせず笑ってしまったのは、気心の知れた仲間だからだ。人生の中で、たった四年間一緒にいたにすぎない。だがあの濃密な時間を共にしただけでわかり合えるものがあり、長い年月を経て再会しても、すぐ昔に戻れる。松山に来るまで予想していなかった感情に、冴子は心地よく揺さぶられた。

「そんなんじゃないよ。ただ私の辛抱が足りなかっただけ」

「ふうん」

それ以上は安原も追及してこなかった。代わりに同期の噂話を始める。人懐っこかった安原は、今も何人かとは連絡を取り合っているようだ。

「坂本《さかもと》はさ、結婚して恩地《おんち》という名前になったんやけど、旦那に不倫された時に頭きて、俺のとこに電話してきてよう」

それから延々三時間しゃべったらしい。それに付き合ってやった安原も相当の忍耐力の持ち主だ。坂本智笑《ちえ》はよく憶えていた。彼女もマンドリンパートだったから、結構仲がよかった。

――キバコ、行こう。

ふいに智笑の声が耳の奥に蘇ってきて、思わず冴子はハンドルを握りしめた。幻は一瞬で消え、冴子はルームミラー越しに、しゃべり続ける安原を見やった。小さく息を吐く。大丈夫。あれはもう遠い昔のこと。

「あいつ、今住んどる島根でもずっとマンドリンをやっとるんやで」

「ほんと？」

「うん。市民マンドリンクラブで弾いとったみたいや」

練習嫌いの智笑は、瞳にしょっちゅう注意されていた。瞳が付きっきりで教えたりするのを、煩《わずら》わしく思っていたふしもある。それなのに、今もマンドリンを続けているとは意外だった。

「で、不倫旦那と別れたんか、坂本」

南田が口を挟んできた。

「いいや。あいつ、旦那が愛人宅で一緒におるとこに踏み込んでいってやな。首根っこつかんで引きずって帰ったらしいで」

大げさに話す癖のある安原は、身ぶり手ぶりでしゃべった。冴子と南田は、フロントガラスに向かって笑った。

「そんでな、旦那に謝らせた挙句、カラーチェのマンドリンを買わせたんやて」

「ひえー！」

南田が大きな声を出してのけ反った。カラーチェといえばイタリアのマンドリン工房で、全世界に名が通っている。そこで作られた楽器は、数十万から百万円を超えるものまで、高価なもの揃いだ。学生には到底手が届かなかった代物を、不倫した旦那に買わせるとは、さすが智笑だ。学生当時、豪快だった智笑は、今も変わっていないようだ。

「偉いね。今もマンドリンを続けているなんて」

「キバコはやってないんか。マンドリン買《こ》うてたやろ？」

「実家の押入れの天袋で眠ってるよ」

マンドリンクラブに入ると、マンドリンとギターの奏者は、自腹で楽器を買うのが習いだった。マンドリンオーケストラは、マンドリン、マンドラ、マンドセロ、ギター、コントラバスという構成だ。マンドラ、マンドセロ、コントラバスは、クラブの備品があり、各奏者はそれを借りて弾く。この三つの楽器は値が張るし、個人で持っていても独奏して楽しむのには向いていないからだ。

たいてい初心者として入ってくる部員は、特に希望がなければ先輩たちによってパートが決められる。その時演奏者が不足しているパートに適当に当てられるのだ。南田はマンドラ、安原はコントラバスが割り当てられた。

「実はな、俺、今も時々ベースを弾いとるんや」

サークルでは、コントラバスをベースと呼んでいた。

「へえ、びっくり！　どこで？」

「愛南町にもマンドリンのサークルがあるんじゃ」

「そうやてな。でもお前が入っとるとは知らんかった」

南田も初耳だったらしい。

「いや、正式に入っとるんやない。そやけど、演奏会の時に頼まれてベースを弾くことがある」

前任のコントラバス奏者が体調を崩して弾けなくなり、乞われて演奏会に出たら腕を褒《ほ》められて、それ以来頼りにされているのだと安原は言った。

「不思議なもんやな。何十年もベースに触ってなかったのに、結構弾けるもんや。頭じゃなしに、体が憶えとるんかな。まあ、当時は俺もなかなかの腕前やったけんな。練習もようしたし」

安原の言いように、南田が「嘘つけ！　暇人《ひまじん》のくせに」と突っ込んだ。

マンドリンオーケストラには、弦楽器の他にフルートなどの管楽器やパーカッションなどの打楽器を担当する奏者もいたし、演奏会専属の司会者もいた。彼らとベース奏者をひっくるめて「暇人」と言い習わしていた。出番が少ない彼らは、パート練習も数人だと熱が入らず、体力作りと称してジョギングしたり、合宿の時は合宿所を抜け出して遊びに行っていたからだ。まさに気ままな暇人パートだった。

「とにかく楽器はええで。ボケ防止にちょうどええ」

「そのうち、お前も愛南マンドリンに入るつもりやろ」

「定年退職したら考えてもええわ。なかなか面白いしな。キバコもやれよ。今くらいから再開したら、老後の手慰《てなぐさ》みにちょうどええ」

「無理。もう調弦のやり方も憶えてないよ」

「今はな、チューナーっちゅう便利なもんがあるんや。それでちゃっちゃとチューニングができる。昔みたいに音叉で音を取ることないんや」

「へえ」

赤信号で停まった途端、冴子の耳に音叉の響きが蘇ってきた。音叉を軽く膝にぶつけて音を出し、自分の耳のそばに持ってきたり、楽器のボディーに当てて音程を取っていた。音叉は振動し、ボディーを反響させる。あの優しい振動音が、今、まさに耳のそばで響いた気がして、目を閉じた。

「そやけどな、今の演奏家はチューナーに頼ってしもうて、音叉なんか使わんやろ。そんで皆、耳が悪くなったんやて。弾きよるうちに弦が伸びてきて、音がずれてもわからんのやて。年配の演奏家が嘆いとったわ」

「何でもアナログやったなあ。昔は」

そうしゃべっているうちにホテルに着いた。ホテルの前で南田と安原を下ろした。店の場所は聞いていたので、一時間後に店で合流することになった。駐車場に車を回そうとしたら、安原が大声を上げた。

「はよ来いよ。化粧直しなんかせんでええけん。どうせ直したってたいして変わらんのやからな」

冴子は窓から右手を出して、安原を殴る仕草をした。男二人は笑いながら背を向けた。かつて朝から晩まで部室で過ごし、合宿となればすっぴんで練習に励んでいた仲間だ。今でも取り繕う気はさらさらなかった。


ホテルの部屋で一休みしてから指定された店に行くと、二人はもう飲み始めていた。首も顔も赤くなった南田は、アルコールには強くなかったと思い出した。

冴子が席に着き、彼女の分のビールが来てから、乾杯のやり直しをした。

「部室はどうなっとると思う?」

「管理は一応ＯＢ会がしとることになっとるけどな。もう何年もあそこには誰も入ってないやろ」

保管中の楽器も壊れて使い物にならないものばかりだと南田は言う。かろうじて使えるものがあるなら、どこか現役の音楽サークルに譲るのが妥当だろう。楽譜もしかりだ。オープンリールのテープに録音された音源はもうだめになっているに違いない。そう南田は説明した。彼が最後にそこに足を踏み入れたのは、廃部が決まって部室を整理した十一年前らしい。

コンクリート製の部室棟は、実は冴子たちの現役時からあまり使われていなかった。倉庫代わりという位置づけだった。五十人ほどの部員が集結しての合奏練習は、階段教室を借りて行われていた。確か三十三番教室だ。その練習場の近くにプレハブの建物があって、通常「部室」と呼ぶのはそこを指した。大きなクスノキの下に建っていたプレハブ小屋は、図書館を建てる時に建設業者が使っていたものを譲り受けたと聞いた。その中に楽器も譜面台も練習用のパイプ椅子もしまってあった。練習時間までに三十三番教室にそれらを運ぶのが、一年生に課せられた仕事だった。

新入部員には、マンドリンを見たこともなければ、楽譜が読めない者も大勢いた。それを先輩たちが一生懸命教えて、サマーコンサートまでには、なんとか最低限弾けるくらいにはしてくれた。

「憶えとるか？　同期の露口《つゆぐち》のこと」

アルコールが入ってさらに饒舌《じょうぜつ》になった安原が、思い出し笑いをした。

「一年生だけで練習曲を弾かされたやろ？　それが『荒城の月』でな」

「そうやったかな。よう憶えてないわ」

見よう見まねで少し弾けるようになると、次は簡単な曲を新入生だけで合奏させられた。練習曲のことまでは冴子も憶えていなかった。

「露口のやつ、曲名見て、えらいびっくりしとった。あいつ、『荒城の月』をそれまでファクトリーの『工場の月』やと思うとったんやて」

南田は飲みかけたウイスキーを噴き出した。

「その程度の音楽知識しかなかったのよ、私たち」

冴子は苦笑した。それが音楽漬けの日々を送るうちに、演奏の腕も上がり、いっぱしの音楽論を熱心に交わすようになるから不思議だ。朝、大学にやってくると講義室ではなくまず部室に寄る。そこにいる部員としゃべって時間を潰したり、楽器を出してきて練習したりする。講義の時間になっても、結局出席せずにそのまま過ごす者も多かった。そのうち夕方になって全体練習が始まる。

「もうちょっと真面目に勉強しとったらよかったわ。せっかく経営学部にいったのに、会社を経営しだしたら、何にも知識がないんで慌てたわ」

南田は愚痴をこぼした。

「そんでもマンドリンクラブに入ってよかったやろ？　勉強ばっかりしよった奴にはわからんもんが残った」

安原の言葉に、二人とも賛同した。流れで笑いながら、もう一回乾杯をする。

「一年生で初めて臨んだサマーコンサート、まったく弾けんで焦った」

「あの曲目にまずびっくりしたよ。『歌劇ジョコンダ』より『時の踊り』やろ？　それから熊谷《くまがい》賢一《けんいち》の『群炎Ｉ』や。あんな難しいの、どうあがいても弾けんと思ったわ」

「よく憶えてるね！」

冴子は南田の記憶力に感心した。

「だてにＯＢ会の会長をやっとらんぞ。廃部になった時に、最後の現役生と一緒に記録が残っとる限りの年代の曲目を整理したんや。パンフとかテープを参考にして」

「偉い！」

「懐かしい曲がいっぱいあったぞ。マネンテの『メリアの平原に立ちて』、ブラッコの『マンドリンの群れ』、アマデイの『海の組曲』」

「ああ、思い出してきたぞ。ブラームスの『ハンガリア舞曲』とか。ああそうや。『町の祭典』、あれ、フィリッパやったな」

クラシックの曲も、バイオリンをマンドリンに置き換えて演奏していた。

「私は藤掛廣幸《ふじかけひろゆき》先生の『パストラルファンタジー』が好きだったな」

冴子は主題の旋律を口ずさんだ。各パートが繰り返し演奏する抒情《じょじょう》的な主題は、未だに耳の奥に残っている。

三人は、思いつく限りの曲名を言い合い、それにまつわる思い出を語り合った。

「でもやっぱりさ、鈴木静一《すずきせいいち》の曲が印象的だったよね」

「なんか、日本人の精神に訴えてくるもんがあったよな」

作曲家でもあり、マンドリニストでもあった鈴木静一は、数多くのマンドリンオーケストラ曲を作曲した。戦前から活躍し、黒澤明《くろさわあきら》監督の『姿三四郎《すがたさんしろう》』などの映画音楽も手掛けたが、やはり彼の真骨頂はマンドリン音楽にある。生涯に作曲、編曲した曲は数えきれない。冴子たちが現役の時にはもう亡くなっていたのだが、作曲した曲は少しも古びることなく、多くのマンドリンサークルで演奏されていた。

「『受難のミサ』とか、『細川《ほそかわ》ガラシャ』とか、物語性があって感情移入しやすかったよな」

「西マンで並みいる各大学のコンマスを抑えて、篠塚が『失われた都』のソロを弾いたやろ。あれ、ほんとしびれたわ」

西マンとは、西日本学生マンドリン連盟のことで、合同演奏会が二年に一度西日本各所で開かれていた。冴子も瞳の堂々とした演奏を聴いて、鳥肌が立った憶えがある。それほど彼女は卓越した技量を持っていた。

「鈴木静一の曲は篠塚もお気に入りやったからな」

「『比羅夫《ひらふ》ユーカラ』とか、『幻の国 邪馬台《やまたい》』とかな」

とうとう安原が、全員にとって忘れがたい曲名を言った。

「『幻の国』ねえ。あれ、演奏したかったな」

冴子の口からも本音がこぼれた。

「ほんとに幻になってしもうたな」

南田が続けた。

それから会話が途切れがちになり、夜も更けてくると、三人は冴子が泊まっているホテルのバーに移動した。

皆でやんわりと避けてきたけれど、やはりあの話題に触れないわけにはいかなかった。今は欠けてしまった二人、篠塚瞳と高木圭一郎のことに。

四年生最後の定期演奏会に『大幻想曲「幻の国 邪馬台」』を選んだのは、この二人だった。高木は正指揮者で、圧倒的な演奏技術を持つ瞳は、コンサートミストレスだった。毎年、指揮者と各パートのトップが相談して演奏する曲目を決める。だがたいていは指揮者とコンサートマスターの意見が通った。

高木はその前の年、副指揮者だった時に『劇的序楽「細川ガラシャ」』を振っていたので、最後の演奏会にはやはり鈴木静一の曲を持ってきたかったのだ。以前から『幻の国 邪馬台』をやりたいと望んでいた瞳も賛同し、スコアを用意して、二人で曲想などを語り合っていたのだった。

大学のマンドリンクラブの指揮者は、一年上の正指揮者が、目をつけた者を副指揮者として指名する。だから特に卓越した音楽的な知識を持っているとか、本人の意識が高いわけではなかった。高木もギターを担当していたのが、三年生の時に副指揮者に抜擢された。もともと音楽自体は好きだったようだし、それまでの先輩たちを見てきて感化されたりもしたのだろう。高木はすんなりと承諾した。

高木もマンドリン音楽や楽典、指揮法などを勉強し、マンドリンの指導者に教えを乞うたり、他大学の指揮者と交流するなどしたが、彼は優れた音楽的素養を持つ篠塚瞳を頼りにしていた。高木が副指揮者になったのは、巧みな奏者である瞳の存在が大きかったのだと冴子は見ていた。

二人は学内外でよく一緒にいた。喫茶店で冴子がたまたま近くの席になって耳を傾けたら、マンドリンオーケストラはこうあるべきだとか、曲の解釈だとかを熱心に語り合っていることもあった。先輩や後輩たちの中には、二人は付き合っているのだろうと誤解している人もいた。だが、同学年の部員は、そうではないことを知っていた。二人の微妙な関係を何となく理解していた。

おそらくは真ん中に音楽という確たるものがあるがゆえに生まれた関係だ。親密で無遠慮で、それでいて素っ気なく、時に手厳しかった。お互いに影響し合い、尊重し合っているからこその関係だった。そうしたつながりは、最も近くにいた音楽仲間である同期には漠然とだが伝わっていたのだった。

「わかりにくい関係だな。音楽だけでつながってんだろ、あの二人」

「付き合っちゃえばもっとわかり合えるかも」

しょっちゅう一緒にいる高木と瞳を見て、同学年の中でも、そんなふうに冷やかす者もいた。

「いや、あいつらはあれでいいんだ。付き合ってしまうと、きっとつまらないんだ。今の関係が一番近いんだろ。すごく近くにいることも、本人らは気づいてないんやろけど」

誰が言ったのか、的を射た表現だった。それで皆納得したものだ。

「指揮者とコンミス、それ以上でもそれ以下でもない。でも音楽でつながった最高の関係やったんやろな、あいつら」

安原がうまい表現をした。両目の縁が赤くなっている。やはり若い頃よりもだいぶ酒に弱くなったようだ。

「今の大学生には理解できんやろな、あんな熱を帯びた学生気質はもう失われてしもうたんじゃ」

南田が言った。冴子は水っぽくなったジントニックで喉を潤《うるお》した。

「俺は地元でそれとなくマンドリンクラブの後輩たちを見続けてきたからわかる。どんどん部員が少なくなったのも時代の趨勢《すうせい》やな」

近頃の大学生は、同好会のような軽めのサークルに入って、そこそこ遊んで、そこそこバイトもして、そこそこ恋愛するのがいいのだ。俺たちの時のように一つのことに夢中になったり、厳しさに耐えたりしないと南田は続けた。

「一、二年の時から就職活動も見据え、真面目に準備をしとる」

「そうか。俺らみたいに勉強そっちのけで、楽器が上達することばっかり考えとるわけじゃないんや」

安原は一年生の時に、トレモロがうまくできなくて、当時の指揮者から「なんや、お前のトレモロは。カタカタカタカタ壊れたミシンみたいな音出して」と指摘されたことを披露した。

「そうだったっけ?」

「そうや。そんで、俺だけ練習場に入れてもらえんで、中庭の噴水の横で毎日トレモロ練習をさせられとったんや」

そんなことがあって、サマーコンサートの後にベースに転向したのだと語った。冴子の記憶からこぼれ落ちてしまった事実だった。

トレモロはマンドリンの特徴的な演奏法だ。マンドリンの弦は八本あるが、同じ太さの弦が二本ずつペアになっていて、まったく同じ音に調弦する。奏者は平行する二本の弦を、ピックで上下に搔き鳴らすようにして音を出す。初心者はたいていこの奏法を体得するのに苦労する。

そう考えると瞳のトレモロは絶妙だった。ピックが二本の弦の間を行き来して出している音とは思えないくらい、滑《なめ》らかで美しい音を出した。ダイナミックな曲も繊細な曲も縦横無尽に弾きこなした。安定感と柔軟性のある優れた演奏だった。一年生の時からその技量を身に付けていたので、先輩たちから「滑らかな音を出す」という意味で、「ミス・レガート」と呼ばれたりしていた。人一倍練習もしただろうが、なにより瞳は音楽を愛していた。

色白で小柄な瞳が、黒いマンドリンのケースを提げてキャンパス内を軽やかに歩いていく姿は、今も冴子の脳裏に刻まれている。

「古き良き時代はもう戻らんなあ。俺らも過去の遺物になってしもうた」

安原は大仰にため息をついた。

「今考えると不思議やなあ。プロの演奏家でも音大生でもない学生の集団が、目の色変えて楽器に取り組んどったんやから」

「オーケストラって不思議やな。楽器持って定位置についたらいっぱしの演奏家になったように、一音一音にこだわって――」

「全員で音を合わせるって特別なことやったよな」

オーケストラで一つの曲を作り上げるという作業自体が、特別な意味を持っていたように思う。

「演奏会のステージに立って演奏する時に、皆との一体感に酔うというか、妙なアドレナリンが溢れ出たよね。あの感覚を得るために励んできたんだと思えたな。口で言うのは難しいんだけど。なんだろう、あれ――」

ふと先輩たちの会話を思い出した。

「皆の息がぴったり合った合奏は、セックスするより気持ちいい」

「セックスなんか、ろくにしたこともないくせに」

当時、同学年の誰かが突っ込んで笑い合ったが、皆の心は通じ合っていた。たった四年間の音楽生活だった。

見ず知らずの音楽未経験者が寄り集まって、楽器を弾く。オーケストラという形態で演奏会に向けて練習に励む。家族といるよりも時間を共にするため、密な関係で結ばれる。弾いて笑って食べて飲んで議論して遊んで、また弾く。たまに講義に出て試験も受ける。生活はサークル活動中心で進んでいく。その日々に当時は何の疑問も抱かなかった。

音楽で心身を揺さぶられるという経験が、それぞれの魂の奥深いところをつないでいた。かつての演奏曲のメロディが今、つらつらと記憶の底から浮かび上がってきたように、あの経験から来た魂の結びつきは何十年経っても失われていないのだ。ここへ来るまで、すっかり忘れていたのに。

単純でひたむきで輝いていたひと時。

今日の南田の誘いに乗ったのは、ほんの気まぐれだった。断ってもよかったのだ。だがあの大雨の中、冴子はアウディを運転して瀬戸大橋を渡った。

「たまに三十三番教室で、高木が篠塚にピアノを習っとったやろ?」

南田の声で冴子は我に返った。

「うん、あったな。そういう場面見たわ」

三十三番教室には、据え付けのグランドピアノが置いてあり、演奏会でポピュラー音楽を演奏する時は、クラブ内でピアノが弾ける者や、賛助出演者がピアノパートを担当していた。三十三番教室が練習場に選ばれたのは、そういう理由もあった。

練習の合間に、戯《たわむ》れに高木がぎこちなくピアノを弾いていたのを見て、ピアノ経験者の瞳が指導し始めたのがきっかけだった。

「高木が弾いとったんは『想い出のサンフランシスコ』やったな。あのポップス曲をバカの一つ憶えみたいに弾いとったわ」

「たいして上達もせんかったけどな。近くで聞きよったら、いつ止まるかと思うような腕前やった」

「そんでも、二人でおかしそうにクスクス笑いながら並んで弾いとった……」

「三十三番教室でも、合宿所でも」

合宿所――『幻の国』に続いてまた一つ、キーワードが出た。三人は口をつぐんだ。冴子の耳の奥で高木が弾くへたくそな『想い出のサンフランシスコ』が流れていた。

「もうちょっと練習したら、まずまず聞くに堪える仕上がりになったかもしれんな」

しばらくして南田がぽつりと呟いた。

だが、それはかなわなかった。四年生の夏季合宿を境に、二人の運命は大きく変わるのだ。瞳は死に、高木は退学した。


翌日の午前十時に訪れると、母校はかなり変容していた。

冴子が最後に来たのは、卒業してから三年後だった。後輩たちの定期演奏会を聴きに来たついでに、キャンパスを歩いてみた。あれから数十年もの月日が経っているのだから仕方がない。

三十三番教室はあったが、高木が『想い出のサンフランシスコ』を弾いていたグランドピアノはもうなかった。ここを練習場に使っていたのはマンドリンクラブだけだったので、それが廃部になった今、ただの階段教室に戻っていた。教室の向かいには見憶えのあるクスノキの大木が立ってはいたが、その下にあったプレハブ小屋はなくなっていた。

南田によると、マンドリンクラブが使っていたプレハブ小屋は、傷《いた》みが激しくなって十五年前に撤去されたそうだ。その頃にはマンドリンクラブの部員数も減っていたので、部室兼楽器置き場は、校舎内の小部屋に移動したらしい。

廃部になった後はその小部屋も整理されて空っぽになり、あとは元々の部室棟の一室が残っただけだ。そこに向かって三人は歩いていく。卒業式を控えた三月の今は講義もないのだろう。すれ違う学生はそう多くない。おしゃべりしながら通り過ぎる彼らは、一様に流行を取り入れたおしゃれな服を着て、昔の学生よりずっと垢《あか》抜けて見えた。

「俺らの時代とは全然違うな」

安原が学生たちを目で追いながら言った。昨夜は十一時過ぎにお開きになって、彼は弟のマンションに帰ったのだった。タクシーを停めようと道路端で手を挙げた時、よろめいたので大丈夫かと心配したが、今朝は案外すっきりした顔で現れた。

新しい校舎の前を、ギターケースを提げた女子学生が通っていった。

「なんかスマートな子やな」

南田も、彼女を目で追いながら言った。彼も卒業後は楽器演奏から遠ざかっていると言っていた。

「いつ壊すんや？　部室棟」

「五月から工事が始まると聞いた」

「ふうん」

同じ場所に新しい部室棟が建つ予定らしいが、そこにはもう廃部になったクラブの部室は設けられない。当然といえば当然だが、クスノキの下のプレハブ小屋といい、この大学にマンドリンクラブがあった痕跡がどんどんなくなっていくことに、冴子は一抹《いちまつ》の寂しさを感じた。そこで一時期を過ごした自分たちの存在も否定された気がする。

古びた四階建ての部室棟は、以前と変わらない姿だった。当時から寂れて暗い印象だったから、そう思うのかもしれない。コンクリートの階段を上る。靴の下で砂がじゃりじゃりと音を立てた。

「こっちは物置みたいに使っとったから、あんまり来たことないなあ」

マンドリンクラブの部室は三階にあった。両側に部室が並ぶ廊下は陽が射さず薄暗かった。廊下を進むと、扉には書道部やグリークラブ、テニス愛好会、演劇部と様々なプレートが掲げてあるのが目に入ってきた。

マンドリンクラブは廊下のちょうど中央だ。プレートの文字が消えかけている。忘れ去られた場所という感が強まった。

「あれ？」

先に扉の前に立った南田が首を傾げた。彼が手にしているのは、扉に取り付けられたダイアル式の錠だ。錠本体から差し込み部分が外れてぶら下がっている。南田は、差し込み部分を押し込んでみて「壊れとるわ」と呟いた。

「なんや、不用心やな」

安原が身をかがめて、錠を覗き込んだ。

「盗られたってええもんばっかりしか入ってないわ」

南田は、掛け金から錠を引き抜きながら答えた。扉が開く。埃《ほこり》っぽい室内が見え、冴子は一瞬躊躇《ちゅうちょ》した。

扉の向かい側に窓があり、汚れたガラスから陽の光が部屋の中に射し込んでいた。南田が壁のスイッチを押すが、天井の蛍光灯は点かなかった。

「まあ、ええわ。充分明るい」

安原が南田を追い越してずかずかと中に入っていった。冴子も恐る恐る続いた。部室は六畳ほどの広さで、壁際の棚に楽器のケースが三本置いてある。大きさからしてマンドラかマンドセロだろう。クラブで所有していた楽器だ。壁にはコントラバスが裸のまま立てかけてあった。ボディに大きな亀裂《きれつ》が入っている。

「ここにあるのは、たいていは使いもんにならんような楽器や」

南田は、ケースの一つを開けながら言った。

「それでも修理したら使えそうなものは、どこかのサークルに引き取ってもらおう」

「引き取り手がいるかな？」

ベーシストだった安原が、痛々しい姿のコントラバスを手にした。弦は一本も張っていない。楽器の他には床に置かれた衣装ケースが四個。それには楽譜やテープがぎっしり詰まっているようだ。

「楽譜は欲しいっていう人がおるかもしれんな」

「そやな。イタリアから取り寄せた貴重な楽譜もあるはずや。いちおう検めて――」

安原の言葉が止まった。

衣装ケースに張られたラベルを見ようとかがみ込んだ冴子は、顔を上げた。棚に向いていた南田も振り返った。

「どうした？」

コントラバスを抱えたまま固まった安原に声をかける。

「あれ――」

安原は顎で扉の横の壁を指した。五線が引かれた黒板が掛かっている。学生時代からあったものだ。

五線譜の上に白墨で文字が書かれている。それを読んだ途端、冴子も動けなくなった。

――その時鐘は鳴り響く
思わず南田の様子を窺う。彼も大きく目を開けて黒板を凝視していた。

陽が翳《かげ》って、部室の中が暗くなった。しばらくは誰も口をきかなかった。

急に吹いた風が窓を揺らした時、ようやく安原が口を開いた。

「高木だ。高木がここに来たんや」

第四章　ペルセウス座流星群

就職氷河期とは、誰が言い出した言葉だろう。一九九四年、翌年に就職を控えた大学四年生は苦労していた。一九九〇年にバブル経済が崩壊して、景気はひどく悪化していた。一九九三年には、就職氷河期と呼ばれる事態が始まっていた。企業は、会社を守ることに必死だった。従業員をなるたけ解雇すまいとして、新卒採用者が削減されたのだ。

ずっと見てきた先輩たちの恵まれた就職状況とはまったく違っていた。希望する職種にはそもそも募集がなかった。初めて社会に出ようとする学生たちにとっては、きわめて厳しい状況だった。そこから長い平成不況が始まるわけだが、あの時は、まだそこまでは思い至らず、自分たちは今は運が悪いだけ、そのうち景気は回復するんじゃないかなどと楽観的に考えていた。それを期待しての就職浪人という言葉も聞かれた。

そんな中にあって、松山大学はまだましな方だった。地方の大学としては歴史が古く、卒業生も全国に散っていて、経営者や大企業の重役になっている者も多かった。特に地元では、即戦力の人材を欲する企業で、優先的に受け入れてもらえた。就職課も積極的に動いてくれたので、高望みしなければ、なんとか就職はできそうだった。マンドリンクラブでも、夏までに内定をもらえた四年生は何人もいた。

その上に、地方大学特有ののんびりした空気がキャンパスにはあった。都会の学生たちは、バブルの時代の景気のよさを肌で感じていただけに、バブル崩壊の衝撃も大きかっただろう。そもそも地方では、バブル景気もバブル崩壊もそう実感することがなかったのだ。上昇志向も都会の学生に比べると弱く、おっとりとしていた。いい意味でも悪い意味でも、悲観的にならなかった。

特にそうした傾向は女子学生に顕著だった。どこでも就職できれば御の字という考えの者が多く、地方公共団体の臨時職員や、中小企業の事務職員などに親や知人のコネで就職できると、それで満足していた。そんな中、冴子は夏までに大阪の広告代理店に内定を取り付けていた。ゼミで広告論を専攻していたのが役に立った。指導教授の口利きもあったが、広告業界で働きたいという強い希望と熱意が先方に通じたと思っている。四人採用された中で、女性は自分だけだったことを、密かに誇らしく思った。

就職先が決まったことで気持ちは随分楽になった。だから夏合宿を前に、心は四年間の締めくくりとなる秋の定期演奏会に向かっていた。

前年の大学三年生の時のサマーコンサートで、鈴木誠一の『劇的序楽「細川ガラシャ」』を演奏した。練習は四月から始まった。冴子たち三年生は幹部でもあり、クラブの運営にも勤しんでいた。新入部員を迎え入れ、新歓コンパをやり、彼らに一から楽器の奏法を教えながら曲作りを進めていく。毎年繰り返す活動だった。

当時副指揮者だった高木と次期コンミスと目されていた瞳は、特に気合が入っていた。『細川ガラシャ』もこの二人が決めた。マンドリンオーケストラの曲として知られたこの曲は、全国のマンドリンオーケストラにおいて演奏回数が多い。それほど好まれているのだろう。冴子もいつかは弾いてみたいと一年生の頃から切望していたものだった。だから二人の選曲には、諸手を挙げて賛同した。

曲想を得るために、三浦綾子《みうらあやこ》の小説『細川ガラシャ夫人』も読んだ。

ガラシャは洗礼名で、本名は玉《たま》という。細川忠興《ただおき》に嫁いだが、父親の明智光秀《あけちみつひで》が織田信長《おだのぶなが》に対して謀反《むほん》をおこしたことで、逆臣の娘という運命を背負わされることになる。苦難の人生を送る彼女はキリスト教に出会い、篤《あつ》い信仰の下、豊臣《とよとみ》方の石田三成《いしだみつなり》に攻められて屋敷に火を放ち、壮絶な最期を遂げるのだった。ガラシャとはラテン語で「神の恵み」という意味だという。

そのガラシャの生涯を音楽で表現したのが、『劇的序楽「細川ガラシャ」』だ。ガラシャの悲劇を写し取るように、重々しく、緊張感あふれる序奏部から始まり、動乱が続く不安な世相を表すアレグロが続く。聖歌や心の平安を表すのはアダージョで、その後、ガラシャが信仰に救いを求め、壮絶な死を迎えるまでを描き切った素晴らしい合奏曲だ。運命に翻弄《ほんろう》され、迫害にもくじけることのなかったガラシャの生き様が、日本人の精神土壌に深く響くものだったから、それを音楽に表した曲に奏者も聴衆も共感を抱くのだ。

高木と瞳に導かれ、皆が一丸となって取り組み、サマーコンサートは大成功を収めた。この曲に取り組んでいた時、冴子たち五人がいつも口にしていた言葉があった。それが「その時鐘は鳴り響く」だった。

『細川ガラシャ』の前半と後半の二度、鐘の音が入る部分がある。前半のそれは、教会のイメージを表す。後半では、玉が夫の反対を押し切って、洗礼を受けることを決意する部分に入る。コンサートチャイムで表現する鐘の音は荘厳で、冴子はそれを聞くといつも鳥肌が立ったものだ。男性中心の武士社会の中、悲運に見舞われながらも、己の生き方を貫こうとした気高い女性、細川玉の魂が蘇ったような幻想にとらわれたのだった。

高木は指揮をしながら、鐘を「決断の音だ」と言った。そこがこの曲の肝なのだという解釈をしていた。その解釈は、冴子のみならず、部員全員にいきわたったたと思う。玉の悲運を表すような陰鬱で重々しい演奏が続く中、鐘の音が鳴り響くと、曲調はがらりと変わる。曲は長調に転じ、教会や信仰、聖歌のイメージが浮かんでくる。鐘は救いや赦し、癒しを表しているのだ。つまり、苦悩や不安から解き放たれた玉が受洗《じゅせん》を決断することによって、人生を切り開いていく一つの転換点を表している。

そのイメージは、何度も高木や瞳の口から語られた。指揮者と秀でた演奏者である彼らは、曲を深く読み解くために夢中になって議論していたに違いない。それは二人と親しい間柄である南田や安原、冴子にも伝わってきた。冴子は歴史小説で知った、細川ガラシャの辞世の句を披露したりしたものだ。

「散りぬべき時知りてこそ世の中の花も花なれ人も人なれ」という凛《りん》とした決意の句で、戦乱の世に生きた細川玉は、強い人間だったとわかる。

以来、仲のいい五人の間で、「鐘が鳴り響く」を「決断する」「ことを起こす」という意味で使うようになった。もちろん、ガラシャのように深刻な場面に出くわすことがあろうはずもない。気ままな学生の言葉遊びのようなものだった。

南田なら、出席しなければ単位を落としてしまう授業をずる休みする時、おおげさに「もういいんだ。俺の中では今、鐘が鳴り響いているんだ」と言い表した。冴子も大型ショッピングモール内を歩き回った末に気に入った洋服を見つけた時、「その時、鐘が鳴り響いたんだよね」と瞳にしゃべった覚えがあった。

一九九四年の八月、松山大学マンドリンクラブは、意気揚々と夏合宿に向かっていた。七月のサマーコンサートではロッシーニの『セヴィリアの理髪師』とスッペの『詩人と農夫』を演奏し、それがおおむね好評で、聴衆の入りもよかった。弾き終えた後には万雷の拍手を浴びたので、メンバーたちは気をよくしていた。

冴子も同じだった。演奏の後、高木の合図でステージ上の奏者全員が立ち上がり、観客席を見下ろした時の高揚感は忘れられない。ちらりと隣を見ると、瞳も頬を紅潮させていた。ライトに照らされた誇らしげな顔は、今も目を閉じると浮かんでくる。

そして八月、恒例の夏合宿へ向かった。毎年、夏合宿は大洲《おおず》市にある「県立青年いこいの家」で行われていた。大洲市のはずれの高台にあるその施設までは、まだ高速道路が通じていなかったので、松山市から車で二時間近くかかった。コントラバスなど大型の楽器を運ぶ運搬班は借りたトラックで行き、後の部員はたいていがＪＲとバスを乗り継いで行った。

四年生にもなると、すべての準備が整ってからのんびりと到着するのでよかった。全員が揃うのは午後遅くだから、松山からでもゆっくり行けた。そこで約一週間、みっちり合宿をする。目的は十一月に行われる定期演奏会へ向けての練習ということになっているが、丸一日は休養日ということで、肱川《ひじかわ》でカヌーに乗ったりバーベキューをする日を設けていた。

定期演奏会直前にも数日間、大学の近くの宿泊施設で合宿をするのだが、定演前の緊張感に満ちた合宿とは違って、親睦の意味合いが強い夏合宿だった。「暇人」たちは、ホールで練習する部員たちを尻目に、合宿所の外に出ていったきり、しょっちゅう雲隠れした。後で聞いたら、山の麓《ふもと》まで行ってかき氷を食べ、映画を見たらしい。

ホールにはピアノがあって、そこでも高木は『想い出のサンフランシスコ』を気まぐれに弾いていた。音を外すと、近くでマンドリンの練習をしていた瞳が笑い声を上げる。部員の誰かが

「聞き飽きた」と茶々を入れることもある。そんな和やかな雰囲気が溢れていたのだった。

それでもサマーコンサートではお飾りだった一年生を鍛えて、まずまずの技量を身に付けさせるという目的もあったし、定演へ向けての曲を初めて合奏してみるという重要な目的も夏合宿にはあった。いつもの三十三番教室から飛び出して行くこの行事は、部員たちの楽しみの場であり、新しい曲に取り組むという新鮮な喜びの場でもあった。

毎年繰り返されるイベントの一つ——であったはずだった。あんなことがなければ。

あの年の夏合宿は、いつもの行事とは違ってしまった。あそこでねじれてしまった学生時代は、卒業後も尾を引いていた。きちんと気持ちを整理して先へ進めない重荷を、皆の心に残してしまった。とりわけ南田と安原、冴子にとっては。

秋の定期演奏会で演奏するメインの曲は、鈴木静一の『幻の国 邪馬台』だった。鈴木静一が「魏志倭人伝《ぎしわじんでん》」から曲想を得て、卑弥呼《ひみこ》が治める邪馬台国の変遷《へんせん》を表現したものだった。壮大でいて、細やかな物語を紡ぐ鈴木らしい曲だった。

定演の曲を、クラブでは夏合宿で初めて合奏することになる。冴子たちにとっては初めてだったが、実はこの曲は各パートのトップは、全国学生マンドリン連盟の演奏会で春に弾いた経験があった。

全マンと呼ばれる全国学生マンドリン連盟の合同演奏会は、隔年で開催されていた。多くの大学のマンドリンクラブが所属しているため、演奏会は、各大学のパートトップだけが参加する習いだった。だから、四月の春休み中に東京で行われた全マンの演奏会には、松山大学からも瞳を含むトップ数人が参加しただけだった。

多くのマンドリンサークルが演奏し、録音も手に入りやすいということで、取り組みやすい曲だったのだろうが、それだけではなく、瞳がこれに肩入れして強く推し、高木もその気になったということだった。サマーコンサートが終わった後に、部員にはパート譜が渡されていて、個人練習は積んできていた。だが、トップが一度演奏しているというのは心強かった。

初めての合奏もなんとかトップがリードして、合宿中盤になる頃には、さまになってきた。『細川ガラシャ』もよかったが、この曲も日本の歴史や文化、自然の美に根差した鈴木静一の情緒豊かな音楽性を如実に表したもので、冴子は夢中になった。『細川ガラシャ』同様に、いや、それ以上の感動を聴衆と分かち合えると思ったものだった。ステージで味わえるあの一体感は、かけがえのないものだ。それが四年生になった今はよくわかっていた。最後のステージにふさわしい曲を、高木と瞳は選んだのだった。

部員の多くは楽譜が配られた時点ではまだうまく弾きこなすことができなかったが、練習に練習を重ねてなんとしてもいい演奏をしたいと意気込んでいた。なにより、コンミスの瞳がかなり仕上がった出来で余裕の演奏をしていたから、大船に乗った気持ちでいた。あとは彼女についていくだけだ。いつものように。

合宿では、全員揃っての合奏は、たいてい夕食後の練習時間に行われた。昼間、個人練習やパート練習でそれぞれの演奏技術を磨《みが》き、夜にホールに集まっての音合わせとなる。高木も、難しいがやりがいのあるこの曲に向けて理想の仕上がりを模索していた。時折、瞳とも相談したりしていた。

そんな合宿の五日目の夜のことだった。曲の速さについて高木と瞳の意見がぶつかった。それまでの合奏で瞳が苛ついているのは、隣で弾く冴子には伝わってきていた。だが、初めて弾く冴子には、瞳が引っ掛かりを覚えているのがどの部分なのかは推察できなかった。瞳も何も言わずに高木の指揮棒に合わせていた。

「こんなに遅いテンポでは弾けない」

曲の途中で、瞳がいきなり声を上げた。こんなことは今までなかった。テンポについて意見の相違があったのなら、合奏前にいくらでも打ち合わせしていたはずだ。瞳は高木に遠慮することなく、直接言ったと思う。それでも彼女が苛ついていたということは、高木が瞳の申し入れを受け入れなかったのだろう。

コンミスが弾くのをやめたせいで、合奏も止まってしまった。『幻の国 邪馬台』の第二部、「岩戸《いわと》神楽《かぐら》と卑弥呼の帰還」というタイトルのパートだった。岩戸に身を隠した卑弥呼を呼び戻そうと、人民が巫女《みこ》に岩戸神楽を舞わせる楽章だ。卑弥呼の気を引いて岩戸を開けさせようと、巫女の舞がどんどん速くなっていき、周りではやし立てる人々も高揚していくという場面である。天照大神《あまてらすおおみかみ》とも重ね合わせた太陽神である卑弥呼が隠れていたのでは、世界は闇に閉ざされるため で、舞曲ではあるが、人民の必死の祈りも伝わってくるのだ。この曲が一つの最高点を迎える重要な場面である。

「ここはもっと追い立てられるように速くしないと。何度もそう言ったじゃない」

瞳は臆することなく、指揮者に嚙みついた。高木は指揮棒を持ったまま何も言わなかった。譜面台のスコアに目を落とす。

「速度記号とも違ってる。ここはアレグレット・モデラートでしょ。高木君の解釈は間違ってる」

誰も口を開かなかった。気まずい雰囲気が練習場に満ちた。一年生は居心地が悪そうにうつむいてしまった。だが冴子を始め、四年生の面々はたいして心配はしていなかった。これくらいの意見は言い合う関係の二人だと知っていたから、いずれどこかに妥協点を見つけるはずと高《たか》をくくっていた。

「俺はこの速さでやりたいんや」ぼそりと高木が言った。

「追い立てられるようにじゃなくて、厳かに重々しく――」

「だから、それが間違っているって言うのよ。ここはこんな遅さでやるとこじゃない。曲がぶち壊しになってしまう」

また高木は黙った。瞳は畳みかけた。

「舞曲をそんなテンポでやられたんじゃ、たまらない。高木君、舞曲ってわかってる？　鈴の音がリードしてるでしょうが。なんのための打楽器なのよ。あの軽やかさを台無しにしないで」

シャンシャンと鈴を鳴らしていた打楽器担当の二年生の女子が、気まずそうに顔を背けるのが見えた。

「そこから、物語もどんどん逼迫《ひっぱく》していく情景を表さないと。それをこんなのろくさい速度でやるってどういうこと？　こっちは弾きづらくてしょうがないよ」

それはいささか言い過ぎだなと冴子が思った途端、高木が声を荒らげた。

「奏者は指揮者に従うもんやろ！　偉そうなこと言うな！」

ああ、と冴子は呻《うめ》いた。高木は理路整然と意見を言う瞳に対して、感情的になってしまった。皆の手前ということもあるのかもしれないが、彼はつまらない意地を張ることが時折あった。あまりに激しい言い争いに仲裁に入れる者もなく、練習場は静まり返ってしまった。身じろぎをする気配さえない。

しかし、これは気心の知れた間柄だからこその諍《いさか》いだと冴子はまだ思っていた。指揮者も奏者もお互い忌憚《きたん》のない意見を言い合うからこそ、合奏曲は完成度を上げていくのだ。オーケストラの後ろの位置でベースを構えて立つ安原も、やれやれというふうに、弓を持った手で頭を掻いていた。

　冴子はそっと瞳を見やった。もうこれくらいにしたら？　という合図を送ろうとした時、瞳は決定的なことを口にした。

「全マンではちゃんと速度記号通りに演奏したよ。巫女が無心に岩戸神楽を舞い、集まった人々が卑弥呼の帰還を希求している感じがきちんと表現されていた。たぶん、あっちが正解だね」

　高木が手にした指揮棒を振り下ろした。細い白い棒は、譜面台に当たってぽきりと折れた。誰かがはっと息を呑む気配がした。

「そんなら全マンでもどこへでも行って弾け！　うちのオーケストラはこれでやる」

　瞳が呆れたように口を半開きにするのを、冴子は目の端にとらえた。同時にこのまま瞳は引き下がらないだろうなと思った。彼女もコンミスとして信念に従って意見を述べたのだとわかっていたからだ。この状況をどんなふうにして収拾したらいいだろう。高木も瞳も引き際を誤ってしまったのだ。

「あの――」

　ようやく三年生の内政マネージャーの吉田《よしだ》が口を開いた。内政マネージャーは、クラブ内部を統率する役目だ。本来なら、もっと早くに場を収めるべく動くはずだったが、指揮者とコンミスの激した言い争いに面食らってしまったのだろう。軽く咳払いをした後、彼は恐る恐るというふうに言った。

「少し休憩をしましょうか」

高木が、折れた指揮棒を拾うためにすっとかがみ込んだ。そのしぐさが休戦の合図のように見えた。

一気に場の雰囲気が緩む。部員たちは楽器を床に置いて立ち上がったり、楽譜を見返したりし始めた。練習場の外に出ていく者もいた。

瞳も楽器を置くと立ち上がった。高木のところに行って、意見の調整をするのだろうと思ったら、出入り口に向かっていく。

「瞳、どこに行くの？」

冴子はつい声をかけた。

「ちょっと外の空気を吸ってくる」

それだけ言い置いて、彼女は出ていった。長い付き合いから、まだ彼女が憤っているのがわかった。高木をちらりと見ると、瞳に見向きもしないで、スコアを難しい顔で見詰めていた。

冴子はその時は、彼女の気を鎮めるためにはいいことだと思っていた。同じく外に出て、伸びをしたり談笑したりしている部員もちらほら窓から見えた。瞳がそれほど遠くへ行くとは思っていなかった。

その後、冴子は椅子に座ったまま、運指の難しい箇所を確認していた。顔を上げて壁の時計を見ると、午後八時半を過ぎていた。夜の練習はもうそろそろ終わりになる。ほっと肩の力を抜いた。高木も瞳も熱が入るあまり、あんな言い合いをしてしまったが、じきに落としどころを見つけてうまくやるだろう。お互いのことはわかり過ぎるくらいわかっている間柄なのだ。

ここで休憩が入ったのはよかったと嘆息した。

しかし、瞳は戻って来なかった。

長めに取った十五分の休憩が終わっても、冴子の隣の椅子は空いたままだった。

「篠塚はどこへ行ったんや？」

そう言い出したのは、南田か、安原かはもう憶えていない。

「そうとう頭にきとるんやろ、きっと」

これも二人のどちらかが言ったはずだ。さっきまでの険悪な雰囲気を取り払うようにおどけた言い方だった。

「もう今日は合奏に戻る気はないんやないか。頭、冷やすんに時間がかかって」

「練習、始めよう」

高木は休憩時間に取ってきたのだろう、予備の指揮棒を構えた。さっき中断した「岩戸神楽と卑弥呼の帰還」の部分を指定して棒を振り始めた。皆はそれに従った。いくぶん、テンポが速くなっている気がした。高木は意地を張ったけれど、こうやってコンミスの言い分を取り入れていくのだと冴子は胸を撫で下ろした。

それから練習はみっちり三十分続き、九時過ぎに終わった。

「学歌！」

高木が声をかけ、全員で学歌を演奏する。練習の始まりと終わりには、必ずそうするのが昔からの決まりだった。毎日のことだから、一年生でも暗譜していて、手が勝手に動くくらい易々と演奏できた。

皆は楽器をケースに収め始めた。上級生は練習場から出て自室に戻ったり、その場で立ち話をしていた。一年生が譜面台とパイプ椅子を片付け始めた。まだぴりぴりしている高木に近寄る者はいなかった。

瞳の楽器だけが床の上に放置されたまま残った。冴子は瞳のケースを持ってきて、それをしまった。おかしいなとその時初めて思った。建物の外にいようと部屋に戻っていようと、合奏の音が途切れて練習が終わったことはわかるはずだ。自分のマンドリンを大事にしている瞳がそれをそのままにしておくなんて。高木と顔を合わせるのが嫌だとしても、あり得ない気がした。

二つの楽器をその場に置いたまま、冴子は部屋へ駆け戻った。四年生に与えられた三人部屋には、フルート担当の真鍋純子《まなべじゅんこ》がいるだけだった。

「瞳、帰って来てない？」

純子は「見てないよ。私が一番先に戻ったと思う」と返した。

「もう。どこへ行ったのかな」

自分の言葉尻が震えているのに気がついた。嫌な予感がした。なぜだかわからないが、とても悪いことが起こっている気がした。

冴子はホールへ駆け戻った。途中の廊下で内政マネージャーの吉田に出くわした。

「吉田君、手伝って。まだ瞳、外にいると思うの。呼びにいかなくちゃ」

「わかりました」

吉田はその場にいた三年生の幹部たちに声をかけて、冴子の後ろをついてきた。玄関の靴箱を見て、瞳の靴がなくなっていることを確かめる。

冴子を先頭に七人の部員は建物の外に出た。ざっと周囲を見渡すが、それらしき人影は見当たらなかった。瞳はその辺で夜風に当たって、熱くなった頭を冷やしているものだと思っていたが、どこにもいなかった。当時は、学生が携帯電話を持つことはまだ一般的ではなかった。連絡の取りようがなかった。

県立青年いこいの家の敷地は広い。宿泊棟や研修所、体育館、展示室などの建物の周りを自然のままの林が取り囲み、その中にはフィールドアスレチックの施設や野鳥観察小屋があった。宿泊棟の前には広いグラウンドがあり、照明が点いていた。昼間のように明るいのに、人が誰もいないグラウンドは寒々しい。

「瞳！」

「篠塚さーん！」

口々に叫ぶ冴子らに気づいた部員たちが外に出てきた。その中に高木も混じっていた。五十人ほどのほぼ全員が手分けして敷地内を捜した。もしかしたらどこかから建物内に戻ったのかもしれないと、数人の女子は戻っていった。

「まさか合宿所から道路には出ていかんやろ」

「いや、どうかな」

「ちょっと俺、道路を見て来る」

誰も答えないうちに、高木は背を向けた。合宿所の門はまだ閉じられていなかった。

まさかこんな夜なのに、外までは行ってないだろうと冴子は考えた。県立青年いこいの家の建つ高台は、木々が繁茂していた。だが広いグラウンドに立てられた照明が夜遅くまで煌々《こうこう》と灯っているので、施設の周辺なら結構遠くまで明かりが届く。一応遊歩道も整備されてはいる。

冴子は照明に照らし出された周囲の森を眺めた。瞳はずんずんとあの遊歩道を歩いていったのだろうか？　昼間にパートごとの散歩であそこは何度か歩いた。遊歩道は傾斜していて、だんだん高くなる。数分歩いて岬のように突き出したところまで行くと、くるりと曲がって、高台を大きく迂回《うかい》できるようになっている。先に進むと、やがていこいの家の裏手に出る。

遊歩道の近くには民家も数軒あり、木々の隙間からちらほらと見えるのだが、それは低い場所までだ。坂道を上がっていくにつれて遊歩道は森の中にすっぽり包み込まれる。

冴子は、地面に映った薄い灰色の影を認めてぎょっとした。よく見たら自分の影だった。今日は満月だし、星明かりもあるということに今さらながら気がついた。空を見上げると、満天の星が見えた。周囲の景色も案外よく見える。

だから瞳が月明かりの下、森の中の遊歩道をぐるりと回ってくることもできないことはない。実際、合奏で出番のない暇人パートが、最初の晩に遊歩道の先まで歩いていき、星を眺めて来たと言っていた。整備された遊歩道を行く限り、安全だ。

でも瞳が一人で夜の遊歩道を行くなんて、信じられない。門の外に出たとしても施設のすぐ近くにいるはずだ。もしそうなら、高木が連れ戻してくるだろう。二人とも少しは冷静になっているだろうから、さっきの部分のテンポについて話し合い、折り合いをつけながら並んで戻ってくるに違いない。

冴子はそんな想像をしつつも、同時に楽観的過ぎると否定する自分にも気づいていた。

やがて県立青年いこいの家の宿直スタッフまで出てきて、施設内の捜索が行われた。隅々まで捜したが、瞳はどこにもいなかった。やはり外に出ていったのか。興奮したまま森の中に迷い込み、道を見失ったのか。とうとう誰もがそう思い至り、困惑と暗鬱《あんうつ》な表情で顔を見合わせた。誰も一言も発しなかった。

「拗《す》ねてしもて、隠れとんじゃないか?」

四年生の誰かの言葉にも、重々しいため息がいくつか聞こえたきりだった。そんな子どもっぽいことを瞳がするとは思えなかった。

　高木も戻って来なかった。重々しい空気に包まれ、なす術《すべ》もなく立ち尽くす部員たちの上に、夥しい星が瞬《またた》いていた。ふと見上げた女子が「あ」と小さな声を上げた。釣られて全員が顔を上げた。

　大小の星と星の間を縫うように、すうっと光が流れた。流れ星だった。本来なら、歓声を上げるところが、誰も声を出さなかった。その後も小さな星が連続して落ちていく。それが夏の流星群、ペルセウス座流星群だと冴子は後で知るのだが、その時は誰も指摘しなかった。美しい天体ショーに感動することもなく、ただ沈黙したまま皆目を瞬かせていた。

　瞳が姿を消してから、一時間半以上が経っていた。もう就寝時間も過ぎている。本当なら門も閉めて、グラウンドの照明も落とさなければならない。だが、部員たちは全員が黒い影のように固まり、途方に暮れていた。

「困ったね。その人がどこに行ったか心当たりない？」

　いこいの家のスタッフは、瞳が規則を破って勝手にどこかに出かけてしまったと判断したようで、やや迷惑そうな表情を浮かべている。冴子を含む数人が顔を見合わせた。瞳はそんな身勝手な人間ではない。どう考えても、今は非常事態だ。冴子の胸の鼓動が速まり、夏なのに冷たい嫌な汗が背中を滑り落ちていた。不吉な予感に戦慄《せんりつ》する。

「高木さん」

　誰かが門を見て声を上げた。門まで届く照明が、全力で走って来る高木を浮かび上がらせた。彼を見た途端、不吉な予感は当たったと冴子は確信した。飛び込んで来た高木は明らかに狼狽し、自失していた。数人の男子が駆け寄った。

「篠塚が――」

息を切らせた高木はよろめいて、一人が伸ばした腕にすがった。冴子は後輩たちを突き飛ばすようにして高木の前に出た。

「瞳は？　瞳はどうしたの？」

よく見ると高木の衣服には、草や木の葉がくっつき、ジーンズの膝や裾《すそ》は泥で汚れていた。いつもきっちりとセットしている髪は乱れ、目が血走っていた。

冴子は自分で訊いておきながら、彼の答えを聞くのが怖かった。高木の震える唇が開かないでと願った。

「篠塚が、崖から落ちて――」

「崖ってどこの？」

すかさず誰かが訊き、高木はその場所を口にした。興奮のあまり支離滅裂だったが、四年生が頭を突き合わせて聞き取った。どうやら遊歩道の先の森に、瞳がいるようだった。森の奥は、急に切れ込んだような崖になっていることは、昼間に探検にいった暇人たちから聞いていた。

「救急車を呼んでくれ」高木が喚いた。

「あの崖の下には道路が通っていて、そこに篠塚は倒れている」

倒れている――？

冴子は震え上がった。いったい瞳に何が起こったのだろう。怖くて仕方がなかった。スタッフの一人がすぐに施設内に飛び込んだ。見届けた高木は、一度膝に手を置いて息を整えてから、青白い顔を上げた。そしてよろよろと歩きだした。心配した吉田が付き添っていく。南田たち四年生数人も二人の後を追っていった。その場に残った部員たちの間に動揺が広がった。一年生の女子の中には、泣き出す者もいた。

いこいの家のスタッフが、懐中電灯を持ってきた。彼に先導されて、幹部の男子全員がその場を離れた。

「キバコ、行こう」

冴子の手を引っ張ったのは、同じマンドリンパートの坂本智笑だった。震えが止まらない冴子の手を、一度ぎゅっと握りしめた。二人は手をつなぎ合ったまま、遊歩道を走った。先をいく人人の乱れた足音や交わされる会話が途切れ途切れに聞こえてきた。スタッフが持つ懐中電灯の光が上へ下へと動いて闇を切り裂いていた。それを見ながら、冴子は込み上げてくる吐き気を抑えていた。

たった二十数年の人生の中で、一番悪いことが起こった。走っているうちに、その不安はどんどん大きく育ち、今や冴子を押し潰そうとしていた。崖の下に倒れているという瞳に何が起こったのか。救急車で病院に運んで手当をしてもらえば大丈夫なのだろうか。怪我《けが》がひどくてマンドリンがもう弾けなくなったらどうしよう。『幻の国　邪馬台』はどうなるんだろう。次々ととりとめのない思いが湧き上がってくる。

智笑は力強く冴子の手を引っ張る。高校時代は陸上競技をやっていたという智笑は、夜でも確かな足取りで駆けていた。

目的地まで、気が遠くなるほどの時間が経ったような気がした。昼間は景色を見ながら歩くからそう遠いとは思わなかったが、夜では目印もなく、両側にせまる木々が行く手を阻《はば》んでいるように思えた。

遊歩道からさらに先の森の中へ、スタッフと幹部たちは足を踏み入れていた。どうしたことか瞳は、遊歩道を逸れて、暗く足下も悪い場所に入り込んでしまったらしい。

「外の空気を吸ってくる」にしては、随分おかしい場所だ。

「本当にこんなところに瞳は来たのかな?」

智笑も訝しく思ったようで、不思議そうに言った。

先に来た数人が分け入ったおかげで下草は踏まれ、いくぶん歩きやすくはなっていたが、木々に覆われ満月の光は充分届かず、暗かった。

「どうして?」

智笑は己に問うように呟いた。冴子の心も同じだった。何でこんなに暗くて足場の悪い場所に来る必要がある? 慎重で思慮深い瞳の行動としては不可解そのものだった。また体ががくがくと震えだした。智笑が冴子の手をしっかりと握ってくれているのは有難かった。二人は顔を細い枝で突かれながら、靴で雑草や石ころを踏み、そろそろと進んだ。

「気をつけて。そこ、先はもうないから」

すぐ近くにいたいこいの家のスタッフが、さっと懐中電灯の光を雑草だらけの地面に当ててくれた。二メートルほど先で森は唐突に途切れ、切り立った崖になっていた。

「うわ」

智笑が小さな叫び声を上げた。崖の突端から身を乗り出した智笑の背中にぴったりくっつきながら、冴子も恐る恐る下を覗く。

懐中電灯に浮かび上がった崖は、黒々とした土で覆われ、ところどころ岩が突き出ていた。崖下からは、ざわざわと話し声が聞こえてきた。高木に案内された男子たちは下の道を来たようだ。先に出た彼らを見失った後発の人々は、遊歩道を上がって来てしまったのだ。それを理解するのと同時に、崖下にいる男子たちのそばに瞳が横たわっているのを、冴子は認めた。

「瞳！」

冴子は叫んだが、答えはなかった。瞳は、練習時に着ていたボーダーTシャツにハーフパンツのまま、仰向けで倒れていた。目が両方とも開いているのだけはわかった。

「ああ――」

智笑が悲痛な声を上げた。

「血が――」

南田がそっと瞳の体を起こすと、横たわっていた道路が、黒く濡れていた。

遠くから救急車のサイレンの音が聞こえてきた。冴子は不意に空を見上げた。ペルセウス座流星群がまた一つ、星を落とした。きれいに弧を描いた流れ星の軌跡を無言のまま目で追った。

どうしてあの時、瞳が助かりますようにと流れ星に祈らなかったのか。あの時を思い出すたび、冴子は後悔した。


瞳は大洲市内の救急病院に運び込まれたが、助からなかった。救急車に乗せられた時にはすでに心肺停止状態だったそうだ。八メートルの崖から後ろ向きに転落し、したたかに全身を打ちつけた。背中から落ちたために後頭部を強打し、頭蓋《ずがい》が砕けていたそうだ。大量の血液が流れ出し、脳幹部も損傷し、死因は外傷性脳幹損傷だった。

救急車には高木と吉田が付き添って乗っていった。合宿所に車で来ていた南田が、救急車の後を追いかけていった。

冴子が当時の記憶を後で呼び戻そうとしても、ぼんやりと靄《もや》がかかったようで定かではない。

ホールに集まっていた部員たちに、病院から吉田が電話で瞳の死を伝えてきた時のことも、よく憶えていない。まったく無表情で泣きもしなかったよと、後で智笑から教えられた。きっと思考停止に陥っていたに違いない。

冴子だけでなく、誰もが茫然自失していた。楽しいはずの夏合宿でこんなことが起こるなんて。

冴子の次の記憶は、日付が変わった頃だ。警察が来て、事情聴取を始めた時から気持ちが落ち着いてきたのを憶えている。瞳の死は受け入れ難かったが、どうしてこんなことになったのか知りたかった。高木と言い争いになって外に飛び出していった瞳が、二時間後にはもの言わぬ死体となって見つかったのだ。

高木は瞳を捜して遊歩道を上がった。例のカーブのところで、森の奥へ入ったのは、明らかに人が通った跡があったからだと高木は証言した。瞳の姿がどこにも見当たらなかったので、引き返そうかと思っていたが、念のため確かめておこうと、高木は森の中に足を踏み入れた。

そして崖の上まで来て、雑草と土がひどく乱れているのに気がついた。

「人が足を滑らせたような跡」と高木は警察に証言したそうだ。そして崖の下を覗いて瞳を見つけた。

高木は迷わず崖を滑り下りた。彼の衣服に草や木の葉がくっついていたのは、そのためだった。あまりに慌てたことから、手首をひねっていたことに病院で気づくが、彼は痛みも腫れも感じなかったという。

道路まで下り、呼びかけにも答えない瞳の状況を把握した高木は、助けを求めて走った。高い崖をよじ登ることは不可能だったから、下の道路を引き返した。いこいの家の手前に民家が二軒あり、まず高木はそこに駆け込んだらしい。だがどちらも住人がいなかった。よそに転居して空き家になってしまっていたことは、高木の証言を聞いた警察が調べて後で彼に伝えた。それで結局いこいの家まで戻って救急車の手配を要請するしかなかったのだった。

以降のことは冴子たちも知っている通りだ。警察の事情聴取は、マンドリンクラブの部員全員と、いこいの家の宿直スタッフに対して行われた。とにかく一人の人間が命を落としたのだ。事故死と決めつけるのは早計だと警察は慎重だった。特に第一発見者である高木の聴取には、時間がかけられた。彼の供述に齟齬《そご》はないか、その場にいた全員の確認が行われた。

瞳と特に親しい間柄であり、合奏時彼女のインナーで弾いていた冴子が最初に聴取された。時間が経つにつれ混乱と動揺が広がる部員たちをよそに、努めて冴子は感情を抑制し、供述したと思う。

警察から解放された冴子は、瞳が収容された病院に向かった。瞳に付き添っていった高木と南田は大洲警察署に出向いて聴取を受けていて、院内にいたのは吉田だけだった。彼もそこで簡単に事情を訊かれたという。吉田は、冴子と入れ替わりでいこいの家に戻っていった。

瞳は霊安室に安置されていた。吉田の話では、検視官が遺体を調べ終わったという。遺体という言葉が、うまく咀嚼《そしゃく》できなかった。

それでも霊安室で冴子はじっと付き添っていた。白いシーツをかけられ横たわった瞳は、親友がそばに来ても沈黙したままだ。顔に白い布がかけられているのが、冴子にはどうしても不思議で仕方がなかった。そっと取った布の下には、見慣れた瞳の顔があった。両目は閉じられ、いくぶん青白い顔の瞳が。その頬を撫で、冷たさと硬さに戦慄する。つい数時間前まで愛用のマンドリンを華麗に弾きこなし、正指揮者と解釈の相違について言い合っていた瞳はもうどこにもいなかった。

自分にできることはただ瞳に付き添っていることだけだと思い、霊安室に座り続けていた。高木と南田はなかなか戻って来なかった。その代わりに、瞳の両親が松山から駆けつけてきた。両親は霊安室に入るなり、娘の名前を呼んだ。しんと静まり返った部屋で、二人の声と慟哭《どうこく》を冴子は聞いていた。一番辛かったのは、突然の娘の死を納得できずにいる二人に、死の経緯を説明することだった。

どうしても高木と諍いになったことを話さなければならない。警察からもいずれ説明があるだろうから。感情を抑え込み、極力冷静にそのいきさつを順序立てて説明した。そうしながら、もしあの時、高木との口論がなくて外に飛び出していかなければ、瞳は死ぬことはなかったのだと、冴子は思い至った。平常心を失った瞳が、合宿所から飛び出し、通常なら行くはずのない森の中に入り込んで、崖から転落してしまったのだ。その事実は、冴子を落ち込ませた。きっと瞳の両親も同じだろうと考えると、いたたまれない気持ちになった。

瞳の母親が両手で握りしめた花柄のハンカチが、引き裂かれそうになっている様子を目にした冴子は、言わずにはいられなかった。

「指揮者とコンミスが解釈の違いでぶつかることはよくあることで、そういうことは通常の練習でも、合宿でも――」

「わかった」

瞳の父親は冴子の言葉を静かに、だが強い調子で遮った。冴子は、拙《つたな》い言い訳をしているような自分に失望した。しかし瞳の両親は、冴子が何を言いたいのか察してくれた。彼らは、瞳があの崖から転落する原因を作った高木を責めることはなかった。

夜が明けてすぐに、警察は現場検証を始めた。高木と南田、いこいの家のスタッフが一人立ち会った。

三時間以上の時間を要した。事故死で間違いないという結論が出るまで、瞳の遺体は動かせないと言われ、霊安室に安置されたままだった。母親は早く松山の自宅に連れて帰りたがったが、なかなか許可が下りなかった。

現場検証の後、また高木と南田は大洲署に連れていかれ、供述調書を作成されたそうだ。それらの作業はその日の夕方までかかり、やっと葬儀社の寝台車を呼べたのは、日が暮れかかった時だった。

南田が安原と冴子にだけ教えてくれたのは、警察は高木が瞳を崖から突き落とした可能性も視野に入れていたことだった。

「何で？」

安原はぽかんとした後、猛烈に腹が立ったというふうにまくしたてた。

「何で高木が篠塚を殺すんや。頭おかしいんと違うか？　警察は」

「事件性がないと確信を持つまで、警察はあらゆる可能性を当たるんや」

南田は、去年一人暮らしの大伯母が自宅で病死していたのが見つかった時も、不審死として扱われ、死因や発見時の状況、親族の動向などを調べられて大変だったのだと話した。

「そやから、一応っちゅうこっちゃ。直前にあの二人が口論したことに警察は引っ掛かりを覚えたんやろ」

「つまり、こういうことか？　篠塚を追いかけていった高木が森の中で篠塚を見つけて、そんで崖から突き落としたってことか？　あほらしい。あれぐらいの喧嘩で人殺しよったら、世の中殺人事件ばっかりになるで」

二人のやり取りをそばで聞いていた冴子は、そんなことで疑われた高木がかわいそうでならなかった。高木は駆け込んだ民家に、ついさっきまで人がいた気配がしたと訴えたそうだが、それも彼が嫌疑をよそに向けようとしているのではと疑われ、取り合ってくれなかったらしい。一緒に警察で聴取された南田に、高木は「絶対あそこには人がいたはずなんだ」と何度も繰り返していた。もし住人が出てきてくれて、すぐに救急車を呼んでくれるか、手助けしてくれたらと歯嚙みしていたという。そうした高木の証言さえも疑われ、厳しく聴取されたことも、彼をひどく痛めつけた。

転落事故の翌日には、瞳の死は事故死ということで落ち着いた。当然だろう。警察は現場検証で、森の中の踏み潰された雑草や崖から人が滑り落ちた跡などを丹念に調べた。それで不審点は見つからなかったという。もっともあの現場には大勢が駆けつけたせいで、足跡は入り乱れ、地面はぐちゃぐちゃになっていたそうだから、警察も苦労したに違いない。どちらにしても瞳は不幸な事故で命を落としたのだ。

瞳の両親も納得したようだった。高木を含む部員を責めたり恨んだりはしなかった。最愛の娘を失ったことをなんとか受け入れ、心を落ち着けたいと思ったのか。

夏合宿は瞳の死の後、予定を繰り上げて終わった。息苦しい場所から早く離れたいというように、皆急いで合宿所を出たのだった。

彼女の葬儀では、冴子を含む四年生の各パート数人が、ショパンの「別れの曲」と瞳が好きだった井上陽水の「少年時代」を弾いた。

「少年時代」を弾き終わった時、高木が演奏者の前に出てきて一声発した。

「学歌！」

反射的に手が動いて学歌の演奏が始まった。高木は素手で指揮をしていた。凜とした正指揮者の姿を見ながら、冴子はそれまで我慢していた涙が流れるのを、押しとどめることができなかった。瞳が亡くなったことも悲しかったが、高木の姿を見るのも辛かった。学歌の演奏が終わると、高木は出棺を見送ることなく、その場を立ち去った。

夏休みが終われば、通常なら十一月の定演に向けて練習に熱が入るはずだったが、演奏の中核であるコンミスを失ったオーケストラでは、それは望むべくもなかった。空いたコンミスの席には、第二マンドリンのトップをしていた四年生の男子が座ったが、演奏技術はどう見ても瞳の方が上だった。それを本人も自覚しているものだから、輝かしい音を奏でるはずが、マンドラやマンドセロといった重低音の楽器に呑まれてしまい、全体のバランスはひどく悪くなった。

曲目も変更せざるを得なかった。『幻の国 邪馬台』のような大曲は避けて、レベルを下げた短い曲数曲と、あとはポピュラー音楽に変更した。お茶を濁《にご》したようなステージになるのは目に見えていた。

最後の演奏会だった四年生は、忸怩たる思いをしたものだ。一番悔しくやりきれない思いを抱いているはずの正指揮者の高木は、副指揮者の栗田《くりた》と相談しながら、淡々と選曲をし直し、練習に臨んだ。その様子は、余計なことは考えまいと心を殺しているように見えた。

警察からかけられた嫌疑が晴れたとはいえ、彼が自分を責めているのは明らかだった。なぜあの時、自分が折れて瞳の意見を取り入れなかったのか。激したあまりとはいえ、なぜひどい言葉をぶつけてしまったのだろう。「外の空気を吸ってくる」と言った瞳をなぜ止めなかったのだろう。堂々巡りの自問に疲れ果てているようだった。

南田も安原も、そして冴子も何度「高木のせいじゃない」と言ったことだろう。だが、他人に庇《かば》われたり慰められたりすることが、余計彼を追い詰めているのだと理解するに至って、途方に暮れた。

「放っとこう。それが一番ええんや。とことん悩んで自分で結論を出すしかない」

そう言った南田に従った。

そうするうちにも時間は無慈悲に過ぎていく。定演までの三か月はあっという間に過ぎた。高木は律儀に練習には出てきて棒を振ったが、どこか虚《うつ》ろで、心を閉ざしていた。かつては時間を忘れて楽譜を読み込み、練習では大きな身振り手振りで指導をし、口角泡を飛ばす勢いで下級生を怒鳴りつけ、練習が終われば誰彼なく誘って音楽論を戦わせ、挙句酔っぱらって道路で寝てしまっていた熱血漢はもうどこにもいなかった。

そんな高木を見ているうちに冴子は気がついた。高木は自分を責めて落ち込んでいるだけではない。瞳を失ったこと、それが彼をここまで消沈させ、滅入らせているのだ。瞳は高木にとって心を許した友であり、かけがえのない相棒であり、音楽論を戦わせる仲間であり、この四年間を共に走り切るはずだった伴走者だった。

高木が副指揮者、正指揮者となっていく間の演奏曲は、瞳がいなければ成り立たなかった。あれほどの完成度を持ったステージをやり遂げることはできなかった。二人をつないでいたのは、マンドリン音楽だったけれど、それを通して魂のつながりができていたのだ。三十三番教室に置いてあるグランドピアノで、高木はもう『想い出のサンフランシスコ』を弾かなかった。蓋を固く閉じられたピアノを見ながら、冴子はふいに思い出したことがあった。瞳から聞いた話だ。

拙い演奏をする高木に、瞳が「なぜその曲ばっかりを練習するの?」と訊いた。すると高木は「これ、お袋がよく聴いていた曲だから」と答えたそうだ。高木の母親は、彼が六歳の時に交通事故死したことを、親しい仲間は知っていた。

　幼かった高木には、母親との思い出はたいしてないだろう。『想い出のサンフランシスコ』は、彼と母親をつなぐ唯一のツールだったのだ。彼が音楽のサークルに入ったのは、母親とのそんな些細な記憶を手繰《たぐ》り寄せたかったからかもしれない。

「高木君、特に気負ったり感情的になったりせず、さらっとそんなふうに言ったのよ」

　瞳の言葉も思い出した。

「ほんとはね、『そんなにその曲が好きなら、演奏会のポピュラーステージでやればいいのに』って言おうと思ってたんだけど、やめたの」

　高木にとって大事なものを、瞳は理解していた。

　瞳が『想い出のサンフランシスコ』を教え始めたのは、それからだったように思う。瞳がどんなに指導しても、さっぱりうまくならなかったけれど、その時間を二人は楽しんでいた。そばで見て、笑ったりからかったりする仲間たちも含め、豊かでゆったりとした関係が育まれていた。高木は母親を失ったけれど、その代わりにいい仲間を得たのだと、その時、冴子は思ったものだ。

「よかったね」

　いろんな意味を含めて短い言葉で瞳に伝えると、それも彼女には通じたようで、微笑んで「うん」と答えた。

　たった一つのピアノ曲で母親とつながっていた高木は、音楽でもっと多くの人とつながった。それは彼にとって幸せなことだった。まさに音楽の力だ。わかり合える仲間を得られたことは、冴子にとっても幸運だった。

だが、ちょっとした行き違いのためにそれは狂ってしまった。運命のいたずらというにはあまりに残酷な結末だ。瞳のいなくなった穴は誰にも埋められない。冴子の中にもその穴はある。三年と少しの間、いつも近くでマンドリンの練習をしたり、講義に出たり、飲んだり食べたりした。彼女のいない生活など考えられなかった。自宅生だった瞳も「一日のうち、家族といるよりキバコといる方が長いね」と笑っていた。

一応、十一月の定期演奏会は無事に終わった。『幻の国 邪馬台』は幻になった。あれは瞳というコンミスがいたからこそできた曲だったのだ。

それでも新しいコンマスを中心に、全員心を奮い立たせたと思う。ここでなし崩しになれば、これからの人生を生きていく力まで失ってしまうような気がすると、栗田が言った。副指揮者なりに少しでもよりよい方向へ向くよう心を砕いていたのだろう。後輩たちにはまだ次のステージがあるのだから。無心で楽器を弾くこと、マンドリン音楽に没頭することが支えになった。高木も後輩たちの手前、気持ちを入れ替えたように見えた。

十月に愛媛県出身の作家、大江《おおえ》健三郎《けんざぶろう》がノーベル文学賞を受賞したという大きなニュースが飛び込んできて、愛媛県民は浮かれていたが、クラブ内ではあまり話題にならなかった。練習時の沈鬱な空気はどうしようもなかった。

定演はほぼ満席だった。アンコール曲の後に巻き起こった拍手は、松山大学マンドリンクラブに起きた悲劇への同情と励ましが多分に含まれていたと思う。松山のような地方都市においては、あのような事故は珍しい。すぐに人々の口端にのぼり、あっという間に広がっていたからだ。

定演の後、いつものように全員で打ち上げコンパをすることはなく、各パートでねぎらいの飲み会をした。そうやって冴子たちの音楽漬けの四年間は終わりを告げた。十五人いた四年生は、秋にはなんとか就職も決まっていて、後は単位を取って卒業を待つばかりとなっていた。クラブでの活動もなくなった。それでも部室に集まってしゃべったり楽器を弾いたりするのは、変わりない日常としてあった。皆、瞳の事故には触れないように気をつけていた。夏の合宿も話題にのぼらなかった。

それでも時折、話題が途切れて顔を見合わせ、お互いの表情を窺う時があった。そしてそこに翳りを見てとって、静かに視線を逸らせるのだった。

そんな中、十二月に衝撃的なことが起こった。高木が退学したのだ。

あと四か月で卒業を迎えるというのに、誰にも相談せず、挨拶もせず、皆の前から姿を消した。南田も安原も驚いて高木と連絡を取ろうとしたが無駄だった。高木の実家のある大分に出向いたりもしたが、家族も戸惑い、驚くのみだった。父親には、退学したという連絡だけがあったそうだ。

以来、高木には誰も会っていない。今もどこにいるのかわからない。彼の突発的な行動は、瞳の死が原因だということは明らかだった。指揮者とコンミス、深く理解し合っていた二人は、一人が欠けたことで引き合うバランスを崩し、もう片方の人生にも大きな影響を及ぼした。

第五章　黒文字《クロモジ》

「ハート形の花びら？」

新菜《にいな》は亜樹を見上げた。狭い店内で、くるりと器用に車椅子を回す。

「うん、そう」

亜樹は厚紙を切って作った実物大のハート形を見せた。いくら親友でも実際の現場写真を見せるわけにはいかない。

「結構大きいんだね。何の花かな」

新菜は考え込んだ。亜樹は深呼吸をして花の匂いを吸い込んだ。フリージアやチューリップ、スイートピー、ラナンキュラスの花が発する甘い香りが胸を満たした。ここへ来るといつも感じる幸せを存分に味わう。

「フローリスト花音《かのん》」は、高校時代からの親友、市川《いちかわ》新菜の両親が経営する押上《おしあげ》にある生花店だ。新菜も毎日店に出ている。時折ここに立ち寄るのが、亜樹にはいい息抜きだ。今日も忙しい捜査の合間に立ち寄った。ただし今回は、赤羽の殺人現場で見つけたハート形の花びらの種類を特定しようという目論見があった。花の専門家ならいいアドバイスをしてくれそうだ。あいにく両親は配達のためにいなかったが、花屋で生まれて育った新菜も花の知識は豊富だ。

「あ」

「何？」

「この花の中には花びらがハート形のものがあるよ」

　亜樹はガラスケースの中の花を指差した。赤や紫やピンクの色とりどりの鮮やかな花だ。一重《ひとえ》のものも八重咲のものもある。黒いポンポンのような芯《しん》の周りを取り囲む花びらは、種類によっては切れ目が入っていて、確かにハート形をしているものがあった。大きさも現場で見つけたものと似通っている。

「ああ、アネモネね」

　新菜はすっと車椅子を進めて、ガラスケースに近寄り、ガラス戸を引いてアネモネを一本取り出した。

「あと、これも」

　亜樹は別の花を指差す。新菜はさらに車椅子を進めて、ガラスケースの奥からまた一本取り出した。

「これはアルストロメリア」

「あー、でもこれはハート形だけどちょっと細長いね」

　新菜の手元に顔を近づけて亜樹は言った。二本の花を膝に載せて、また車椅子を回し、新菜は亜樹と向き合った。

「でもさ、それ、風でどこかから飛んできたんだよね。アネモネもアルストロメリアも花屋で扱っていることが多いよ。どこかの家の庭に咲いているよりも」

　現場近くに花屋があったかと問われて、亜樹は考え込んだ。

「ま、どっちみち真夜中でしょ。花屋なんて開いてないよ、普通」

「そっか。そうだよね」

肩を落とした亜樹を新菜は含み笑いで眺めてから、「犯人か被害者が花束でも抱えていたのなら別だけど」とからかう。

「そんなこと、あり得ないよ」

「ハート形の花びらねえ」

新菜はアネモネを目の高さまで持ち上げて考え込んだ。そこに亜樹は畳みかける。

「バラとか桜は違うでしょ？　まだ咲いてないよね」

「早咲きの桜もあるけどね。河津桜《かわづざくら》とか緋寒桜《ひかんざくら》とか」

「でも桜の花びらは小さすぎるんだよね」

「サザンカの花はもう終わってるし、ノボタンとかインパチェンスは季節じゃない。ツバキならまだ咲いてるでしょ。あの花びらもハート形だよ」

亜樹はスマホを取り出して、ツバキの花の画像を見てみた。

「だめだ。これは大きすぎる」

「それさ、花じゃないかも。ハート形の葉っぱもあるでしょ。クローバーとかさ」

「あ、そうか。他には？」

新菜は顎に指を一本当てて考え込む。

「カタバミ、ハートカズラ、スミレの葉っぱも中にはハート形っぽいのもあるよ。それからドクダミとか」

「さすが！　花屋の娘！」

現場近くに赤羽自然観察公園があるから、そうした植物が生えているのかもしれない。

亜樹はいちいちスマホでその画像を出してみるが、「なんか違うなあ」と首を傾げた。

「だいたい、それ、花とか葉っぱとかなの？　紙とかで作った飾り物かもしれないじゃん」

「それ、気づかなかった！　あー、そういえば近くに小学校があったなあ」

亜樹は頭を振り、店内にあった丸椅子にストンと腰を下ろしてうなだれた。

新菜はクスッと笑うと、アネモネとアルストロメリアをそっとガラスケースにしまった。

「忙しいんだ、亜樹」

「まあね。初めての殺人事件の捜査だもんね」

「張り切り過ぎて疲れてるんでしょ」

「そうでもないよ」

亜樹は顔を上げてにっと笑ってみせた。

「嘘。顔見たらわかるよ。そのくすみ具合はもろ、疲れてるって感じ」

「えっ！」

亜樹は頬を両手で押さえて、新菜の背後のガラスに映った自分の顔を見た。友人の慌てぶりに新菜はとうとう噴き出した。

「冗談だよ」

「もう！」

車椅子のひじ掛けに両手を置いて笑った後、新菜はすっと真顔になった。

「ねえ、亜樹。刑事の仕事、楽しい？」

「やりがいはあるね。楽しいよ」

「辛いこともあるけど？」

新菜は友人の心を先読みする。

「まあね。そりゃあ、苦労もするよ。なんせ赤羽署の刑事課で一人だけの女性刑事だもんね。でもだからこそ、やりがいがあるってもん」

新菜は真顔のままだ。

「無理してない？」

「してないよ」

亜樹はことさら胸を張った。

「今度のホシも絶対に捕まえてやるから」

新菜はふっと視線を自分の膝に落とした。花屋の店員が、本来なら体の側面に下げている革製のフローリストケースが、前に回して膝の上にある。そこに収められた花バサミやナイフの柄が見えていた。

「なんかさ――」

新菜はうつむいたまま言葉を継いだ。

「なんか、亜樹は頑張り過ぎてる気がするんだよね」

それからさっと顔を上げた。長い睫毛《まつげ》に縁どられた黒々とした瞳が、親友を見据えた。射貫くような視線に、亜樹は身を強張《こわば》らせる。

「亜樹が警察官になったのは、私のせい？」

「違うよ」

新菜の言葉に被せるように、亜樹は即答した。

「違うって。私は昔から正義感の塊《かたまり》だったじゃない。ほら、テストでカンニングした岡谷《おかたに》が許せなくて、試験中の教室で大声出して告発したりさ」

「そうだけど……、でも高校の時は亜樹、別の将来を描いてたよね」

そうだった。高校生の時は、英語以外の言語を大学で勉強して、翻訳者になりたいと思っていたのだった。ギリシャ語とか、オランダ語とか、あまりメジャーでない言語を習得して、一回はその国へ留学して自由に操れるようになって、とか、そんな夢を新菜に語っていた。新菜は国際線のキャビンアテンダントになりたいと言っていた。それならまず英語だね、などと話していた。結局二人とも夢は実現しなかったが。

無邪気で無防備で幼かったあの頃。願えば何もかも叶うと思っていた頃。新菜は颯爽《さっそう》と空港を闊歩《かっぽ》する自分を描いていたに違いない。今は飛行機に乗る時は、そのキャビンアテンダントの手を借りなければならない。亜樹は息が苦しくなった。

「私のことは気にしなくていいんだよ。亜樹は亜樹の望む人生を歩んでくれたら、私はそれが一番うれしいよ」

亜樹は椅子から立ち上がり、車椅子の前で身をかがめた。新菜と目線を合わせる。ぴっちりと切り揃えられた前髪の下から、新菜もじっと親友を見返した。

「ねえ、新菜。ほんとに私は今の職業が気に入ってるの。新菜がいつまでもそんなふうに思ってたら、その方が私はせつないよ。警察官になるのは大変だったんだから。採用試験も難しかったし、警察学校でしこたましごかれてさ。入ったら入ったで昇級試験ばっかかで選別される。女刑事は未だに組織内では偏見の目で見られるし」

亜樹は、膝の上に置かれた新菜の手をぽんぽんと軽く叩いた。

「気まぐれで進路を変えただけだったら、とてもやっていけない。今はここが私の居場所だと心の底から思ってんの」

「そだね」やっと新菜は弱々しい笑みを浮かべた。

「亜樹は昔から根性あったもんね。一回決めたら引き下がらないもんね」

「そうだよ」

「そこが亜樹のいいとこでもあるし、心配なとこでもある。真っすぐにしか突き進めないんだ」

「それ、私の元上司にも言われたよ」

二人は目を合わせたまま、笑い合った。

「あ、いけない」

亜樹は腕時計を見てさっと立ち上がった。

「本庁の刑事と待ち合わせしてるんだった」

「早く行きなよ。途中でうちに寄ってくれたのはうれしかったけど、遅刻したらまた偏見の目で見られるよ、女刑事さん」

「いいって。ハート形の花びらの情報を仕入れるためのれっきとした職務だよ」

歩道に出た亜樹の後ろを、新菜がついてきた。店先で車椅子を止めた新菜を、亜樹は振り返る。

「せっかくの特捜本部での捜査なのにさ。組まされた相手がサイアクなの。本庁から来たくせにまるでやる気がない男でさ」

「さあ、行った、行った。サイアク男との待ち合わせに遅れるよ」

出てくる途中で手にとった霧吹きの水を、新菜は亜樹に向かってシュッと一吹きした。霧に陽が当たって小さな虹が出た。

亜樹は軽く手を振って歩きだした。

亜樹の目的地は、江東区清澄《こうとうきよすみ》だった。東京メトロ半蔵門《はんぞうもん》線に揺られながら、そこに向かうことになった昨日のいきさつを思い出していた。

榎並と北区西が丘一丁目の根岸の自宅まで行った。根岸の近隣との交友関係を洗うという下命だったが、独身の初老男が緊密に近所付き合いをしているとは思えなかった。その前に聴き込みをかけた赤羽駅周辺の飲み屋にも、一人でふらりとやってくるような男だったから、そんな感触が強かった。

西が丘一丁目は、都内のどこにでもあるような平凡な住宅街だ。根岸の家は、これといって特徴のない平屋の一軒家だった。住宅街の中にあっても目立たない。少しだけ敷地が広く、平屋であるためにゆったりと建っているようには見えた。築年数はかなり経っているようで、高いビルなどのない落ち着いた住宅街にしっくりと馴染んでいた。

「ふうん」

家の前に立って、榎並は両手をポケットに突っ込んだままじっくりと見渡した。

「なんだ。こんなとこに住んでたのか」

ぼそりと呟く。根岸は都心のタワーマンションの一室にでも住んでいる方が似合っていると、亜樹も思ったのだ。都心で派手で豪勢な遊び方をしていたようだが、川口市出身で庶民的な飲み屋で息抜きをする側面も持っていた男は、むしろこういう場所の方が落ち着くのかもしれない。この家は、根岸が中古で買ったとの報告が捜査会議であった。彼がオリオン都市開発を起ち上げるより前だという。出身地から近いし、これ幸いと越してきたのだろう。

家の中はすでに機捜が入って調べ尽くしているから、二人はそこへ立ち入ることはできない。

ただ外観をざっと見ただけで、隣近所を訪ねて歩いた。これもまた亜樹が主導した。案の定、両隣の住人は根岸のことはよく知らないと言った。出入りする根岸をたまに見かけはするが、挨拶することもないし、町内の活動にも参加しない。そう答えたのは、右隣の主婦だった。

「根岸さんっていう名前も今回思い出しましたよ。表札も何も出ていないから、すっかり忘れてた」

二十年来、ここに住んでいるという彼女は、自分たちが引っ越して来る前から根岸は住んでいたと証言した。

「でも口をきいたことはありませんよ。昼間はいないし、家には寝に帰るくらいのもんだったんじゃないの。だから、本人を見かけるのだってまれでした。たまに見かけても不愛想そのものでね」

誰か別の人物が出入りするところも見たことがないという。そういえば、家は敷地の奥に建っていて、近所付き合いを避けたい人物が住むにはちょうどいい造りのように見えた。彼女は、もうすでに根岸が殺人事件の被害者となったことは心得ていて、そんな偏屈な人間だから殺されたのだ、と言わんばかりだった。

飲み屋での、人当たりのいい印象とは違う根岸がここにはいた。

「駅近くにマンションがいっぱい建ってるんだから、赤羽でもそういうとこに住めばよかったのに」

主婦の家を辞して反対側の隣家へ向かいつつ、亜樹はぽろりと口にした。

「引っ越すのが面倒くさかったんだろ」

斜め後ろを歩きながら、榎並は答えた。それは案外合っているかもしれないなと亜樹は考えた。

埼玉県で不動産業を営んでいた時に、出物に出くわして手に入れた家に一度腰を落ち着けたら、動く気がしなかったというところか。生まれ育った土地と似た雰囲気の場所にも馴染みがあった。都心で仕事を広げていったが、家族がいるわけでもない根岸は、次々と住居を変える必要性もなかったのだ。

左隣の家の老夫婦からも実のある話は聞けなかった。まだ隣人が殺されたということも知らずにいた。

「昨日から、なんだか騒々しいと思ってたのよ。警察の車が何台も来て、家の中を調べてるみたいだったから、お隣の人、何か悪いことでもしたんじゃないかって、主人と話してたんですよ」

老女が振り返って同意を求める夫は、廊下の手すりにつかまって、警戒心を露わにした目で二人を凝視していた。自分の妻と警察官の間で交わされている話の内容を、漏らさず耳に入れておこうとしている様子だ。だがその妻は、よくよく聞くと根岸の人相もはっきり憶えていないのだった。それほど関係が薄かったということか。

情報らしい情報を得られたのは、向かいの家を訪ねた時だった。

七十年配の老人が応対してくれたが、この人物はさっきの老人とは違ってはきはきものを言う。頭の回転も速かった。西原《にしはら》と名乗った老人は、元大工だと言った。

「あの家はだいぶ古いだろ。うちと一緒くらいに建ったんじゃないかな」

西原の家は築三十五年だという。亜樹は素早く手帳に書きとった。

「この家は西原さんご自身で建てられたんですか?」

「そうだよ。まあ、だいたいそれくらいに建った家が多かったね。この辺」

その後、建て替えられたり、駐車場になったりした住宅の変遷《へんせん》を、西原はずっと見てきたのだった。だが、家の造作のことには職業柄目がいくが、住人となるとよく憶えていなかった。西原の記憶では、向かいの家は借家として建てられたものだそうだ。何度か入居者が変わったのでなおさら憶えていないのだ。はっきりしないが、建って数年後には何人目かの借り手が出ていき、それからずっと根岸が住んでいたという。その時に大家から根岸が買い取ったということだろうか。

「まあ、うちもだけど、古いからさ、たまに手は入れてたね」

「根岸さんのおうちですか？」

根岸という名前は知らなかったが、西原は頷いた。

「二か月ほど前にも外壁を張り替えてたね。わしはここからじっと見てたんだが、あんまりいい仕事はしてなかった。施主が適当でいいって言ったのかもしれん。最近はそういう施主が多いんだ。こっちは丁寧にやりたくても金をかけたくないって言われたらそれなりにやるしかないんだ」

大工を引退してからずっと家にいるという西原は、昨今の建築業界の事情を語った。

「わりと古くからやってる工務店だったがね」

業者のトラックの名前を目ざとく確認していたのだった。

「山五建工《やまごけんこう》」と、亜樹が尋ねる前に西原は言った。山の形の下に「五」という文字が入るマークだそうだ。埼玉県浦和市で長く営業してきた工務店だという。浦和市は、周辺の市と合併してさいたま市になった。確か平成十三年のことだ。

「息子の代になって東京のどこかに移転したと聞いたがな」

亜樹は急いで「山五建工」とメモし、その下に「浦和市→東京都内」と走り書きした。

そういう経緯で今日はその「山五建工」に出向いていくことになった。

出向く提案をしたのは珍しく榎並だった。

「家を修理してもらった工務店に事情を聞いて、何かわかるんでしょうか」

昨日、赤羽の路上で亜樹はそう問うた。そんなところに出向くのは的外れな気がしたのだ。

「さあな」

相変わらずあやふやな返事が返ってくる。

「じゃあ、何で？」

亜樹は食い下がった。どうにかしてホシに結び付くいい情報を手に入れて、捜査会議で報告がしたかった。

「ま、勘だな」

ぶらぶら歩く榎並の斜め後ろで小さくため息をついた。

こんな人の勘に頼って貴重な時間を浪費したくなかった。事件の核心から外れていき、他の捜査員に手柄を取られるのは目に見えている。きっと、捜査会議でも頭ごなしに否定されるだろうと思っていたら、すんなりＯＫが出た。どうも鑑取り八班の榎並・黒光班は、特別扱いされているようだった。何も期待されず、好きにやらせておけばいいといった扱いだ。それをここ三日ほどで亜樹はなんとなく感じた。

――塩漬けになったレアなケース。

飯田の言葉が蘇ってきた。組織の中で腫物に触るように、榎並の扱いに気を遣っているということか。

要するに私はそんな事故人材のお守り役ってこと？　亜樹はふつふつと湧いてくる怒りをなん

とか抑え込んだ。こんな男に振り回されて肝心の捜査から遠ざけられるのはごめんだ。半蔵門線の清澄白河《きよすみしらかわ》駅で所在なげに立っている榎並を睨みつけた。

燃えるような相棒の視線を受けても、当の榎並は気にする様子もない。

「どっちだ?」

当然のように道案内を亜樹に押し付けてくる。亜樹はぐっと奥歯を嚙み締めた。この調子では、捜査が終わるまでに歯がボロボロになりそうだ。大きく深呼吸をした。

「こっちです」

平静を装って、先に立って歩きだした。「山五建工」の場所は調べてある。清州橋通《きよすばしどおり》を東に歩き、三《み》ツ目通《めどおり》に交わる前に北に曲がる。

道路の先が途切れているのは、突き当たりに小名木川《おなぎがわ》があるからだ。隅田川《すみだがわ》に注ぎ込む古い運河だと、周辺の地理も頭に入れてきた。初めて来たが、赤羽とは違って下町情緒が残る落ち着いた町だ。小名木川と仙台堀川《せんだいぼりがわ》という水路に挟まれた地域は、古い木造家屋や倉庫の間にしゃれたカフェや個性的な本屋、ギャラリーなどが点在している。どこからともなくコーヒーの香りが漂ってくるのは、コーヒー豆の焙煎所《ばいせんじょ》が多いためだ。この一帯は、東京都現代美術館のあるアートな雰囲気と相まって、若者や外国人に人気なのだということを思い出した。

いくらもいかないうちにコンクリート製の三階建てのビルが現れた。西原が言った山の形の下に「五」が入るマークが、前面に掲げられていた。一階が作業場と資材置き場になっていて、上階が住居となっているようだ。

亜樹は作業場に足を踏み入れた。昨日、連絡を入れておいたから、山五建工の経営者である山《やま》中祐司《なかゆうじ》は家にいるはずだ。彼の仕事の都合に合わせて来たので、押上にある新菜のところに寄る時間ができたというわけだ。作業場の中には加工しかけている木材や、電動のこぎりなどの機材、脚立や大工道具などがところ狭しと置いてあった。カンナ屑《くず》を踏みながら奥へ進む。

作業場の奥に住居に通じるドアがあり、表札には「山中祐司」と「山中五郎《ごろう》」の二つの名前が並んでいた。「山五」という名前は、この「山中五郎」からきているのだろう。

呼び鈴に応えて出てきたのは、中年の女性だった。太り肉《じし》の体を派手なチェックの割烹着《かっぽうぎ》で包んでいる。榎並を後ろに従えた亜樹が名乗ると、祐司の妻だという彼女は、やや不審げに二人の刑事を交互に見た。もしかしたら女性の方が上司なのだろうかと迷っているのかもしれない。亜樹も黙って彼女の判断がどこかに落ち着くのを待った。

「どうぞ」

結論が出たのかどうか不明だが、妻は玄関マットの上に二つのスリッパを並べた。

「失礼します」

家に上げてもらえることにほっとした亜樹は、玄関土間に入った。すぐに階段があって二階へ上がった。

応接間に通されると、先に出てきたのは祐司の父親だという五郎だった。ごま塩頭の五郎は、刑事たちにソファを勧めた。応接セットのソファは、どれもデザインが違っている上に古びていた。五郎自身は毛糸で編んだカバーのかかったソファに腰かけた。

「根岸さんが殺されたんだって？」

開口一番、そう問われた。八十歳をいくつか超えているらしき老人は、小柄だが筋肉質の体で陽に焼けており、いかにも職人という風情だった。

亜樹が肯定すると、「びっくりだな」と目を剝いた。

「ついこないだ壁の修理をさせてもらったとこなんだがな」

どうやらこの老人はまだ現役で仕事をしているようだ。彼が若い職人を一人連れていき、剝がれかけた外壁の焼杉《やきすぎ》を何枚か取り換えたという。ついでに家屋内の廊下の板がへこむのも見てやったそうだ。根太《ねだ》が朽ちていたので、床下に潜って修理したと言った。その作業が入ったので、工期は数日間かかった。

「根岸さんの家は、ずっとお宅が修理を引き受けていらっしゃるんですか?」

「そうだよ。うちが埼玉でやってた時から根岸さんとは付き合いがあったんだ。あの人もあっちで不動産屋をやってただろ? だから取り扱う物件の修理やらリフォームやらをたまに頼まれてた」

根岸が若い頃に開業した不動産屋は「みのり不動産」という名前だったことは、他の鑑取り班から報告があがっていた。みのり不動産も浦和市にあったらしいから、その頃から仕事を依頼していたのだろう。

その時、ようやく祐司が顔を見せた。後ろから祐司の妻が盆を持ってついてきて、四人分の茶を出して下がった。作業服姿の祐司は、父親の話を引き取って説明した。

「そのうち、根岸さんとこは東京に出ていったから、しばらくは付き合いが途絶えていたんだが、うちも事情があってこっちに移転したもんだから、それでまたぽつぽつ仕事をもらえるようになったんだ」

祐司は、東京に出てからの根岸しか知らないと言った。彼は、主に根岸が経営している外国人観光客向けの宿泊施設の方に出向いていたという。そちらでは根岸本人に会うことはまずなかったようだ。汐留のオフィスで打ち合わせだけ簡単にするのだが、その場に根岸が立ち会うこともあればスタッフだけの時もある。古い物件なので、金をかけずに直すよう、いつも指示されていたと祐司は率直に言った。

「見栄えだけよけりゃあいいってもんさ」

憤慨とも諦めとも取れる言い方を、五郎はした。

亜樹は手帳を取り出して、根岸が埼玉から東京に移った正確な時期を尋ねた。それには主に五郎が答えた。年を取ってはいるが、記憶は確かだった。

根岸がみのり不動産を畳んだのは、平成七年のことだった。今から二十九年前だ。それから八年後には、オリオン都市開発として都内で再出発するわけだ。

「どうなんだい？　根岸さんを殺した犯人はまだわからないのか？」

五郎は逆に訊いてきた。当然の反応だろう。

「ええ。まだ」

亜樹は言葉少なに答える。五郎はちらりと榎並に視線を走らせた。ここへ入って来てから一言も言葉を発しない刑事は、平然と職人を見返した。五郎は気を取り直したように亜樹に向き直った。

「まったくね。世の中何があるかわからんな」

「根岸さんとは親しかったんですか？」

「さあね。親しかったかと言われると何とも答えようがないな。付き合いは長いが、ただの施主と雇われた業者の関係だな」

赤羽の自宅の修理を頼まれることもまれだったそうだ。古い家だし一人暮らしだから、そう頻繁に手入れはしなかった。今回は、外壁の板が剝がれかけた隙間から雨が浸みこんで、修理の必要に迫られたのだ。悪くなったところだけに適当に手を入れるという方式だ。長年住んではいるが、もともと借家仕様で建てられた家屋に愛着はないということか。向かいの西原が話していた裏事情通りだ。

「根岸さんはあまり家には執着がなかったのでしょうか？」

「まあ、そうだろうな。あの家はみのり不動産をやってる時に手に入れたもんらしいから」

亜樹の想像を裏付けるようなことを五郎は言った。

「四か所ある都内の宿泊施設もそうだろ？」祐司が口を挟む。

「ああ、あれもそうだ。お客さんから売却を頼まれたんだけど、結局根岸さんが買ったと聞いたな。当分は借家にしてたんだが、全面的に改装して宿泊施設にして当たった」

「いつも満室だよ。改装する前はどうしようもないボロ屋だと思ってたけど、うまい使い道があるもんだな」

「赤羽の自宅も宿泊施設になった物件も、同じくらいの時期に手に入れたみたいだな。同じ人から」

「同じ人から？」

榎並が初めて口を開いた。五郎も祐司もやや驚いたように榎並を見た。亜樹も隣に座った榎並を見やったが、それきり彼は黙ってしまった。仕方なく後を引き取る。

「その人の名前をご存じですか？」

五郎は首を横に振った。

「知らないね。埼玉県内の人だろ、たぶん。都内にあれだけの物件を持って人に貸してたんだから賃料で食っていけたんじゃないかな」

それから根岸について突っ込んで尋ねたが、それ以上は二人とも知らないと言った。左手の薬指が欠損しているのには気がついていたが、その原因についても話題にはしなかったとのことだった。そのうち祐司の胸ポケットの中でスマホが鳴りだし、仕事の話を始めてしまった。それを潮に亜樹と榎並は山中家を辞した。

小名木川のほとりを歩きながら、皮肉を込めて亜樹は言った。

「外れでしたね」

「まあな」

榎並は飄々としたものだ。隅田川の方から吹いてくる風が、川沿いの植樹の枝を揺らしている。マンションの敷地内で椿寒桜《つばきかんざくら》が一本満開になっていて、その花びらが亜樹の足下にまで飛んできた。ハート形をしているが小さかった。現場にあった痕跡はやはり桜ではない。新菜が言うように花びらではないのかもしれない。

そのことを口にしようとして思いとどまった。榎並には、どうせ「お嬢さんだからハートが気になってしょうがないんだ」と言われるのがオチだ。

濃いピンクの花びらは、またどこかに飛んでいってしまった。

もうこのことは忘れよう。小さなことに拘泥《こうでい》していると、大局を見失ってしまう。絶対にホシを挙げて、このヤマを解決に持ち込むのだ。亜樹は背中をピンと伸ばし、大股で歩いた。小名木川の動いているのかいないのかよくわからないとろんとした水面に、両岸に林立するビルの姿が映っていた。

その日の捜査会議で、機捜からの報告に捜査員たちは色めき立った。

赤羽スズラン通り商店街を歩いていた機捜隊員が、向かいから歩いてきた老人に目を留めた。彼は赤羽界隈《かいわい》を根城にしているホームレスだった。機捜隊員の目を引いたのは、彼が着ていた灰色の薄手のコートで、前面に大きな黒い染みがあった。何かが飛び散ったような染みで、一度はすれ違ったのだが、気になった隊員は老人を呼び止めた。

「そのコートはどうしたんだ」という問いかけを、のらりくらりとはぐらかしていた老人だったが、厳しく問いつめると、とうとう「拾ったのだ」と白状した。

拾った場所を聞いて、隊員は緊張した。コートは、都営桐ケ丘団地の中の植え込みに突っ込んであったと老人は言ったそうだ。機捜隊員は、老人のコートを脱がせ、その場所に案内させた。

都営桐ケ丘団地は、赤羽台団地の北側に位置する広大な団地だ。六割以上が高齢者で若い層がおらず、都会の限界集落などと呼ばれたりもしている。こちらも順次建て替えが進んではいる。計画の中途らしく高層階まである新しいビルと、五階建て以下という低層階のアパートが入り混じっている。低層アパートには、ほとんどの棟にエレベーターがない。そうしたちぐはぐな建物群の間には、古びてうち捨てられた公園がある。子どもさえ寄り付かない色の剝げた遊具が点在している。

その公園を囲むように低木の植え込みがあるのだが、コートは、植え込みの中に無造作に丸めて突っ込まれていたという。隊員は、ホームレスを赤羽署まで連れていって、詳しい事情を聴いた。同時にコートは鑑識に回された。

その結果、黒い汚れは血液であることがわかった。急いで根岸の血液と比較してみると、合致した。そのコートは、ホシが犯行に及んだ時に着用していたもので、逃走途中で捨てていったのだと推測された。ホームレスの老人がコートを拾ったのは、根岸が殺された翌朝のことだった。

事件直後、捜査員の手が届く前に、老人は、コートを拾って自分のものにしたわけだ。

　コートが見つかった公園の周囲は綿密に調べられた。コートのポケットの内側にも血液が付着していたので、ポケットに凶器を入れていたのではないかと思われた。しかし、その辺りには凶器など、他の遺留品はなかったとのことだった。ホームレスを問い質したが、コート以外のものは拾っていない、ポケットには何も入っていなかったと言い張った。いくらなんでも血で汚れたナイフが入っていたら、交番に届けると言ったそうだ。厳しく聴取されたが、老人からはそれ以上は聞き出せなかった。凶器はおそらくホシが持ち去ったのだろう。

　ホシは赤羽台団地裏で犯行に及んだ後、赤羽台団地の中を抜けて道路を渡り、その先の桐ケ丘団地の敷地内を通って逃走したということが明らかになった。逃走経路がはっきりしたこと、ホシに結び付くブツが手に入ったことは、捜査を一歩前進させた。コートは鑑識で詳しく調べられ、一方捜査の目は桐ケ丘団地に向いた。

　赤羽台団地もさることながら、桐ケ丘団地は百棟近くの建物が並び、まさにマンモス団地の様相だ。ホシの足取りを追うよう命じられた赤羽署の捜査員もそれを強調した。

「とにかく敷地面積が四十六ヘクタールもあるんです。総戸数はええっと……」

　彼は手元のメモに視線を落とす。

「大雑把に見積もって五千戸ほど。二割は空き家だということですが、それでも相当な戸数でして」

「それがどうしたんだ」

　本庁捜査一課の生島係長は声を荒らげた。

「まずは防犯カメラを徹底的に当たれ」

「今やっていますが――」ビデオ分析の係が立ち上がった。

「桐ケ丘団地の中は、緑地帯もかなりの面積を占めています。自然の谷筋に沿って緑が残っているんです。これはもう植栽というより林と言ってもいいくらいで」

防犯カメラも少なく、その中を通っていく人物がとらえられている確率はかなり低いと思われると述べた。取り壊しが決まって住人が出ていった棟もあるし、団地内の商店は、大方がシャッターを下ろしている。年齢層が高いので深夜帯に出歩く人もなく、目撃情報も得られそうにないと情けない声で付け加える。

大崎管理官は腕組みをして目を閉じた。

「ホシは土地鑑のある人物ですね」

「団地内の住人ということも考えられます」

それでもある程度はホシの行動範囲が判明したことになる。少なくとも赤羽に馴染みがある人物、あるいは犯行現場近くに生活圏を持つ人物と推測される。それを踏まえて、捜査方針が練り直された。

地取り班は逃走経路を推測して、その周辺の聴き込みに一層力を注ぎ、目撃情報を集める。ビデオ分析班もその線に沿って防犯カメラ、同時刻に周辺道路を通った車のドライブレコーダーを当たることが下命された。ホシの持ち物と断定できるブツが発見されたため、今までも投入されていた警察犬の働きも重要視された。

警察犬係は鑑識担当の中に含まれている。鑑識にも檄《げき》が飛ばされた。指紋や足跡などの採取も、新たに判明したホシの足取りをトレースした区域に拡大させることが決まった。鑑識はその上に、ホシにつながる遺留物がコートに付着していないか詳しく分析するという重要な仕事がある。これは被疑者特定に大きく貢献する。

　併せて、コートの入手先をつかむ捜査にも力を入れなければならない。その任務に当たる人員も割かれた。

「しかし、なぜホシは目立つところにコートを捨てていったのだろう」

「すぐに脱ぐ必要があったからじゃないですか？　返り血で汚れていたら目立ちますから」

「広い団地内なら、もう少しうまく隠すこともできたんじゃないか？」

「まあ、そうですね。動転していたんでしょうか」

「コートは捨てて、凶器は持ち去ったわけか」

　生島は解せないというふうに、考え込んだ。

　その後、司法解剖の所見が発表された。腹部における刺創は、肝臓に損傷を与えていて、腹腔《ふくこう》内に多量の血液があった。肝臓に到達する傷は深く、七センチ五ミリ。受傷したマル害は、そのままうつ伏せに倒れたと推測される。倒れた後、マル害は再び頸部に切創を受けている。切創は下顎骨《かがくこつ》左下から咽頭《いんとう》上部にかけて一直線に続いていた。創底は二センチで、左頸動脈を切断するに至っている。死因は検視官の見立て通り、腹部刺創及び頸部切創による失血死だった。凶器は、刃渡り十三センチほどのナイフ様のものと、これも検視官の見解をなぞるものだった。

　亜樹は緊張感に包まれた会議場の中で、根岸が殺害された時の模様を思い浮かべてみた。一人で帰路についたか、あるいは同行していた犯人に、いきなり腹部を刺される。根岸は声もなくその場に倒れ込んだだろう。深夜の団地裏の道路脇だ。呻き声程度では誰にも気づかれない。もしかしたら、そのまま放置されていても、彼が命を落とした公算は高い。それなのに、ホシはとどめを刺した。執拗な殺意が窺われる。

うつ伏せになった根岸の頸部を、ホシは一気に掻き切った。少しだけ傾斜になったコンクリートに大量の血液が流れ出す。そのおぞましい想像に、亜樹は一瞬だけ目を閉じた。

ホシは相手が絶命したことを確信してその場を離れる。血濡れたコートを脱いで、腕の中に抱えていたのだろう。ぼんやりとしか照明のない薄暗い桐ケ丘団地の敷地内を通って、植え込みの中にそれを押し込む。その一連の行動は、あらかじめ計画を立てていたからこそ実行できたものだ。

薄手のコートを着用していたのも、返り血を想定してのことだろう。最初の一撃は腹部で、次に頸動脈を狙うというコロシの手順まで想定し、もしかしたら何度かイメージトレーニングをしていたかもしれない。それくらい手際のいいやり方だった。

腹部への刺創では、腹腔内への血液滞留が多かったという司法解剖所見だから、もし返り血を浴びていたとしても全身に飛び散ることはなかっただろう。コートに付着した血液がどれくらいのものか詳しい報告はなかったが、倒れた根岸の頸動脈を掻き切る時も、血が飛び散る方向を予測して避けたようにも考えられる。非常に冷静に、抵抗もできない根岸の息の根を止めるホシの姿が浮かび上がってきた。

ホシはプロの殺し屋だろうか？　根岸のようなやり手の経営者には、敵も多かったのでは？　さまざまな思いが交錯した。それなら、これからは鑑取り班の捜査が重要視されるはずだ。湧き上がってくる闘志に突き動かされ、亜樹はぐっと拳を握り込んだ。

その隣では、榎並が覇気のない表情でひな壇を見詰めていた。両脚を投げ出すようにパイプ椅子に腰かけ、スチール机の上で組んだ両手は、所在なく親指を動かしているのみだ。

次々に捜査員が立ち上がってその日に得た情報を報告していく。根岸の唯一の親族といえる従《いと》兄《こ》が、埼玉県蕨《わらび》市に住んでいた。根岸恭輔が亡くなったと聞いても動揺する様子はなかったらしい。この三十数年というもの、会ったことがないという。だから根岸の現在の商売も知らず、浦和市でみのり不動産を経営している頃に会ったのが最後だったと言った。その頃から愛煙家だったことだけは憶えていた。

「ただ、だいぶ前のことなので、煙草の銘柄やコロンを使っていたかどうかは記憶にないそうです」

根岸が薬指の第二関節から上を失ったいきさつは、ぼんやり憶えていると言ったそうだ。父親が数人の従業員を雇って金型加工の工場をやっていた。職住が近接した小さな工場で、根岸は工場に出入りしていて、稼動している機械に指を挟まれた。

「小学校に上がる前だった」と従兄は証言した。

そのため根岸は工場を継ぐことを嫌い、宅建士の資格を取って不動産業を始めたらしい。実家の工場はその頃にはもう潰れていたという。初めは埼玉県内の中堅の不動産業者に雇われて働いていたが、数年後には独立してみのり不動産を開業した。

「従兄が言うには、根岸さんともう一人の従業員とで細々とやっていたから、あんまり儲《もう》からないだろうなという感触を持ったようです。客もそう付いていないようで苦労していたと。その後、疎遠になってしまったみたいで、その後に東京で大きな不動産屋をやっていたと聞いて驚いていました」

「マル害に家族がいないということは、彼の遺産はその従兄が受け継ぐのか?」

鹿嶋刑事課長からの質問が飛ぶ。

「そこはまだ……」

捜査員は言葉を濁した。

まさか遺産欲しさに根岸を殺したということはないだろう。従兄は長い間疎遠になっていたのだから。だが、何事も疑ってかからねばならない。少しでも可能性があれば一つずつ潰していくのが捜査の定石だ。彼の周辺を洗うよう指示が出た。

「女性関係は？」

根岸のスマホには女性の名前も数多く登録されていたので、一人ずつ当たっているという。気ままな独身生活で金もある男なら、それ相応に女性との付き合いがあったろう。クラブやキャバクラに馴染みの女がいたかもしれない。

自宅を捜索した機捜からは、家に女性の持ち物らしきものはなかったので、女性が自宅に出入りすることはなかったのではという見解を示した。

オリオン都市開発からの聴き込みでも特に新しい情報はなかった。根岸は自信家のワンマン経営者で、オリオン都市開発は順調に業績を上げていたという。都内各所に優良な店舗向けの物件を持っていたので、美容や健康、スポーツ関係の事業を始めようとする人物や、拡張を狙う経営者が訪ねてきた。根岸は、彼らの希望や条件を聞き出し、的確な物件を斡旋していた。顧客はたいていうまく事業を展開していたので、口コミで新しい客も増えていたそうだ。

従業員の中に経営者を恨む者はいないとの報告があった。

「聴取した社員たちは、マル害がいなくなって、会社はどうなるのかと不安がっていました。皆、かなりの給料をもらい安定した生活を送っていたようですので」

経営がそれほど順調なら、根岸自身もかなりの収入があっただろう。みのり不動産の時とは大違いだ。東京に進出したのは正解だったということか。それほどの経営手腕があるなら、埼玉でもやがて事業を大きくできたのだろうか。亜樹は頭をひねった。

「マル害が東京へ出てきたいきさつを知っている者は？」

生島係長も亜樹と同じことを考えたのか、そんな質問をした。

「そこのところを詳しく話せる者はいませんでした」

従業員全員が、オリオン都市開発設立後に雇われた者ばかりだった。

「設立資金はどうしたんだ？　それほどの会社を都内でやるにはかなりの金が必要だったんじゃないのか」

鹿嶋刑事課長は発言した後、本庁の生島係長をちらりと見やった。鹿嶋の言葉を受けて、生島は金の流れを調べるように命じた。

「本当にワンマン社長だったのか。彼の右腕のような社員はいなかったのか？」

「一応会社組織としては、専務なる人物がいますが、彼もマル害が東京で会社を始めた頃のいきさつは知らないようでして」

「マル害が埼玉で不動産屋を始めた頃は、バブル期のおしまいのころに引っ掛かってたんじゃないか。あの頃の不動産価格は過度に高騰《こうとう》しただろう。そうした波にうまく乗って売り抜けたのかもしれんな」

鹿嶋は、自分の推察に満悦の笑みを浮かべたが、生島が無反応だったので、顔を引き締めた。

埼玉で開業したばかりの小さな不動産屋が、バブルに乗じて大成功したのだろうか。あの時代にはそんな輩《やから》もいたのかもしれないが、バブル崩壊ですべてを失ったという話も多くあったはずだ。根岸はよっぽどうまく切り抜けたのか。

捜査員は手にした手帳をパラパラと繰った。

「そういえば、専務の印象に残っていたマル害の発言が――」

分厚い眼鏡をちょっと持ち上げて、手帳を食い入るように見た。

「オリオン都市開発の出発点は、リンデラなんだ、と」

「リンデラ？　あの消臭スプレーか？」

鹿嶋がいち早く反応した。

「コロンです。マル害は煙草の匂いを緩和するために使っていましたが」

細かいことを訂正した捜査員を鹿嶋は睨みつけた。

「そんなもんが何で出発点なんだ」

「不動産屋とコロンの取り合わせは妙だな。たとえヘビースモーカーが、自分の着衣の匂いを消すために愛用しているとしても」

生島の意見に、鹿嶋は首を大きく縦に振る。

「リンデラは、マル害が自社ブランドとして売り出したんだったな。ユニセックスなコロンとして」

「そうです」

「つまり、それで大儲けして、事業を始める資金ができたということか？」

「さあ」

「確認を取れ」

「はい」

鑑取り班の最後の方になって、亜樹の組が指名された。もはや榎並の意向を気にすることなく、亜樹は立ち上がった。その日、根岸の自宅の修理に入っていた工務店から仕入れた情報を報告する。

生島も鹿嶋も、特に口を挟むことなく聞いていた。首脳陣の様子から、誰もが亜樹たちに期待していないことが窺い知れた。

「その工務店は、埼玉時代からのマル害を知っているということですね？」

報告が終わり、着席しようとした時、大崎管理官が口を開いた。亜樹は慌てて姿勢を正した。

「はい、その頃からの付き合いだと言っていました」

「マル害が東京で新しい会社を起ち上げたいきさつを知っているのでは？」

「その点は尋ねてみましたが、知らないとの返答でした。あまり親しい関係ではないとのことです」

「そうですか。埼玉でのマル害を知っている人物は貴重だと思ったのですが」

「その辺のことはもっと調べさせましょう」

生島が別の鑑取り班を指名した。

隣でガタンという音がして、亜樹は横を向いた。榎並が立ち上がっており、つい口が半開きになった。

「マル害は、現在の自宅を埼玉の不動産屋時代に手に入れたとのことですが、その辺の事情を当たりたいと思いますが」

一瞬、会議場内がしんと静まり返った。亜樹はさっとひな壇に視線を投げた。生島は明らかに顔を引《ひ》き攣《つ》らせている。「ケイゾク」から連れてきた捜査員が発言したのが意外だったのか。それとも榎並自身に対して何か思うところがあるのか。

少ししてから、生島は軽く咳払いをした。ことさら威厳を示すようにいかめしい声を出す。

「そんなことをして何になるんだ？　昔のことをつつき回してホシにつながるものが出てくるのか？」

「わかりません」

「いいでしょう」

生島が次の言葉を探しているうちに、大崎管理官が答えた。

「今のところ、マル害を殺害する動機が見えてきません。とりあえず何でも当たってみるべきです。コロンのことも、女性関係も埼玉時代の不動産業のこともしかりです」

理路整然とした物言いに、生島も黙った。

榎並はくいっと顎を引くような仕草で頭を下げると、席に着いた。亜樹もそろりと着席した。榎並はそしらぬ顔で、前を向いている。まだ続いている会議を熱心に聞いているというふうでもない。まったく何を考えているのか。

亜樹も、つらつらと続く報告から離れて想像を巡らせ始めた。

根岸が埼玉でみのり不動産をやっていた時、たまたま扱った物件が、彼の出身地である川口市から近い都内の住宅だった。埼玉から都内へ移転しようと画策していた彼は、これ幸いと自宅用に購入した。たまたまその持ち主は、都内にいくつかの中古住宅を所有していた。根岸はそれも手に入れて、東京進出の足掛かりにした？

その購入資金はどうしたのだろう。その後、都内に移ってきて不動産業の傍ら、数々の商売に手を出し、やがてオリオン都市開発を設立するに至るのだ。埼玉時代に大金を手に入れる機会があったのだろうか？

それがリンデラ？　なんだって畑違いのコロンを売り出そうなんて考えたのか。その辺は、ちぐはぐで収まりの悪い思いがする。

気がついたら、会議は終わっていた。


登記簿を調べると、根岸の自宅と宿泊施設に改装した中古住宅四軒は、秋本一雄《あきもとかずお》なる人物の名義から平成六年六月に根岸のものになっている。みのり不動産を閉じたのは、翌平成七年の三月だ。根岸は着々と東京進出への手順を進めていたことになる。都内の四物件をいくらで買ったのか。売買契約書などは、みのり不動産がなくなった今は手に入れようがない。だが、安くはない買い物だ。埼玉で従業員一人を雇って細々とやっていた不動産屋の経営者が、どうやってその資金を手に入れたのだろう。小さな工場を経営していたという親からの遺産を潤沢に受け継いだとは思えないが、工場の土地建物を受け継いだのだろうか。

リンデラの調査には、草野が当たった。本庁の捜査員に引っぱり回されている草野は元気がない。花粉症も悪化の一途をたどっているという。亜樹は目を充血させて報告書を作成している草野を外に連れ出した。事件発生からすでに一週間が過ぎていた。


「朝飯をおごってくれるって本当なんですか？　黒光さん」

今は朝の七時半で、亜樹も草野も早朝出勤をして報告書を仕上げていたのだった。赤羽署を出た二人は北本通《きたほんどおり》の歩道を歩いた。

「草野君、リンデラ買ってきてくれた？」

「はい」

草野はポケットから小さなスプレーボトルを取り出した。

「いくら？」

「二千五百七十円です」

　意外に手頃な値段だ。男性でも女性でも気軽に買えるだろう。ボトルも透明でシンプルだ。「Lindera」というしゃれたデザイン文字が入っている。亜樹は財布を取り出して、十円単位まできっちり支払った。草野は目をしょぼしょぼさせながら千円札と小銭を受け取った。こんなに安いコロンでは、ひと儲けはできそうにない。

　亜樹は自分の手首にリンデラをしゅっと吹きかけた。そこに鼻を近づけて嗅いでみる。爽やかな樹木の香りがした。確かに殺人現場に臨場した時に嗅いだ匂いだ。

「いい匂いね。ユニセックスっていうのがよくわかる」

　もう一吹きして胸いっぱいに吸い込んだ。途端に、草野が大きなくしゃみをした。

「ちょっと！」

「すみません」草野は鼻をぐずぐず言わせながら謝った。

「それ、クロモジから抽出した香料が主原料らしいです」

「何ですって？」

「クロモジです。クスノキ科の落葉木《らくようぼく》です。昔から黒文字油といって香料として使われていたんです。合成の香料が出てくる前は、化粧品や石鹼《せっけん》なんかに利用されていたんですよ」

「そうなんだ。知らなかった。見たこともないし」

「日本列島では関東より西、主に四国や九州に分布している植物です。葉はクロモジ茶になるし、抗ウイルス作用もあるんですよ。最近では、コロナウイルスにも効果があるって言われたりして――」

「ちょっと待ってよ。どうして草野君、そんなに詳しいわけ？」

「僕、警察官になる前は、大学の生物資源研究室にいたんですよ。専門は応用微生物学です。ちなみにクロモジの学名はLindera umbellata。リンデラという商品名はそこから来たんだと思いますね」

亜樹は、呆気にとられて草野を見やった。

「うそ。じゃあ、あなた何で——」一瞬言い淀んだ。「何で警察官になったの？」

途端、草野は泣きそうな顔になった。

「それを言わないでくださいよ。ずっとこの選択が合っていたかどうか悩んでいるんですから」

「ごめん」

亜樹はまた歩を進めた。北本通から狭い路地に入ると、草野は驚いた顔をする。

「ファミレスへ行くんじゃないんですか？」

「行くよ。だけどその前に——」

赤羽体育館の裏から隅田川へ出た。下り階段が川へと続いていて、川沿いには遊歩道がある。今は誰も歩いていない。階段の途中で亜樹は立ち止まった。

「私も買ってきたものがあるの」

ショルダーバッグを探って煙草の箱を取り出した。ガラム・スーリア・マイルドだ。昨日、いくつかのコンビニを回ってやっと手に入れた。箱を開封して一本を取り出した。それを草野に差し出した。

「な、何ですか？」

「ちょっと吸ってみてよ。どんな匂いか嗅いでみたいの」

「嫌ですよ。僕は徹底した嫌煙者なんですよ。これでも健康には人一倍気を遣っているんですから。ていうか、そんなの吸ったら花粉症がますますひどくなります」

「いいじゃない、一本くらい。これも捜査の一環なんだから」

「黒光さんが自分で吸えばいいじゃないですか」

「自分で吸ったら煙の匂いとか、わかんないでしょ。マル害から漂ってきた匂いを確かめたいの。草野君、気がつかなかった？　あの時」

「僕は今、鼻がさっぱりきかないんですって」

「じゃあ、好都合ね。この煙草、結構きついみたいだから」

バッグから百円ライターを取り出した亜樹を見て、草野は大仰にため息をついた。

「本当に朝飯、おごってくれるんでしょうね」

「大丈夫だって。朝からステーキだってOKだから」

ライターを勢いよく点ける。草野はさらに情けない顔をした。

「何だってこんな川岸で、先生の目を盗んで喫煙する高校生みたいな真似をしてるんだろ」

「いいから」

亜樹に促されて、草野はしぶしぶ煙草をくわえた。それに火を近づける。煙草の先端が赤くなった。

「もう少し吸って。ちゃんと火が点かないじゃない」

草野は唇をとがらせて、小刻みに吸った。肺の中まで入れるのが嫌なのだろう。

「一回大きく吸いなさいよ。それで煙を盛大に吐いて」

草野は目を白黒させた挙句、やけくそのように吸い込んだ。煙草の先端の火が大きくなる。草野が思い切り煙を吐き出した。もうもうと立ち昇る煙に、亜樹は顔を突っ込んだ。現場で嗅いだエスニックな匂いだ。タイミングを見計らって草野に向かってリンデラを吹きかけた。それから素早く彼のスーツを嗅いだ。

　ああ、この香りだ。間違いない。甘いお香を焚《た》いているようだがガツンと苦い刺激もあり、そのうち若い樹木のような香りがふわりと包み込む。二つの対照的な香りが混然一体となった奥深さ。これをまとわりつかせた男は、人生の成功者だった。優良物件を扱う不動産業やインバウンド需要を見越した宿泊施設を運営し、財を成した人々や有名人と付き合い、ブランドもので身を固め、高級な店に出入りして悦に入っていた男。しかし飲み屋で一人で飲んで、ほっとくつろいでもいた。

　そして命を奪われた。いったい何があったのだろう。

「グフッ」

　草野は体を折り曲げた。口から煙草をもぎ取るようにして放す。彼が今にも投げ出しそうにしている煙草を亜樹は奪い取って、携帯用の吸殻入れに入れた。火が消えても、まだあの特徴的な匂いが漂い出てきた。

　草野は涙を流しながら激しく咳き込んでいる。ついに階段を駆け下りて、遊歩道のそばの草地に突っ伏してしまった。

「ひどい吸い心地だ。カラシを口の中に押し込まれたみたいだ」

　草地の上にペッペッと唾を吐き出しながら、草野は恨みがましい目を向けてくる。

「悪い。でもカラシは言い過ぎでしょう。クローブが入ってるんだよ」

「ああ、最悪だ。こんな口で朝飯なんか食べられませんよ。うまくないに決まってる」

　しかし、その後入ったファミレスで、草野はステーキとハンバーグのセットに、たっぷりのグレービーソースをかけてたいらげた。

署に帰り、亜樹は刑事課の自席で草野が書き上げた報告書を読んだ。

植物精油は植物の花や葉、果実、樹皮などから抽出したエッセンスのことだ。ローズウッドやライム、ベルガモットなどが知られている。リンデラもその類だが、素材はクロモジで、日本人にはなじみの香木《こうぼく》だったという。疲れを癒してくれる和精油として、古くから愛されてきたものらしい。鎮静や抗菌の作用もある。しかし、和精油は西洋由来の精油のようには世界中に広まってはいない。主な成分はリナロール、ゲラニオールなどと、研究者だった草野らしい記述が続く。

おそらく、ここまで専門的な説明は、捜査会議ではうっとうしがられるだけだろう。

リンデラには、ただクロモジの精油だけではなく、他の植物の成分も含まれていて、香りを調整している。微妙な加減で混ぜ合わせることにより、ユニセックスな爽やかな香りを生み、抗菌効果、消臭効果も強化しているのだそうだ。

「他の成分って何？」

亜樹は隣で、野菜ジュースのパックをちびちびと吸っている草野に尋ねた。

「成分表示によるとホホバとか柑橘《かんきつ》、樹皮から抽出したオイルらしいです。それを微妙な加減で混ぜ合わせて、このコロンに仕上げたみたいです」

「微妙な加減って？」

「そこは企業秘密ってやつですよ」

「何？　それ」

「甘くないウッディな香りに仕上げるために、試行錯誤したんじゃないですかね。商品として売り出すためにはいろいろ苦労があるんですよ。実験で成功するのとは、また違いますからね。どこで誰がやっても同じ商品として作れるように安定させないと」

　少しだけ研究者の顔になって草野は答えた。

「それをマル害がしたってこと？」

　派手な経営者だった根岸という人物にはそぐわない地道な努力だ。

「誰かからその権利を買ったという話でした。ヘビースモーカーのマル害が、自分のための香水とかコロンを探していて、偶然見つけたんじゃないですかね？　自分で試していいものだったから、ブランド化して大量生産しようと思いついたってことかな。抜け目のない人物は何でも商売に結びつけるんですよ」

　草野は飲み終えたジュースのパックを潰してゴミ箱に捨てた。

「いい研究をしても、それを世に出すためには金がいるんですよ。面倒くさい申請やら契約やらを経て、製造工場を見つけ出して交渉してから、やっと製品になるんです。宣伝や流通の問題もある。でもだいたいもの作りをする側はそういう方面に疎《うと》いですから」

「へえ」

　草野は、少しだけ悲しそうな顔をした。似た経験を過去にしたのだろうか。

「で？　誰がリンデラを考え出したの？」

「そこまでは調べていません」

「何で？」

「山下《やました》さんがそこまでしなくていいって言うんで」

　山下は、草野が組まされた本庁の刑事だ。

「いや、そこ、調べるべきでしょう」

「リンデラは、それほど売れてないんですよ。根岸氏が関わった美容関係、健康関係の施設に置いてあるだけで。まあ、コアなファンがいるにはいるらしいけど」

捜査会議では、根岸が東京に進出した資金の出所が問題になっていた。リンデラがその原資となったのではと検討された。だが、それほどの利益はもたらさなかったとわかった山下は、それだけを捜査会議で報告すればいいと判断したとのことだった。

「オリオン都市開発の出発点は、リンデラなんだってマル害が言ってたんでしょうが。そこはどうなるの？」

「そんなこと、僕に言われても――」

亜樹は回転椅子をくるりと回して草野に向き合った。

「なんとか山下さんを説得して、そこを調べるように仕向けて」

「僕がですか？　無理ですよ。本庁の捜査官を説得するなんて」

草野は大きな体を縮めた。よっぽど山下にいいように振り回されているようだ。やる気のない刑事と組むのとどっちがいいだろうかと、亜樹はちょっとだけ考えた。

「だいたい、何で黒光さんはリンデラにそんなにこだわるんですか？　臨場した時にあの香りを嗅いだからですか？　そりゃあ、初めてのコロシの現場ですもんね。なんだって印象に残りますよね」

「そういうことじゃないわよ！」

ぶつぶつ文句を言っている草野を一言で黙らせた。

「管理官も言ってたじゃない。とりあえず何でも当たってみるべきだって。通り魔の犯行じゃないとしたら、動機はマル害の過去にあると見るのが筋でしょ。あれほどの事業を始められた出発点についてマル害が発言したのなら、そこを掘り下げるべきだわ。その重要な任務を課せられたのに、スルーするわけ？　あなたの頭の固い相棒は」

ダメ元でも可能性を潰していけば、やがて見えてくるものがある。そうした捜査方法は、飯田から授けられたものだった。

「黒光さん」

「何？」

「黒光さんはどうしてそんなにアツいんですか？」

真面目な顔つきでそう問われて、亜樹は面食らった。

「僕はいつも思うんです。僕には黒光さんみたいな情熱がないなって。警察官なら犯罪を憎み、その解決に向けて勤しむのが当たり前だとはわかっているんです。黒光さんはまさにそういうタイプですよね。まるで猟犬みたいに犯人を獲物として追い立てる。そこまで黒光さんを駆り立てるものって――」

「何をごちゃごちゃ言ってんのよ」

亜樹は、草野の疑問を一蹴した。

「そんな理由、ちゃんと認識して動いてるわけないでしょ。そういうのはね、理屈じゃないの！」

「全然わかりません」

草野は間抜けた顔で、同僚を見返した。亜樹は報告書を草野に返す。

「もう行きましょう。朝の会議が始まる」

第六章　高潔と無邪気

「高木が部室に来たんや」

冴子たちは大学を出て、適当なカフェを見つけて入った。

着席し注文してから、また南田は言った。

「まさかな」

安原が椅子の背にもたれかかり、腹の上で両手を組んでから言った。

「そんなことはあり得んよ。だいたいあいつはこの三十年間――」

誰にも連絡を取らず、行方も知れないのだ。

「ほんなら、誰があの文字を書いたんや？」

三人は黙り込んだ。注文した飲み物が来ても、黙ったままだった。

「お前、自分で書いたんと違うか？　そんで俺とキバコをからかおうとしとんやろ」

「からかうにしては趣味が悪い冗談ね」

冴子が安原にぴしゃりと言うと、彼は口元を歪《ゆが》めた。身を起こしてコーヒーカップを取ると一口飲む。

「俺じゃない」

南田はアイスコーヒーにストローを挿したが、くるくる回すだけで口をつけようとはしなかった。氷がカラカラと音を立てた。

「私も違う」

「俺でもない」

安原が諦めたように追随した。

「じゃあ、やっぱり高木だ」

それしかないというように南田は断定する。今度は安原も否定しなかった。

そうだ。あの言葉はここにいる三人と、高木と瞳との間だけで言い交わしていた。他の誰もあの意味を知らない。だからあれを部室にわざわざ書き残したのは、高木以外にいない。だが導き出されたその事実を、うまく受け入れることができないでいた。

「何で今頃……」

安原がぼそりと呟く。

「俺らに連絡をすることもなしに、部室の黒板に書きなぐっていくとはな」

二人は、またそれぞれ物思いにふけったように黙り込んだ。冴子はカフェオレの表面に浮かんだ小さな泡を見ていた。

どうして今頃になって高木が大学へ戻ってきたのだろう。あのメッセージは何を意味しているのだろう。

「高木が書いたとして――」

南田が慎重に唾を呑み込んだ。

「何のためにあの言葉を?」

「私たちに向けたメッセージじゃないかしら」

「メッセージって何の？」

安原がいつになく暗鬱な顔で問うてきた。

「何かを知らせたかったのかもね」

安原はさっぱりわからんというふうに、首を横に振った。

「もうすぐ私たちの前に姿を現すとか？　その先触れとしてのメッセージ」

冴子は努めて明るく続けてみたが、安原は暗い表情を崩さなかった。

「三十年も行方をくらましとったくせに？」

「何でそんな回りくどいことをするんや。言いたいことがあったら、直接言うたらええやないか」

「そうや、少なくとも南田には連絡つくはずやろ。学生の時から住所も電話番号も変わってないんやから」

それきり三人は黙り込んだ。カフェの前を学生らしき集団が何人も通り過ぎる。松山の城北地区に当たるこの辺りは、近くに愛媛大学もあり、学生が多い。笑い合いながら、カフェに入ってくる学生もいた。席に座って口々に注文をしたと思ったら、全員がスマホを取り出してうつむいた。途端に静かになる。

昔はこんなインテリアに凝った明るい店はなく、古臭い喫茶店で時間を潰していたなと冴子は思った。そこはメニューも学生向けで値段も安かった。

ガラス窓の向こうを行き交う学生の中に、マンドリンのケースを提げた瞳が紛れているような気がしてきた。そんな妄想に、この学生街が経てきた年月の長さを思い知る。

「いつ書いたのかな、あの文字」

冴子は冷めたカフェオレで口を潤し、ぽつりと言った。

「さあな。あいつが今、どこで何をしよるのか誰にもわからんのやから」

「第一、俺らがあの黒板を見るとは限らん。高木の奴、ふらっと松山に来て、気まぐれに部室を覗いてみて、あんないたずら書きをしたんや。それが実際のとこやと思うで」

「つまらんことせんで、ちゃんと連絡くれたらええのに」

それに応える者はなく、高木の話題はそれきり途切れてしまった。

南田は、部室の始末のプランを話しだした。楽器に関してはマンドリンクラブのOBが参加している市民サークルに話を持っていき、まだ使えそうなものは引き取ってもらう。楽譜やテープは、やはりOBで演奏活動をしている人に見に来てもらい、廃棄処分にするか決めることにする。徳島で積極的に活動している心当たりがいるので、彼に頼んでリストを作ってもらうつもりらしい。

一応OB会の役員が何人かいるが、会長である南田が決めたことには反論は出ないはずだと言う。OB会も形だけのものになってしまっているのだ。

「とうとう我がマンドリンクラブはおしまいになるっちゅうわけやな」

「さっぱりしてええやないか。現役部員もおらんのにいつまでも部室を置いとっても何にもならん」

「そやな。ちょうどええきっかけやったんかな」

高木と安原が話している。

部室を壊すというタイミングで高木のメッセージを見つけたことに、何か意味があるのだろうか。冴子はぼんやりと考えた。

とりあえず今は、三十年前の仲間を、高木が呼び寄せたと思うことにした。

「キバコ、また来いよ。これからはちょいちょい会おうや」

「うん」

南田とはカフェで別れ、愛南町へ帰るという安原をJR松山駅まで車で送り届けた冴子は、岡山に向けてハンドルを握った。

別れ際、安原が呟いた言葉が頭の中でぐるぐる回っていた。

「何か残っとる気がするんや」

「何が？」と問いかけてやめた。

過去に置き忘れてきたと感じるものは、冴子の中にもあった。思慮深く、慎重だった瞳の唐突な事故死。どんなに月日が経っても、どんなに自分を納得させようと努めても、受け入れがたい事実だった。釈然としない気持ちは鋭く尖った棘《とげ》となって、まだ冴子の心の奥の柔らかい部分を刺し続けている。

同じ棘が、安原の中にも、「さっぱりしてええ」と言った南田の中にもある。今回、会ってみてそれがよくわかった。

「瞳、ごめんね」

墓の前で詫びた時とは違った意味で冴子は呟いた。

来た時とは違い、しまなみ海道はきれいに晴れていた。

冴子は物思いにふけりながら、岡山市内まで三時間弱、一度も休憩を取ることなく突っ走った。一人暮らしをするマンションに帰る前に、南区《みなみ》の実家に寄った。午後三時を回っていた。ホテルの売店で買った松山土産《みやげ》のじゃこ天を母親に渡す。

「へえ。松山に行ってたの？」

「うん。お父さんは？」

「ゴルフに行ってるよ」

八十歳になった父はまだまだ元気だ。月に一度は元の職場の仲間とゴルフをする。

「ご飯食べて帰る？」

「いい」

素っ気なく放った言葉にも、母は肩をすくめただけだった。バツイチで独身、ばりばり仕事をする娘には、かける言葉もとうになくしている。

「ちょっと二階にいってくる」

冴子は階段を上がった。大学に進学するまで使っていた自室に入る。冴子と弟の奨太郎《しょうたろう》が家を出てから、二階はほとんど使っていないと母が言っていた。ベージュのカーペットと机とベッドと本棚と、昔のままの配置の家具を見やってから、冴子は机の前の椅子を引っ張り出した。押入れの前に据える。椅子に上って天袋を押し開けた。段ボール箱や雑誌やアルバムを押しのけ、背伸びして覗くと、黒くて丸いケースが見えた。苦労して引っ張り出す。

椅子に腰かけてケースを開く。冴子はしばらくそのままの姿勢で、マンドリンをじっと見つめていた。大学一年生のサマーコンサートの前、親に頼んで買ってもらったものだ。国産だが、当時五万円はしたと記憶している。先輩に付き添ってもらって松山の楽器店で購入した。マンドリンという楽器は、ギターやバイオリンのようにメジャーではないのでメーカーから取り寄せになった。

注文していたマンドリンが届いた時は嬉しかった。瞳がチューニングをしてくれ、音が馴染むまで弾き込んでくれたことを思い出した。

そっとケースから取り出してみた。長い間放っておいたので、弦は錆《さ》びていた。弦を張ったましまっておいたから、ネックも少し反っているかもしれない。膝の上に載せて、ピックで弦をはじいてみたが、三十年前、可憐《かれん》できらびやかな音を出していた楽器からは、かすれた重たい音しかしなかった。

入学式の日に先輩たちが数人、新入生勧誘のためにアンサンブル曲を弾いていたのに、友人と共にふと足を止めた。鈴を転がすような音に耳を奪われ、先輩たちの繊細な手の動きにも注目した。平行に張られた弦の間を、先が丸みを帯びたピックが素早く行き来して、豊かな音色を出していた。不思議な楽器と不思議な奏法にじっと見入ってしまったのだ。

それがこの楽器との出会いだった。

もう一度、椅子に上がって天袋を探る。もう一つ、大事なものがあった。デニム生地でできたバッグを、天袋の奥から背伸びして引き出した。重たい袋には、ぎっしりと楽譜が詰まっている。椅子に座り直して、楽譜を取り出した。最初にビニールに包まれた楽譜が出てきた。震える手で広げてみる。

びっしりと書き込みがされた『細川ガラシャ』の楽譜だ。冴子はしばらく膝の上に置いて眺めていた。これは瞳の楽譜だ。彼女の死後、形見としてもらったのだ。見憶えのあるきれいな文字で「一音、一音、前に押し出すように」「叫び声をイメージして」「抑えて」「フルートのソロをよく聴く」「アルペジオっぽく」「チャーミングに」「にじんだ音」などと書き込まれている。指揮者に言われたこと、自分で気づいたことをどんどん書き込んでいくから、瞳のパート譜は真っ黒になる。

　自分に厳しく、決して「これぐらいでいい」というところに落ち着くことはなかった。「もっと上」を目指して練習する瞳は気高く、純粋だった。それでいて、厳しい練習に音を上げる後輩たちには、「音楽の基本は音を楽しむことだからね。苦しむことはないのよ」と諭していた。「あなたの楽器を存分に歌わせてあげて。そうすれば、オーケストラも歌い出すから」と。

　瞳の四十九日法要が済んだ後、高木と南田、安原、冴子は、瞳の家を訪ねた。特に親しかった四人に、瞳の両親から形見分けをしたいと申し出があったのだ。同じマンドリンパートだった冴子は楽譜をもらい、南田と安原は、瞳がコンサートの時に着けていたネクタイピンを一つずつもらった。二人とも秋の定演の時には、そのネクタイピンでネクタイを止めていた。

　高木は、瞳が使っていたピックを形見としてもらった。練習用のセルロイドのものと、瞳が一年上のコンサートマスターから譲り受けた鼈甲《べっこう》製のものの二枚だったと思う。瞳の両親からそれを受け取った時、ポケットに大事そうにしまっていた高木の姿を思い出した。冴子は、手のひらでマンドリンのボディを撫でた。

　マンドリンをケースに収納し、楽譜と一緒に天袋にしまった。そしてしばらく椅子に座ってぼうっとしていた。どうして今頃マンドリンを取り出してみようと思いついたのか。三十年前の悲しい出来事に付随する品として、しっかり封印したのに。大学を卒業して、ここに戻って来た日に。以来、一度も手にすることはなかった。

　この三十年間、置き去りにしたものは楽器だけではない。

　――その時鐘は鳴り響く。

　――何か残っとる気がするんや。

ふたつの言葉が冴子を揺り動かした。

やっと腰を上げたのは、窓から西陽が射し始めた頃だった。一時間以上、自室にいたことに驚く。

一階に下りていくと、母がリビングでテレビを見ていた。

「帰るの？」

ソファの後ろを通る娘に声をかける。

「うん、また来る」

「そう」

たいして期待している様子でもなく、母は答えた。一瞬、穂波の結婚が決まったことを伝えようかと思ってやめた。母に結婚式について根掘り葉掘り訊かれるのは煩わしかった。

リビングを横切ろうとした時、聞き憶えのある音楽がテレビから聞こえてきた。つと足を止める。『想い出のサンフランシスコ』だった。「街角ピアノ」というNHKの番組で、海外のどこかの街に置かれたピアノに向かって、外国人の男性が一心に弾いている。高木が弾く『想い出のサンフランシスコ』より格段にうまかった。

立ち止まってじっと耳を傾けている娘に、母が不審げな視線を送ってきた。冴子は我に返り、玄関に向かって歩いた。

背後で懐かしい曲が鳴っていた。過去から来たものがまたひとつ、冴子の心をかき乱した。

「つまらないことを穂波に吹き込まないでくれないか」

スマホから流れてくる誠一郎の言葉に、冴子は一瞬声を詰まらせた。

「つまらないこと？」

仕事から帰ったばかりでまだスーツ姿の冴子は、スマホを耳に当てながら、片手でスカーフをするりと引き抜いた。松山から帰ってきて、一週間が経っていた。

離婚が成立して岡山に戻って以来、誠一郎からの連絡はほとんどなかった。用もないので、お互いの携帯番号も教え合っていない。それがいきなり電話をしてきた。向こうは穂波から番号を聞いたらしい。

十数年ぶりに聞いた元夫の声は、いくぶん険があった。

「あの子が結婚するってことは聞いたろ？」

「ええ。電話をくれたわ」

相手の意図がわからず、慎重に言葉を選んだ。

「穂波は君を結婚式に呼びたいって言ったのか？」

詰問口調にだんだん腹が立ってきた。この人は全然変わっていない。一人よがりで他人の気持ちを忖度《そんたく》しない性格は、さらに増長したようだ。あなたは未だに苦労知らずの若旦那ね――皮肉を込めてそう言いたくなった。

「いいえ。呼べないって断られただけよ」

「つまり、それは来てもらいたかったってことだろ？」

「何を言ってるのかよくわからない」

冴子もだんだん棘のある口調になってくる。ソファに腰を下ろした。少しの間、誠一郎は沈黙した。

「結婚式は六月なんだ」

それは聞いた。ジューンブライドだ。穂波が婿《むこ》取りする事情もすでに知っている。夫婦で青海楼を継いでやっていくよう、話がまとまっている。ＬＩＮＥで送られてきた彼の写真も見せてもらった。温厚で真面目そうな男性だった。

「いい縁組なんだ」

「ええ」

探り探り返事をする。

「穂波は、新しい女将として青海楼を盛り立てていってくれるはずだ」

「そうね」

子どもの時から、穂波は家業にしっくり馴染んでいた。両親の離婚後もそれは変わらなかった。最後に会ったのは、高校を卒業する時だった。その際に着物の着付けと華道を習っていると言っていた。

「外語大学のスペイン語学科に行くの。接客には英語だけじゃダメだものね」

自分が女将になるという気概が見て取れた。だから婿取りをするという今回の結婚にも驚かなかった。むしろ祝福したのに、この人は何が気に入らないのだろう。私が結婚式に出たいと穂波に無理強いをしたとでも思っているのだろうか。

「私は遠くからあの子の幸せを願っているの。結婚式に出たいなんて、これっぽっちも思っていないから安心して」

そこは少しだけ虚勢を張った。穂波から結婚式には呼べないと言われた時の寂しさを、ここで露わにするわけにはいかない。

「慶治《よしはる》君は——穂波の結婚相手だけど、彼の実家は観光バス会社を経営していて、僕は彼のお父さんとも親しいんだ。商工会で一緒だから」

名古屋のバス会社の名前を誠一郎は口にした。名古屋にいた頃に冴子も耳にしていた、地元では有名な会社だった。慶治はその家の三男で、青海楼の跡を継いでくれるという願ってもない展開になったようだ。話はとんとん拍子に進んだと誠一郎は説明した。

「穂波も大学を卒業した後はどこにも就職せず、旅館の手伝いをしていたから、そのつもりでいたと思う」

この話はどこにたどり着くのだろう。じりじりする気持ちをなんとか抑えた。

「今回の結婚にも乗り気だったんだ」

またそこで誠一郎は言葉を切った。

「だが、今は落ち込んでいる」

「なぜ？」

被せるように聞き返してしまった。

「わからない。お袋は結婚前のちょっとした気の迷いだろうと言ってる。いわゆるマリッジブルーってやつだ」

マリッジブルー？　穂波がそんな心境に陥るだろうか。望み通りの形の結婚を目の前にして？同時に元姑の顔を思い出して苦々しい思いが込み上げてきた。

「僕はそれは違うと思う」

誠一郎も同じ考えのようだ。

「穂波は君が結婚式に出たがっていると察して、でもそれを僕らが許さないので悩んでいるんじゃないかと思う」

僕ら？　さらに不愉快になった。

「つまりこういうこと？　私が穂波に結婚式に出たいと訴えたんじゃないかってあなたは言いたいわけ？　穂波は板挟みになって悩んでいると？　それがさっき言ったつまらないことを吹き込むなってこと？」

「そうじゃないのか？」

向こうに伝わらないように、冴子はそっとため息をついた。

「違うわ」それ以上話すのが嫌になって、短い言葉で答えた。

「そんなことは言ってない」

だが、穂波が結婚を前に沈んでいるのは気になった。

「別に理由があるんじゃないの？　たとえば結婚相手と何かがあったとか」

つい踏み込んだことを言ってしまった。すぐに後悔したが、誠一郎はむきになった。

「君が出ていってから、お袋は一人で女将を務めてきた。僕が再婚すればよかったんだろうが、色々あってうまくいかなかった。年を取っても無理をするお袋を気遣って、穂波はずっと支えてくれたんだ。そして今度の結婚で青海楼の女将を継ぐことになった。これで青海楼は安泰になるんだ。結婚式の出席ごときで穂波の心をかき乱さないでくれ」

冴子は目を閉じて大きく息を吸った。そうしないとさらに「つまらないこと」を言ってしまいそうだった。冴子が黙ってしまったのをいいことに、誠一郎は言い募った。

「だいたい女将になるはずの君が出ていったせいで、こっちは今でもこんなに苦労をしているんだ。君は岡山で自由気ままにやっているんだろうから、この大変さはわからないだろうが」

言いたいことはいくらでもあったが、話が通じない相手とやり取りする虚《むな》しさの方が先に立った。

「あなたの言いたいことはわかったわ。今、穂波は微妙な心境だから、そっとしておいて欲しいってことよね」

淡々と手短かにまとめようとする冴子に、誠一郎はむっとしながらも父親の声を出した。

「まあ、そういうことだ。僕らはあと三か月、なんとか穏やかに過ごして結婚式を迎えさせてやりたいんだ」

また「僕ら」だ。かつて冴子を責め立て、追い込んだ包囲網。囲まれて見上げた壁は高く、強固だった。若さにまかせて一度は闘いを挑んだが、冴子はとうとう背を向けて敗走してしまった。でももう過去のことだ。

「そういう時期に穂波の心を乱すようなことをして申し訳なかったわ。これからは気をつけます」

切り口上で言ったつもりだが、向こうはほっとしたようだった。

「よろしく頼むよ」

とにかくあと三か月だから、とまた繰り返して誠一郎は通話を切った。

冴子はソファにもたれたまま、切れたスマホをのろのろと下ろした。


穂波から電話がかかってきたのは、その三日後の夜だった。

「パパが電話をしたでしょ？　ごめんなさい」

「いいのよ。パパも元気そうだったわね。あなたの結婚をすごく楽しみにしているみたい」

穂波の様子を窺うが、電話越しではよくわからない。

「穂波?」

「え?」

「あなた大丈夫?」

母親としてこれくらいのことは訊いてもいいだろう。

「パパは何て言ってた?」

逆に穂波の方から問いかけてきた。

「少しだけ心配していたわ。あなたの様子が結婚前にしては変だって」

また誠一郎から抗議の電話がかかってきそうだったが、かまうものかと開き直った。

するとスマホの向こうから、「フフフ」と笑い声が聞こえてきた。案外明るい声だったので、
冴子はほっと胸を撫で下ろした。本当にマリッジブルーだったのか。

「ママにも心配させちゃったかな?」

「いいえ。そんなことは――」

「でもここんとこ、いろいろ考えて落ち込んでいたことは確か」

すっと穂波が息を吸い込む気配が伝わってきた。

「私は慶治さんと結婚することや、青海楼を継ぐことはちっとも嫌じゃないの」

なら、何で? という言葉を呑み込んだ。

「結婚が決まったのは、去年の秋だった。それから六月の式に向けて、色々と準備が始まったわけだけど――」

なぜか穂波は違和感を覚えるようになったのだという。

「お祖父《じい》ちゃんもお祖母《ばあ》ちゃんも、お父さんも大喜びで。もちろん慶治さんのご家族もね。誰か

らも祝福された結婚だから、どんどん盛り上がってきたの」

　住居スペースをリフォームして新居とし、家具や家電も運び込まれた。新女将となる穂波のために多くの着物も新調された。常連客や同業者への挨拶回りにも引っ張り出され、行く先々で祝福され、同時に青海楼の将来についても口にされた。同業者の中には後継者不足で悩んでいるところもあり、羨《うらや》ましがられた。

「そう忙しくしているうちに何だか疲れてきて――」

　彼女の異変に気がついた祖父母や父から、数日は休むように言われて外出を控えた。

「じっと自分の部屋にこもっていて、気がついたの。これって、ママとおんなじだって」

　冴子ははっと息を呑んだ。穂波は勢いづいて言葉を継ぐ。

「結婚に向けて追い立てられながら、私が覚えた違和感の正体はこれだったんだって。つまり――」

　穂波はそこで口をつぐんだ。スマホからは、密やかな息遣いが聞こえてきた。

「なんだか、自分が結婚するって実感がなくなってきたの。私から離れたところでどんどん物事が決まっていく感じ」

　冴子は言葉を挟むことなく、黙って聞き入った。それだけが、母親として今できる最良のことだという気がした。

「祝福されているのは、青海楼の経営安泰なんだよね」

「ああ」という呻きに似た声が冴子の喉から出た。しかし穂波は無視した。

「今になって、ママを苦しめていたものがわかった」

　穂波は、「今頃になってね」と繰り返した。

「歴史だとか、その継続だとか、しきたりだとか、形のないもの。それって青海楼の亡霊だよ。そんなものに、皆縛られてたんだなって思った。ただずっと続いてきたものに背くのが怖いだけだったのよ。それに気づいたのは、ママだけだったんだね」

「それは――」

「ママが出ていって、私は寂しかった」

低いが、吼《ほ》えるような声が冴子の胸に突き刺さった。

「ママに捨てられたと思った」

あの時、穂波は祖父母や父親と一緒に青海楼に残ることを選んだ。でも穂波はまだ七歳だったのだ。そんな幼い子に人生の選択を迫った惨《むご》さに思い至ることがなかった。両親の離婚に戸惑い、怯えていたに違いない。生まれ育った環境にしがみつき、なんとか自分を保とうとした健気さをわかってやろうとはしなかった。自分から離れていく母親を、どんな気持ちで見送ったか。なのに自分は、父親の許に残ることにした娘に落胆していた。

バカな母親。今さらながら自分を罵《のの》しる。私には、この子とこうして交わる資格さえないのだ。

「私はママが出ていったことが辛くて、そのことだけを考えていたけど、ママがそんな決断をするに至った理由を忘れてた」

何か言うべきだろう。そう思ったが、言葉が見つからなかった。

「ママはこっちにいた時、すごく頑張ってたよね。憶えてるよ。小さかったけど、私。いつも朝早くから夜遅くまで旅館に出てて、お祖母ちゃんや仲居頭さんに怒られて頭を下げて、パパは遊びにばっかり出ていって、ちっともママの力になってくれなかった……」

穂波がフッと笑った。

「お祖母ちゃんもお嫁に来た時、すごく苦労したんだって。ママが出ていった後、私にそう話してくれた。ママは辛抱が足りなかったって。何もかもが青海楼を続けていくためには仕方がないことなんだって」

また穂波は笑い、そのまま明るい調子で続けた。

「でもそれっておかしいよね。老舗旅館を存続させるために人が犠牲になるなんて」

そんな疑問を、部屋に閉じこもって考えたのだと穂波は言った。若女将を務めていた時に感じた悔しさや情けなさ、憤怒《ふんぬ》が、波のように冴子を襲った。とうに忘れたと思っていた感情だった。

だが、まだ心の奥底にわだかまっていたのだった。冴子は強く目を閉じた。

そんな母親の様子を知る由もない穂波は、やや声を落とした。

「ごめんね。嫌なことを思い出させちゃった？」

「いいのよ」

それだけ言うのがやっとだった。穂波は若女将だった時の自分と同じように、老舗旅館の継承という重荷を背負わされ、押し潰されそうになっているのか。

「私はそんな生き方は嫌なの」

思いがけず強い言葉が耳朶《じだ》を打った。

「慶治さんにもそんな思いをしてもらいたくない」

きっぱりと言い切る穂波の顔が思い浮かんだ。

「私は青海楼の亡霊なんかに負けない。私は家業を継ぎたかったから継ぐの。慶治さんと結婚したかったから結婚するの」

頰を紅潮させ、目を輝かせているに違いない。自分の娘が考えたことが誇らしかった。

「穂波――」

「慶治さんとは、私たちのやり方で青海楼を経営していこうって話し合ったの。老舗とかは関係なく、お客様を迎える居心地のいい場所にしようって。私たちが楽しいこと。それがお客様をもてなす本当の姿でしょ？　辛抱とかはいらない」

そうだ。あの時冴子が感じていて、でも明確に思い描けなかったものはそれだった。

「ようやくママを理解できたと思ったの」

「穂波、ごめんなさい。私は――」

「謝らないで、ママ。ママは間違ってないよ。寂しい思いをしていたのは、ママの方だったのにね。私と離れてたった一人で出ていったんだから」

「強いね、穂波は」

つっと一粒涙が頬を流れ落ち、急いで指で拭った。

「強くなったのは、慶治さんのおかげ」

「いい人に巡り合えたのね。ママも嬉しい」

心底そう思った。会ったことのない穂波の婚約者に頭を下げたかった。「この子をどうかお願いします」と言う資格は、自分にはないとわかってはいたけれど。

「それでね、早速私たちのやり方を貫くことにしたの」

穂波の声はどんどん明るくなり、高揚も感じられた。くるくる変わる様子に冴子はついていけず、戸惑うばかりだ。

「結婚式は、パパたちが計画した通り青海楼で盛大にやるけど、その後、ヨーロッパに新婚旅行に行くのはキャンセルしたわ」

穂波が喉の奥で含み笑いをするのがわかった。

「で、どうしたと思う？」

「さあ、ママにはさっぱり……」

「新婚旅行先を変えたの。岡山に」

「え？」

「ママに会いに行くわ。慶治さんと二人で」

言葉が出てこなかった。

「彼もママに会いたいって」

また涙が頬を伝った。今度は拭うことも忘れていた。

「パパは何て言ってるの？」

ようやく喉の奥から引っ張り出した言葉はかすれていた。

「びっくりしてた。お祖父ちゃんもお祖母ちゃんも。気に入らないんでしょうけど、面と向かっては言わない。慶治さんに遠慮しているのかしら。大事なお婿さんだから」

穂波は、今度は声を出して笑った。

穂波は「人が一番大事なのよ」と強調した。「私たちが幸せでいるかどうかが。青海楼を真ん中に置くからおかしくなるの」

そして、部屋に閉じこもった私を訪ねてきた慶治さんがかけてくれた言葉なんだけどね、と付け加える。

「ダメだと思ったら、旅館なんか潰してしまおうって。私が無理したり、苦しんだりしているのを見るくらいなら、自分は迷わずそうするって」

それで穂波は吹っ切れたそうだ。そんな選択肢があることに気づかせてくれた慶治に感謝したという。

冴子には、娘が持っている強さや柔軟性がなかった。求められるものをやり遂げる能力が自分には備わっていると思い、がむしゃらに励んだ。そして自分を追い込んだ。あれは青海楼という亡霊にこき使われていたのだった。あの時の自分は不幸だった。それを認めるのも嫌だったのだ。

「ねえ、ママ」

「なに？」

「そういえば私、中学生の時にお祖母ちゃんに、歯列矯正《しれつきょうせい》をさせられそうになったことがあったの。でも断固としてそれを拒否した。だって私の八重歯は、ママから唯一受け継いだものだったから。これをなくしてしまいたくなかったの」

穂波が笑う時、口元にちらりと見える八重歯を冴子は思い出した。同時に、遠くで暮らす娘が、人生のパートナーと一緒にこれからも笑っていられますようにと祈った。

娘からの通話が切れたスマホを膝の上に置いて、冴子はじっとしていた。

穂波のおかげでようやく過去を正確にとらえ、受け入れることができた。安心すると同時に、もう一つ、自分には向き合わなければならない過去があることに気づく。

――キバコ！

ふいに高木の声が蘇った。

「冴子」を「キバコ」と読み間違えたのは安原だったけれど、それを面白がって冴子を「キバコ」と呼び始めたのは高木だった。それでクラブ内では「キバコ」が定着してしまった。

指揮者になってからも、高木は冴子を指す時、いつもそう呼んだ。

「キバコ、Dから三小節だけ弾いてみろ」

「お前ら勝手にリットかけるな。ちゃんと棒を見ろや。篠塚とキバコがバラバラやないか」

そうだった。瞳のことは篠塚と呼ぶのに、冴子のことはキバコと呼んでいた。

練習が遅くなった夜は、冴子がワンルームマンションに帰るのに付き添ってくれた。ある時、同じパートの先輩から告白されて困っていた時、冴子の気持ちを察して「キバコはやめといたほうがいいですよ」とやんわりと伝えて諦めさせてくれた。

そうした些細な積み重ねが、人と人とをつなぐということを、自分はとうの昔に学んでいたはずだ。娘に「人が一番大事なのよ」と言われるまで忘れていた。高木は私にとっても大切な仲間だった。

ソファに腰かけたまま窓を見やると、雲の隙間から痩《や》せ細った月が見えた。

——高木君。

冴子は月に呼びかけた。

——あなたはどこにいるの？　幸せなの？

このままではいられない。

もう一つの過去に向き合わねばならない。あの流星群の夜、割り切れない思いで遠ざかってしまった場所へ戻らなければならない。

前回の四国行きからひと月も経たないうちに、また冴子はアウディを四国に向けて走らせた。

今度は冴子から南田と安原を誘った。

県立青年いこいの家に行きたいという冴子の申し出に、あきれられるかと思っていたら、南田は「実は俺も行きたいと思っとったんや」と言った。

南田はすぐに安原に連絡を取った。安原も二つ返事で来ることになった。愛南町からなら、大洲は松山へ行くよりずっと近い。

「あそこ、名前、変わっとるで」安原は言った。「もう県立やない。今は第三セクターが事業を継承して、『ウッドペッカーホテル』っていう名前になっとる」

学生の合宿や企業の研修という用途の宿泊施設はだんだん廃れて、施設自体も経年劣化して経営が成り立たなくなったらしい。そこで民間の資金と経営ノウハウを導入して再出発したのだという。野鳥や星座の観察、森林浴、肱川での川遊び、キャンプやバーベキューなど多様なレクリエーションが楽しめる新施設が誕生した。

「だから、もう青年じゃなくなった俺らでも泊まれる」

安原の言葉に従って、ウッドペッカーホテルに一泊することになった。建物自体は以前のままだが、内部は大幅にリノベーションされているという。三人の都合をすり合わせて、四月の第一週の土日に予約を入れた。

「三人で合宿やなあ。楽器持っていって練習するか？　俺、愛南マンドリンクラブでベース借りていくから」

「冗談やめてよ」

冴子は押入れの天袋で眠っていた、弦の錆びたマンドリンを思い出して言ったものだ。

安原との会話を、松山で車に乗せた南田に伝えた。安原とはウッドペッカーホテルで合流することになっていた。

「まだキバコは楽器が手許にあるからええけど、俺なんか触りたくてもないもんな」

南田は助手席で笑った。

南田はマンドラ担当だったから、先輩から継承したクラブの楽器を使っていた。この前、部室の中で見つけたマンドラは、ボディが割れていたり、ネックが曲がってしまっていたりで使い物にならなかったようだ。かろうじて使えそうなマンドセロだけ、市民マンドリンのサークルに譲り、コントラバスも含めて処分したという。

「大変だったね。ご苦労様」

「まあ、しゃあないな。一応、ＯＢ会の会長やけん」

伸びきって聴くことができないと思っていたオープンリールのテープは、音源が残っていることが判明したらしい。業者に依頼すればＣＤに音源を落としてくれるという。

「俺らが在籍していた時の録音を全部ＣＤにしてもろうたらどうやろかと思うて。ちょっと費用がかさむんやけど」

「いいね！」

即座に冴子は答えた。

「費用は払うから、いくらかかったか知らせて」

興奮して助手席の南田に顔を向けた冴子に、南田が「おい、前向いて運転せいよ。危ないやろが」と注意した。

「連絡が取れる同学年の奴らにも声かけてみる。皆で割ったら安くなるやろ。中村《なかむら》とか後藤《ごとう》とか高橋《たかはし》とか上西《うえにし》とか……」

懐かしい名前を南田は口にした。

瞳が死んだ夜、いこいの家の前庭に黒い影となって立ちすくんでいたクラブ員たち。高木があんな形で去っていったせいで、卒業式自体も「追い出しコンパ」と呼ばれていた四年生を送る会も低調で、皆、三々五々散ってしまった。

アウディは快適に大洲に向かって走り続けた。数十分後にナビが正確に導いてくれた大洲市のはずれの高台に、ウッドペッカーホテルは建っていた。

「桜が満開だね」

さかんに花びらを散らす桜が、ホテルへ通じる道の両脇に並んでいた。

「この季節には来たことがなかったな」

「そうだね。ここへ来るのはいつも夏だけだったから」

穏やかな景色の中、冴子は緊張していた。まさかもう一度、親友を亡くした忌まわしい場所に来るとは思っていなかった。

「俺、ここに来たらペール・ギュント組曲『朝』を思い出すわ」

南田の横顔を窺うが、緊張している様子は見られない。のんきにそんなことまで言う。グリーグの有名なあの曲は、毎朝起床時間になると、いこいの家でかかっていた。

「まさかホテルになってもあの曲で、強制的に起こされることはないやろな」

「そんなわけないでしょ」

軽口でいくぶん、張りつめていた気持ちが緩んだ。澄まして窓の外を見ている南田は、わざとそんな冗談を言って冴子の緊張をほぐしてくれたのかもしれない。

安原は先に到着していた。坂を上りきると、芝生の前庭があり、芝生の真ん中に花時計があった。目にも鮮やかなラベンダーやチューリップ、ネモフィラ、ペチュニアが文字盤に見立てた円形の花壇に植えてあった。そのそばに安原はいた。

「えらいしゃれたとこになってしもたな」

冴子が安原の前で車を停めると、彼は春の午後の明るい陽に目を細めながら言った。

建物は外観だけは以前のものだったが、外壁は塗り替えられ、ベランダの柵は優雅な曲線を描くアイアンに取り換えられてすっかり様相が変わっていた。南田と荷物を玄関前で降ろして、冴子は駐車場に車を入れた。車を運転しなかった学生時代には、駐車場には注意を払わなかったが、かなり広くて今は二十台くらいの車が停まっていた。それとも経営が第三セクターに移行した時に駐車場を広げたのだろうか。そういえば、あの時あったグラウンドがなくなっていた。グラウンドは、たとえば体育会系のサークルの合宿には重宝しただろうが、ウッドペッカーホテルとなった今は、無用のものなのかもしれない。

煌々と灯った照明に照らし出された寒々としたグラウンドを思い出して、冴子は身震いした。足早に建物に向かって歩く。

下ろした荷物は、南田と安原が運んでくれていた。ホテル仕様になったロビーもしゃれていた。がらんと広いだけで殺風景だったロビーには、座り心地のよさそうなソファがあちこちに配置され、観葉植物の鉢がさりげなく置いてあった。壁には額に入ったリトグラフが飾ってある。和紙の壁紙もシックで上品だった。

三人はフロントで、チェックインを済ませた。

部屋は二階だ。当時から二階建てで、横長の造りだった。カードキーを受け取ってエレベーターに乗る。

「前はエレベーターなんかなかったよな」

「いくら二階建てでもエレベーターのないホテルなんか繁盛せんから、付けたんやろ」

二階だから、一分も話す暇がない。廊下に下り立った三人は、それぞれの部屋に分かれて入った。冴子は窓から森を眺めてみた。三十年前よりも樹木が育って遠目がきかなくなっている。それでも遊歩道のようなものは見えた。

来るまえにネットで見たホテルのホームページにも、自然豊かな森の中を散策できると書いてあった。ホテル周辺の簡単な地図も載っていた。森林浴のコースとして紹介されているのが、昔からの遊歩道ではないかと見当をつけては来たのだが、もしかしたら今はルートが違っているのかもしれない。記憶にある遊歩道の大きくカーブした地点が、はっきりわからなかった。

瞳が転落した場所に行ってみようと決心して来たのに、その場所を特定できなければ来た甲斐がない。きっとその場所を見つけようと、来る道々、南田とも話し合っていた。

三十分後、四時ちょうどに南田と安原とロビーで合流する約束だった。冴子は一足先に一階に下りた。カウンターにもホテル周辺の案内地図が置いてあった。それを一枚もらってソファに腰かけ、じっくりと眺めているうちに、エレベーターから南田と安原が降りてきた。

テーブルを挟み正面に座った二人の前に、地図を広げてみせた。南田は眼鏡を取り出してかけた。

「お前、それ老眼鏡?」

ひやかす安原に南田は「違う。リーディンググラスや」とぶすっとしたまま答えた。じっくりと地図を見た二人ともが、以前とは遊歩道のルートが違っているような気がすると言った。

「まあ、行ってみるか」

「ちょっと待って。むやみに歩いても無駄だから、フロントの人に訊いてみる」

冴子は地図を手にしてカウンターに近寄った。安原だけがついてきた。

三人いるフロント係のうち、一番年配に見える男性に声をかける。この遊歩道は、いつ整備されたのかという問いに、この施設が県から第三セクターに移行された時に大幅に付け替えられたのだと答えた。

「森林浴をより楽しんでいただけるように」と、「和田《わだ》」というネームプレートを付けたフロント係は説明した。

「もっと前は、このへんで――」冴子は遊歩道を指差した。「ぐっとカーブしていたと思うんですが」

和田は、前かがみになって地図に顔を近づけた。

「そうだったかもしれません。お客様は以前にもこちらに来られたことがあるんですか？」

そう問われて、「もう三十年も前、ここが『県立青年いこいの家』だった頃に」と冴子は答えた。

「そうでしたか」

「こんなところに広場みたいのがありますが、それもなかったと思うんですよ」

「ここは森を伐り開いて作ったんです。天体観測がよくできるように」

よく見たら「流星広場」という文字があった。

あの晩見た流星群を思い出した。瞳を助けてと祈ることを忘れて、ただ茫然と見上げていたいくつもの流れ星を。

「そんなら、そうとうルートが変わっとるんやな」

横から安原が口を挟んだ。

「夜でも安全に流星広場まで行き、美しい星空を見上げられるように考慮して整備したと聞いております」

　夜になると足下を照らす小さな照明が、遊歩道沿いに灯るようになっていると和田は説明した。

「小さいですけれど、充分明るいので安全です。低い位置にあるのは、人工の光で星空の観察を邪魔しないようにという配慮からです。そうですね――」

　真面目そうな和田は少し考え込んだ。指で遊歩道をたどる。

「遊歩道は少しホテル寄りになったかもしれませんね。崖沿いの森は森林浴には適さないと思います。十メートルほど奥が崖になっていてちょっと危険ですから。間違って入り込む方がいらっしゃらないよう、遊歩道を崖から遠ざけたのかもしれません」

　冴子ははっとして和田の顔を見やった。よく見ると、冴子と同じ五十年配に見受けられた。

「もしかして、あなたは聞いたことがないかしら？　三十年前にその崖から転落して亡くなった大学生がいたことを」

　安原がやや咎めるような視線を送ってきたが、何も言わなかった。

　柔和な顔で説明してくれていた和田は、驚いたように顔を上げた。

「いえ。申し訳ありませんが、存じ上げません。私は八年前にここがホテルになった時に雇われたものですから」

「そうね。ごめんなさい。変なことを訊いて」

　冴子はそそくさと地図を畳むと、カウンターを離れた。

「歩いてみたら、だいたいの見当はつくんと違うか？」

　安原の提案に、「そうだね」と同調する。瞳の転落した場所を特定しようと焦ったことを恥じた。三十年も経っているのだ。施設も周辺の様子も変わっている。少しでもその場所に近づければよしとしよう。肝心なのは、三人揃ってここへ来たということだ。

「そやな、行ってみよか」

南田も腰を上げた。冴子は、彼の隣のソファに置いたままにしていた布製のトートバッグを肩にかけた。中には小さな花束が入っている。瞳に捧げるために岡山で買ってきた。

車で門を入る時に、高台に続く遊歩道があるのは確認していたので、そこを三人並んで歩いた。石畳になった遊歩道は歩きやすい。

「前は両側に草がぼうぼう生えとったのに」

「道幅も狭かったな」

「やっぱり少しルートが違っているね。もっと向こうに寄っていた気がする」

緩く上り坂になっている道を進んだ。両脇の森は深く、草も繁っていて、到底足を踏み入れられる場所ではない。暗い森の奥を覗き込むと、瞳を捜して分け入った時の不気味さを思い出して寒気がした。薄手のブルゾンの前を掻き合わせる。

「お前、暇人やから何度もここ、通ったやろ？　憶えてないんか」

「憶えとるわけないやろ。もう三十年も経っとんじゃ」

安原は、ぐるりと辺りを見回してみて言った。

石畳の両側には、和田が言ったように照明器具が控えめに設置されていた。石畳に埋め込まれているといった方がいいような小さいものだった。明るいLED照明かもしれない。

十五分ほど歩くと、流星広場に着いた。両側から木々が迫る道を歩いて来たから、ぱっと開けた感じがした。全体が円形の石畳になっている。石のベンチが三個置いてあった。

「へえ、ここで星を見るんか。ちょうどええわ」

早速安原はベンチに腰を下ろした。南田は広場の端まで歩いていって、周囲の森の中を腰をかがめて窺っている。この森は、あまり枝葉が込んでおらず、明るい。人が歩いたような跡もある。南田はそこを踏んで先へ進んだ。安原と冴子は黙って見ていた。やがて奥から「おおい」と南田の声がした。

「崖があった。端まで来れるぞ」

安原が立ち上がり、冴子もその後を追った。数分も行かないうちに南田の背中が見えた。下を覗き込んでいる。彼の前に石柱が何本も立っていて、チェーンが渡されていた。広場から崖に近寄る人がいても、安全なようにしてある。柵を設置したのは、やはり瞳の事故を踏まえてではないか。

南田を挟んで、安原と冴子は崖の下を見た。高さは結構ある。記憶にある通りだ。下には細い舗装道路が通っていて、これも記憶の通りだ。あの道路に瞳は倒れていたのだ。

そう思うと、安全な場所に立っているとわかっているのに、膝が震えた。

三十年前、崖から下を覗いた時、瞳の見開いた両目に見上げられていたことを思い出した。

「ここじゃないな」安原がぼそりと呟いた。

「こんなとこじゃなかった」

南田と安原はあの時、崖下の道路をたどり、瞳の許に駆け付けた。だから何となく位置を憶えているのだろう。

「あれ」

南田が指差す下の道に、電信柱が立っていた。電信柱には、蛍光灯の笠がついているようだ。中ほどに補強のためか金具の輪っかが巻かれている特徴を、冴子は頭に入れた。

「あれかもしれん」

「初めから下の道を歩いてきたらよかったな」

三人は遊歩道を引き返した。ウッドペッカーホテルの門から少し下ると、さっき見た細い道路があった。それをゆっくりたどる。初めは並行していた流星広場へ向かう遊歩道は、どんどん上り坂になっていって森の緑に包まれ、下からは見えなくなった。道路は崖下に沿って通っている。あまり人が通らないのだろう。舗装がひび割れ、その隙間から雑草が顔を出している。

南田は、「三十年前もこんな感じやった」と言うが、安原は首を傾げたきりだ。あの切迫した状況では憶えていないのも無理はない。もとより冴子の記憶も曖昧だ。

道路沿いにぽつんぽつんと数軒の家があるが、どれも荒れ果てている。当時から空き家だった。瞳を見つけた高木が助けを求めて駆け込んだ際、どの家も人がいなかったと言っていた。

道路の横の崖はまだそれほど険しくはなく、低木が生えている。名前はわからないが、全部同じ種類のようだ。まだ緑が浅い新芽に、冴子はそっと触れてみた。枝の節の部分に目立たない淡い黄緑色の花がついていた。

どこからか鶯《うぐいす》の鳴く声がした。

うららかな季節に山道をのんびり歩いているのが、今の気分にいかにもそぐわない。瞳が倒れていた地点にどんどん近づいている。忘れていた緊張感が高まった。崖はそそり立つように高くなっていく。さっき見た黄緑色のかわいらしい花をつける低木も見当たらなくなった。

南田も安原も口を閉じ、一心に前を見て歩いている。二人からも張りつめたものが伝わってきた。電信柱はぽつぽつと現れる。どれも都会では見られない木製のものだ。貧相な蛍光灯が付いているものもあるが、周囲の風景をちらりと見やった二人は、首を軽くひねって先に歩いていく。

やがて、さっき上から見た金具の巻かれた電信柱が現れた。その下に立って、三人は崖を見上げた。

見回すと、流星広場の端にあった石柱とチェーンがちらりと見えた。三人で立っていた崖の突端をいつの間にか通り過ぎていたのだった。

「ここやな」

電信柱から十歩ほど先に行った場所まで歩いて、安原が振り向いた。南田と冴子も移動する。

「高木はあそこからここまで滑り下りたんや」

南田はすぐ上の崖を指差した。手首をひねりながら、高木は無我夢中で高い崖を下りたのだ。

「あの時はあんな広場もないし、あそこまで行く道もなかった。ただ木が繁っとるだけで」

「瞳、何でこんなところに来たんだろう。森の中に入らなかったら崖から落ちることもなかったのに」

「むしゃくしゃして、あと先のこと考えずについ足を踏み入れてしもうたんやろ。あいつ、案外意地っ張りやったけんな」

「こと音楽に関してはな」

「気を静めるために森が途切れた場所から空が見たかったのかも。星がきれいに見えたから」

三十年前にも、何度も交わされた会話だった。どんなに推測しても、もう戻って来ない友のことに思い至り、結局虚しくなってやめてしまうのだった。

空で輝いていた月、地面に映った自分の薄い灰色の影、山道を駆けた時の激しい息遣い、踏みにじられた雑草から立ち昇った青っぽい匂い、崖下から聞こえてきた男子たちの話し声、冴子の顔を引っ掻いた小枝の切っ先の鋭さが鮮やかに蘇ってきた。ぎゅっと握ってくれた智笑の手のひらの汗ばんだ感触まで。

感覚が研ぎ澄まされ、冴子は三十年前に戻っていく。月の明るいあの晩の出来事が再現される。冴子は瞳の動きをイメージして、森を抜けていく。森は突然開け、瞳は足を速める。空には夥しい数の星。そのうちの一つが尾を引いてつっと流れたのに目を奪われ、瞳は足下から注意を逸らしてしまう。地面は唐突に途切れる。「あっ」と思った瞬間には、もう崖の端から体が飛び出している。足に触れる確かな地面はどこにもない。崖は崩れて草は根ごと落ちていく。

宙に投げ出され、落下していく時、瞳は何を思っただろう。道路にしたたかに打ちつけられた時は？　頭蓋が砕けた時は？　たくさんの血が流れ出した時は？　声を上げただろうか。両手を伸ばしただろうか。高木が崖の上から覗いた時、瞳は彼を認識していただろうか。それとももう何の感覚もなくなっていただろうか。

これもあの後、何度も冴子が繰り返し想像したことだった。テープを巻き戻すようにあまりに強烈に追体験するので、そのうち疲弊《ひへい》してしまい、何も考えられなくなった。

「高木は立ったままやったな。二度目に篠塚のそばに来た時」

「南田がこう、背中に手を入れてそうっと抱き上げて――」

安原が少しかがんで、当時の彼と同じ仕草をしてみせた。高木も最初に瞳を一人で見つけた時、倒れた瞳を起こそうと同じことをしたに違いない。助けようと必死だったのだ。その際に高木と南田の洋服に瞳の血液が付着していた。そのせいで警察は、しつこく二人に事情聴取をしたと聞いた。

崖の上から見た瞳の体から広がる黒い染みを思い出した。月の光と、蛍光灯に照らし出された禍々《まがまが》しい流血の痕。

「その時、血の匂いはした？」

冴子の問いに、南田はぎょっとしたように身を強張らせた。

「いいや。そんなもん、感じんかった。ただ森の匂いがしただけや」

ぶっきらぼうにそう答える。

「ごめん。おかしなこと訊いて」

冴子はショルダーバッグから小さな花束を取り出した。白いスプレー菊とカスミソウで作ってもらった。それを崖下の道路に置いた。

菊の花言葉は「高潔」、カスミソウの花言葉は「無邪気」。まさに瞳その人を表す花束だった。

三人はその場で手を合わせた。

「高木君もここに来たのかな」

「いや、それはないやろ」

「部室まで来て、あんな言葉を書き残しておいて？」

高木は大学の部室まで来たのだし、この現場まで来てもおかしくないと冴子は思っていた。ここで自分たちと同じように瞳を偲《しの》んでほしかった。

「あいつはこの場所には近寄りたくないと思う。嫌な思いをしたからな」

大洲警察署に連れていかれた高木と南田は、別々の部屋で聴取された。南田の聴取が終わっても高木はなかなか解放されなかった。瞳と口論をした高木には、特に厳しく聴き取りが行われたようだ。高木がその時の詳細を何も言わないので、彼がどれだけひどく問い詰められたかは南田にはわからなかった。

「ひどいもんやで。高木も篠塚が死んでショックを受けとるのに、警察はそんなことにはおかまいなしやな」

「そういうもんやろ。あっちも仕事やし」

南田は、憤る安原を軽くいなした。

「私たちだって、三十年も経ってやっとここに来れたんだもの。本当なら来たくなかったよ。やっぱりいい思い出なんかないもの」

あの事故がなかったら、大事な仲間を失わなかったら、定演で『幻の国 邪馬台』を演奏できていたら――。堂々巡りの思考が、また冴子を苦しめていった。


「で？ 来てみてどうやった？」

ウッドペッカーホテルでの夕食の席で、安原は冴子に問うた。ここに来ようと言い出したのは冴子だったから、そう訊かれるのは当然だ。

「篠塚の供養や」と安原が言いだして注文した日本酒で、献杯をした後のことだ。三人とも酒はあまり進まず、最初に頼んだ二合徳利がなかなか空かなかった。

イワナの炭火焼きや山菜の天ぷら、鹿肉のロースト、ゴマ豆腐など、山の幸をふんだんにつかった料理がテーブルに並んでいた。男性陣二人は、「量だけあったらええやろ、みたいな県立青年いこいの家の食事とは大違いやな」と言いつつ、箸《はし》を盛んに動かしていたが、冴子は食が進まなかった。

考え込む冴子を、他の二人はしばらく窺っていたようだった。

「篠塚が亡くなった場所に来てみて、何か感じるところがあったか？」

「ここに来てやっぱりよかった」冴子は言葉を選んでゆっくり話した。

「瞳の魂はもうここにはいないってわかったから。あの子の魂があんなさみしいところにとらわれているのなら、とても辛くて悲しいって思ってた。いえ、怖かった」

向かい合った二人が箸を置いて、冴子の言葉に聴き入っている。

「その事実を確かめるのが怖かったから、ここへ来たくなかったんだと思う。瞳の魂がこの地に縛りつけられて苦しんでいる気配を感じるんじゃないかって。それは耐えられないと思ってた。でもそうじゃないことがよくわかった。あそこにはもう何もなかった。瞳は、今は平安の中にいるんだわ。そういう意味では、私の気持ちにも切りがついた。あとは高木君がどうかってことよ。あの人も安らかな心境になってくれていればいいけど」

「もう三十年も経ったんや。きっとあいつも前向いて進んどるよ。案外奥さんや子どもと幸せに暮らしとんやないか」

安原がイワナの身を箸でつつきながら言った。

「それならどうして私たちに連絡をくれないの？」

それには彼も口をつぐんでしまう。イワナは、ぐちゃぐちゃとつつかれて崩れていった。南田も気まずそうにうつむいたきりだ。高木が、安原の言うように、どこかで前向きに暮らしているとはどうしても思えなかった。当時感じた彼の失意、喪失、痛苦、悔恨の念を思うと、今も冴子の胸は潰れる思いがした。あれほどの思いを、彼はそんなに簡単に吹っ切ることはできないだろう。この地にとらわれているのは、瞳ではなく高木なのだ。

「高木君に会いたい」

「俺も」

南田が同意すると、安原も「うん」と続いた。

夜が更けて暗くなると、三人はぶらぶらと「流星広場」まで歩いていった。

十人くらいの宿泊客が同じように石畳の遊歩道を歩いている。目立たない低い照明が、足下を照らしてくれた。風が少しあるようで、両側の森がざわざわと揺れていた。昼間見た景色は闇の中に没している。星のある空よりも森の方が暗い。視覚が奪われると、緑の匂いがいっそう濃くなる。三十年前もそうだった。

――ただ森の匂いがしただけや。

死んでしまった後、瞳の体に緑の匂いが沁みついていたことがせつなくて、悲しかった。

流星広場まで来た人々は、めいめいが空を見上げていた。その晩は、流れ星はひとつも見えなかった。

冴子は、ただ輝き続ける無数の星を黙って見上げた。名前がわかるのは、北の空にある北極星と北斗七星くらいのものだ。だがずっと見ているうちに、点在する星々が、何か意味のあるものに見えてきた。一つ一つの星座に名がついたギリシア神話の時代が身近に感じられた。春の夜気の中、遠い昔と今との隔たりが曖昧になる。

不思議な感覚にとらわれ、天と地の境界線もよくわからなくなってきた。天と地、現在と過去、生と死。両極端にあるはずのものが、実はそれほど離れてはいないのではないかという気がした。

南田も安原も身じろぎせず、黒い二つの影になって空を見上げている。

もしかしたら何万年も前に発せられたものかもしれない光が、過去を求める三人の上にいつまでも振り注いでいた。

第七章　束縛と依存

『赤羽台路上男性殺人事件』の捜査本部が設置されてから、一期と呼ばれる最初の三十日が過ぎていた。四月も中旬を過ぎた。

捜査はこれといってはかばかしい進展はなかった。二期、三期と三十日ずつ月日が重なるにつれ、捜査人員は減らされ捜査本部自体が縮小されていく。二期に入った途端に、捜査本部は重々しい空気に包まれた。

都営桐ケ丘団地の植え込みに捨てられていたコートからは、根岸ともホームレスとも違う人物の血液がごく微量、採取された。ＤＮＡ鑑定が進められて、容疑者が見つかれば、すぐに比較できるようになった。だが、肝心の容疑者が浮上しない。ビデオ分析班からも芳しい報告は上がらない。捜査会議では引き続き捜査を進めると、同じ文言が繰り返されるようになった。

行き詰まった捜査にちょっとした情報をもたらしたのは、山下・草野班だった。

草野はどんなふうに相棒を説得したのかはわからないが、根岸が「リンデラ」を発売するに至った経緯を調べ上げてきていた。

彼は捜査会議で指名されて報告した。

「リンデラというコロンについてですが――」

起立した草野は緊張していて、やや上ずった声を出した。彼が捜査会議で発言するのは初めてだった。会議場の講堂に向かう前には、念入りに点鼻薬を使っていた。

「外国製の煙草を若い頃から愛煙していたマル害は、衣服についた匂いを消すというか、緩和して相対する人に不快感を与えないよう腐心していたという証言を得ました」

不動産屋を営む者が煙草の匂いをぷんぷん撒き散らしていたのでは、嫌煙の客は離れていってしまう。禁煙すれば済むことなのに、そこまでしてもガラム・スーリア・マイルドを吸いたかったということだ。

「いろんな香料や消臭剤を試すうち、リンデラに出会いました」

クロモジ油を主成分にして調合した香料が、ガラム・スーリア・マイルドの強烈な匂いを抑制してくれるのに気がついた。煙草の匂いを完全に消すことはできないが、煙草の匂いとリンデラが混じり合うことによって、接する相手にとってもまずまず好ましい香りに変換させる作用があるということだった。

報告している草野が、昂る気持ちを抑えているのが、同僚の亜樹にはよくわかった。が、会議場は特に彼の報告に聞き耳を立てているようではない。ひな壇に陣取った面々も無表情だ。リンデラの由来について確認を取るよう命じた生島も、たいした反応は示さない。

「で？　それを扱ってマル害は東京進出の資金を得たわけか？」

草野の報告を遮って、生島は結論を聞きたがる。

「いえ、そうではありません」

急《せ》かされて草野は焦ったようだ。

「リンデラに出会った時は、試用段階だったとのことです。まだ名前もついていませんでした。クロモジから抽出した香りと消臭効果のよさに注目したマル害が、商品化したという経緯のようです。マル害が権利を買い取って商品にする段取りを立てたというか……」

以前の捜査会議でも別の鑑取り班から報告が上がったように、リンデラを自社ブランドとして売り出したものの、実店舗での売り上げとネット販売を合わせて年間三千本ほどの販売数で、爆発的に売れたということはなかったらしい。

「それならなぜ――」

生島は言い淀んだ。

亜樹には彼が言いたかったことがわかった。それならなぜ、マル害はリンデラがオリオン都市開発の出発点などと言ったのか。リンデラの発売経緯をたどると、根岸が自分のために開発したような商品だとわかる。

根岸はそもそも不動産業とはまったく畑違いの事業に、なぜそれほど入れ込んだりしたのだろう。みのり不動産は他の事業に力を注ぐほど潤沢な儲けは出していなかったはずだ。愛煙家の気まぐれにしては妙だ。

「リンデラに出会ったということでしたが、そのクロモジ精油由来の香料を発明した人が別にいたということですか？」

大崎管理官が口を開いた。科学捜査のベテランとしては、そこが気になったようだ。

「そうです」

草野は管理官に直接質問されて、また緊張したようだ。くしゃくしゃのハンカチで汗を拭う。

「みのり不動産の顧客から持ち込まれた話のようです。当該客は埼玉県内のみならず、都内にも土地や家屋を所有しているかなりの資産家だったと。秋本という人らしいですが、変わった人で、もの作りに徹するというか、研究者肌というか、興味の赴くままに数々の発明に熱中していたそうです。倉庫を改装した自前の作業所まで持っていて――」

秋本は理系の大学を出て、卒業後は就職することなく所有する不動産を管理するのみだったという。有り余った時間で、大学で得た知識を駆使して実験に勤しんだ。その情報は、東京で根岸と派手に飲み歩いていた、みのり不動産時代を知る同業者から得られたものだった。

彼が根岸から聞いたところによると、バイオマス燃料の効率を上げる仕組みとかオーガニック化粧品とか、土の改良剤とか、花を挿しているうちに色が変わっていく液体だとか、あまり役に立ちそうもない発明品ばかり作っていた。しかし中には特許を取ったものもあって、本人はそうした発明に没頭していたらしい。

人付き合いもうまくなく、あまり周囲には相手にされなかったが、なぜか根岸はそれらの愚にもつかない発明品を褒めたたえたらしい。特にコロンについては、愛煙家の根岸が効力に目を付け、商品化にこぎつけた。それでますます秋本は上機嫌になっていたという。

秋本はもともとあまり不動産管理には熱心ではなかったので、取引はみのり不動産にまかせっきりで、研究に専念するようになった。自分の趣味に興味を持ってくれる根岸を、秋本は気に入っていたようだと同業者は証言した。彼は根岸がいい客をつかんだものだと羨ましがったそうだ。

やっと事情が呑み込めた。根岸は上客を自分につなぎ留めておくために彼の趣味に付き合い、ひいてはリンデラの商品化にも力添えした。研究者肌の資産家をいい気にさせて、不動産取引を長く続けさせてもらおうという魂胆だ。金に不自由しない世情に疎い人物なら、実務に長け、自分の思いつきを世に出してくれる根岸に信頼を置いただろう。

「その人物から話を聞いたのか？」

生島に詰問されて、草野は声を上ずらせた。

「いえ、まだ。今回、連絡が取れませんで」

「正確な名前は？」

草野の手帳をめくる手が震えていた。

「えぇっと……。秋本一雄という人です」

その瞬間、亜樹は思わず手を挙げていた。

「秋本一雄氏から、マル害は物件を買っています。自宅の他、都内四か所で経営する宿泊施設も」

自分たちの班が調べ上げた事実は、報告書にして提出してある。だが、改めて言わずにはいられなかった。ここで同じ人物の名前が出たこと、この符合に意味があるのではないか？

勢い込んで報告したのに、捜査本部首脳陣の反応は鈍かった。

「秋本氏はいい顧客だったんだろうな。マル害にとって」

そんな感想を述べるだけの生島に苛立った。隣に座った榎並を見下ろすと、腕組みをして考え込んでいるようだ。亜樹は腹にぐっと力を入れた。

「秋本氏を私たちに当たらせてもらえませんか？」

本庁の捜査員を差し置いて、「私たち」などと口にする所轄刑事に、生島は瞬間、不快感を露わにした。生意気な女刑事と平気な顔で座り続ける榎並を交互に見た後、小さく息を吐いた。

「いいだろう。ではこの線は榎並・黒光班が担当しろ」

「はい」

亜樹が着席すると、榎並はこちらをちらりと見たが、何も言わなかった。

その後別の鑑取り班が、マル害の女性関係について報告した。南青山《みなみあおやま》でネイルサロンを経営している四十代の女性と、長年愛人関係にあるようだ。彼女には別居中の夫がいるという事実に、首脳陣は強い興味を示した。

もしかしたら、妻を寝取られた夫がマル害を手に掛けたのかもしれない。あるいはその女性と別れ話がこじれたのかもしれない。殺人の動機としてはありふれていて現実的だ。

長峰麗香《ながみねれいか》という名前からして、派手そうな女性像が浮かんでくる。彼女から事情を聴くよう、愛人の報告を上げた捜査員に指示が下された。

第二期に入り、焦りの見えた捜査本部だったが、わずかな新情報から打開策を見いだそうとしているのだった。このところ目ぼしい進展のなかった捜査本部に、ちょっとした光をもたらしたようだ。

夜の捜査会議が終わって解散が告げられた時、少しだけほっとした雰囲気が伝わってきた。その際も榎並は、下命された事案について特に感想を言うこともなかった。相変わらず何を考えているのかわからない。

さっさと帰っていった相棒を無視して、秋本一雄の情報を得るために草野を呼び止めた。草野も心得ていたようで、亜樹とともに刑事課の部屋へ入った。

「おかしいと思わない？」

席に着くなり、亜樹は言った。

「客から物件を売ってくれと頼まれるのならわかるけど、マル害が買い取ったというのは解せないわ」

オリオン都市開発の創業資金がどこから出たのか調べるのが目的だったはずだ。浦和市の小さな不動産屋が東京に打って出る資金の出所についての捜査を進めていた時に、裕福そうな顧客が浮上した。しかも彼から根岸は物件を買い取ったという。そんな資金が根岸に用意できたとは考えにくい。川口市で根岸の両親が営んでいた金型加工の工場は、資金繰りがうまくいかなくて倒産したことは、別の捜査班が報告した。すなわち親から受け継いだ遺産はなかったはずだ。

根岸の創業資金の出所への疑問は、マル害の女性関係が俎上《そじよう》に上がった途端に、すっかり忘られてしまった。さっき会議場を出る時に、「女の線で決まりだな」と呟いた本庁の捜査官がいたくらいだ。

「まあ、案外愛人の線がアタリなんじゃないですかね。男女間のもつれが殺人事件に発展するってことの方が多いんじゃないですか?」

投げやりに言う草野を睨みつけた。さっと手帳を取り出す。

「いいわ。こっちはこっちでやるから。で? 草野君はどこまで調べたの? 秋本一雄さんについて」

「秋本さんと連絡は取れませんよ」

会議で報告したことと同じ文言を繰り返す。

「どういうこと?」

「三十年前から、居所はわからないそうなんです」

「埼玉県内に借家を四軒、貸しビルを二棟、都内にも借家と駐車場とマンションを所有していたって報告があったわよね。それだけの資産がありながら?」

草野も手帳を取り出した。それを見ながら自分たちが調べたことを教えてくれる。

秋本は昭和二十八年生まれの七十一歳。独身で、親族は妹だけ。祖父が商売上手の人で、一代でかなりの資産を築き上げた。父親は、それを元手にあちこちの土地や建物を買い求めて、不動産収入で生活できるように算段した。それをそっくり受け継いだ秋本は、働く必要もなく、興味の赴くままに趣味三昧《ざんまい》で生きていた。

「苦労知らずの男」と、秋本の隣人だった中原《なかはら》という老人は言ったそうだ。

「悪い奴じゃない。むしろその逆。人を疑うことを知らないから、随分損もしてきただろうが、気にも留めないんだ、と秋本さんについて中原さんは証言していました」

「人を疑うことを知らない」亜樹は引っ掛かりを覚えた。中原も、三十年も連絡が取れない秋本を心配していたそうだ。

「でも妹さんには連絡が来ているそうです。どこにいるのかは明かさないみたいだけど」

秋本の妹は結婚して都内に住んでるらしい。秋本が失踪した時、所有していた不動産の多くは売り払われていたと聞いたと中原は証言した。彼は一人残された妹の相談に乗ってやったので、その辺の事情を知っていた。残った預貯金や土地家屋の名義はほとんど彼女のものになっていたそうだ。

「だから秋本さんは、何か思うところがあって財産を処分し、残りは妹名義に移し替えた上で姿をくらましたんだと中原さんは思ったんだそうです」

亜樹は少し考え込んだ。ぱっと顔を上げると、黙って見ていた草野がぎょっとしたように身を引いた。

「マル害は、秋本さんの財産を奪ったのかもしれない。それがオリオン都市開発の創業資金に化けたのかも。人のいい秋本さんは、コロンを商品化するという話に釣られて、マル害に全幅の信頼をおいたんじゃないかしら」

「奪う？　そんな――」

亜樹の飛躍し過ぎた考えを咎めるように、草野は疑わしそうに眉間に皺を寄せた。亜樹は怯まない。

「もし、もしよ――」

「ええ」

「もし世間知らずの資産家が、まんまと騙されて自分の財産を奪われたりしたら、どうなると思う?」

「どうって?」

鈍い草野に舌打ちをしたくなった。

「そうなれば、根岸を恨むでしょうが」

「ま、まあ」

今度は本当に舌打ちをした。

「それって根岸を殺す立派な動機になると思わない?」

草野は細い目を思い切り丸くして、少しだけのけ反った。

「だ、だってマル害と秋本さんが親密な付き合いをしていたのは、みのり不動産時代のことですよ。みのり不動産を畳んで二十九年も経っているのに?」

「その長い間も、秋本さんは恨みを募らせていたのよ。そしてとうとうチャンスを得て恨みを果たした」

「だから秋本さんは姿をくらましていたんですかね。その間マル害をつけ狙っていたと?」

そう口にしながらも、草野は顎に手をやって考え込んだ。あまりに長い年月が経ち過ぎているとでも言いたいのだろうか。だが、人間の心理なんて他人には理解できないことも多い。許せない相手はどれだけ時間が経っても許せないものだ。人間の執念深さを侮《あなど》ってはいけない。それを亜樹は身に染みて知っていた。

「そこの背景は調べてみる価値あり、でしょ？」

亜樹は草野の返事を聞くまでもなく、手帳を閉じて立ち上がった。亜樹を見上げた草野は、口をわずかに開けたがまた閉じた。

「黒光さんはどうしてそんなにアツいんですか？」とまた言われないうちに、亜樹はさっさと部屋を後にした。


まずは秋本の妹に会いに行こうとした。秋本の居場所は、身内に尋ねるのが一番手っ取り早いと考えた。秋本の妹は、野沢宥子《のざわゆうこ》という。年齢は六十五歳で、六十一歳の夫と二人暮らしだ。子どもはいない。そこまでの情報は草野が隣人の中原から取ってきていた。中原は、秋本兄妹の親が生きている時は、家族ぐるみの付き合いがあったそうで、隣家のことを気にかけていたそうだ。

中原がメモしていた妹の住所は、東京都小金井《こがねい》市だった。訪ねる前に、署から榎並に見られつつ、固定電話にかけてみた。二度かけたが、相手は出ない。三度目にやっと受話器を取り上げる音がした。

「はい」

男の声だ。宥子の夫だろう。手帳を見るまでもなく、野沢謙二郎《けんじろう》という名前を浮かべる。

亜樹は自分の身分と名前を告げた。野沢は一瞬黙り込んだ。いきなり警察から連絡を受けた人物の反応はこんなものだと経験上わかっている。困惑、驚愕、疑念、不安——そういった感情にとらわれるのだ。

「警察？　何でしょうか」

一応気を落ち着けたらしい野沢は、疑わしそうな声で尋ねてきた。

「奥様の宥子さんはいらっしゃいますか？」

「妻は今いないよ。どういう用件？」

声に険しさが混じる。

「宥子さんのお兄様の秋本一雄さんのことをお伺いしたくてお電話しました」

相手は黙り込む。義兄の秋本に何か含むところがあるのだろうか。亜樹はそばにいた榎並に目配せをした。珍しく榎並もやり取りを気にしているようだ。素早くスピーカーホンに切り換える。

「義兄《あに》のことだって？　いったい何を訊きたいわけ？」

今度は明らかに警戒心を露わにした。

「秋本一雄さんに直接お会いしたいんです。それで宥子さんに居場所をお訊きしようと思って」

「だからさ、義兄に何の用？」

だんだん口調がぶっきらぼうになってきた。

「それはご本人にお会いしてからお話しします」

亜樹は突っぱねた。そうしながらも、野沢の口調にも引っ掛かりを覚える。ここは駆け引きだ。

「申し訳ありませんが、奥様にその旨お伝えいただけませんか？　奥様から秋本さんに連絡を取っていただけると助かります。後はこちらが直に参りますから」

相手を無視して畳みかけた。返事はない。無音の中に、野沢の焦りの気配を感じ取った。亜樹は辛抱強く待った。

「妻は今、入院中だ」

「そうでしたか。申し訳ありません。でもこちらも急を要する案件ですので。野沢さんは秋本一雄さんの連絡先はご存じないでしょうか」

「知らんね」これは即答だった。

「秋本とは親戚づきあいもしていない。宥子と結婚する時にゴタゴタしたもんだから」

義兄を呼び捨てにした。ゴタゴタとはどういうことだろう。結婚を機に秋本と疎遠になったということか。

「秋本さんは何十年も行方が知れないと聞きましたが」

再び揺さぶりをかける。

「そうだ。だがどこかにはいるんだ。宥子にはごくたまに電話があるみたいだから。でも自分の居場所は妻にも言わないらしい。元気でやっているとか、簡単な電話だ。義兄は俺を嫌っているからな」

どこかにはいる？　妙な言い回しだ。

「そこのところを奥様から直接お伺いしたいのですが――」

「無理だ」野沢はぴしゃりと言い放った。

「妻は入院しているって言っただろう？　若い頃から体が弱いんだ。精神的にも安定していない。だから俺が守ってやらないといけない。あんな兄に複雑な思いを抱いているからな。そんなデリケートな話題に触れさせるわけにはいかない」

ここで通話を切られるかと亜樹は身構えたが、逆に向こうから探りを入れてきた。

「だいたい、何だって秋本に会いたいんだ？　警察が急を要する案件って何なんだ」

亜樹は榎並に目で問うた。榎並は軽く頷く。向こうにわからないよう、小さく息を吸い込んだ。

「三月二日に赤羽で根岸恭輔さんという方が殺害されました。私たちはその捜査をしています。この捜査の関連で、秋本一雄さんにお話を伺う必要性が出てきました」

野沢が「くっ」と小さく唸るのを、亜樹は聞き逃さなかった。

「いったい秋本に何を訊きたいんだ？」

「それはお答えできません。ご本人にお会いするまでは」

また突き放す。黙り込んだ野沢が目まぐるしく頭を働かせている気配がわかった。相手が口を開く前に追いうちをかけた。

「野沢さんは根岸恭輔さんをご存じでしたか？」

「知らない」

またしてもあまりに早い否定に、さらに疑念を募らせる。

「とにかく宥子に会わせるわけにはいかない。医者にもそう言われているから」

野沢はそそくさと通話を切った。

「知っているな、こいつ。マル害のこと」

ゆっくりと受話器を置くそばで、榎並が言った。亜樹も同感だった。

初めてこの人と意見が一致したと思った。


それ以上追及しても野沢の口は堅いと踏んだ。根岸恭輔殺害事件について警察が接触してきたので、警戒心を抱いているだろう。

妻の宥子からどうしても話を聞かねばならない。だが野沢の言った通り、彼女が入院しているなら、すぐには難しいかもしれない。草野から中原の連絡先を聞いて、電話をしてみた。亜樹が野沢との会話を伝えると、中原は深刻な声を出した。

「この前の刑事さんには詳しいことを言わなかったが――」

彼が言うには、宥子は幼い時から虚弱体質で、学校へ行くよりも病院に行く方が多いような日日を送っていたという。すぐに熱を出す、食が細い、喘息《ぜんそく》発作もたびたび、と中原は挙げた。それで親は過保護になった。宥子自身も親にべったりになってしまった。ところがその親も宥子が成人してから次々に亡くなってしまい、彼女は精神的に不安定になったという。

「宥子さんは、引っ込み思案でおとなしい人だったから、親が死んでショックを受けたと思うよ。まあ、秋本の家は裕福だったからさ。金の心配はしなくてよかった」

一雄は妹の心配をしつつも、自分の趣味である研究や実験に没頭していた。とはいえ時間が経つにつれ、宥子も落ち着いてきたようだったので、中原も安心していたらしい。

「そしたらさ、急に宥子さんが結婚するって話が出て、わしも家内もびっくりしたのさ」

「結婚のいきさつをご存じですか？」

そう尋ねると、中原は妻を呼んだ。電話口に出た妻は康代《やすよ》と名乗った。彼女は「宥子ちゃんが入院しているんですって？」と急いた口調で尋ねた。

六十代の女性を今でも「宥子ちゃん」と呼ぶくらいだから、一時は懇意にしていたのだろう。

改めて康代に宥子の結婚のいきさつを問うた。

「はっきりは知らないけど、どうも相手が積極的に求婚したみたい。宥子ちゃんはね、そういう場合、きっぱりと拒絶することができないのよ。相手の言いなりになることが多くて」

中原が後ろから「おい」と咎める声がしたが、康代は気にする様子はない。中原よりも妻の康代の方が、元隣家の事情に通じているのかもしれない。亜樹はじっと耳を傾けた。

「宥子ちゃんが結婚相手と出会って言い寄られている時、一雄さんは何か新製品を作るのに夢中だったって。いつもだったら守ってくれていたはずのお兄さんは、妹へ注意が向いていなかったんじゃないかしら」

「その新製品ってリンデラというコロンではないですか?」

亜樹は尋ねてみたが、康代は「さあね。そこまでは知りませんよ」と素っ気なく答えた。

「それでも一雄さんは、猛烈に二人の結婚に反対してましたね」

野沢が言った「結婚する時にゴタゴタした」理由がわかった。

「結局宥子ちゃんは、結婚しちゃったのよね。一雄さんも認めるしかなかったんでしょう。でも、ほら、あの人、変わってるからね。自分の資産を処分して、宥子ちゃんに譲るものは譲って姿をくらましたの。せっかく親が築き上げた資産だったのにねえ。みんなお金に換えてどこかでまた何かを研究してるんじゃないの?」

本当は、財産を根岸に奪われて、どこかで彼に復讐する機会を狙っていたのかもしれないと亜樹は考えた。

「とにかく、宥子ちゃんが心配だわ」康代は続ける。「ちょっとしたことで体調を崩してしまうし、心が挫《くじ》けてしまうし。結婚して小金井に行ってしまってからは、私らも目が届かなくなってしまったの。八十も過ぎた年寄りが、他人の事情に口出ししたってろくなことがないでしょう?」

「私たちも、宥子さんからお話を聞きたいと思っているんですよ」

そう言うと、康代は、「ちょっと待って」と電話を保留にしてどこかに行った。一分近く待たされた後、戻ってきた康代は、野沢が宥子のために雇った家政婦の携帯番号を教えてくれた。

「仁科《にしな》さんっていう方なんだけど、いい人で、家事全般を引き受けてくれているそうよ。一回だけ会ったけど、宥子ちゃんのことも親身になって世話してくれていて、私も安心したのよね。宥子ちゃんが入院しているのなら、まず仁科さんに様子を聞いてみたらどうかしら。番号、変わってなければいいけど」

亜樹は丁寧に礼を言って通話を終えた。

宥子に会う必要性がますます高まった。どうも野沢の態度が気になるし、秋本一雄がどこでどうしているのか、妹なら知っている気がした。榎並も同じ意見だった。

ようやく榎並と捜査らしい捜査ができるようになったなと、隣を歩く相棒の顔を盗み見ながら亜樹は思った。そういう意識で見ると、榎並の表情が少しだけ引き締まっているような気がした。

「なんだ？」

「いえ」

亜樹はさっと視線を逸らせた。

これから、家政婦の仁科に会いに行く。家政婦が雇えるほど、野沢は裕福らしい。だが中原の言葉を受けてよくよく調べてみると、彼らの生活を支えている資産は、宥子のものだとわかった。野沢家は妻名義の不動産から上がる利益を生活の糧にしている。野沢は知り合いの運送会社を手伝うという体裁を取ってはいるが、ろくに出勤はしていないようだ。

年下男が、財産目的で宥子と結婚するのを兄は許さなかったという亜樹の推測は、おそらく合っているだろう。しかし、だからといって秋本が行方をくらます意味がわからない。中原康代が言うように「変わってるから」では説明がつかない。

野沢夫婦の周辺を探ることが、今回の殺人事件の解決につながるかは定かではない。だが、ダメ元でも可能性を潰していけば、やがて見えてくるものがあるだろう。「捜査に無駄はない」飯田に教わったことを愚直に踏襲するだけだ。榎並と捜査方針を相談しながら、勢い込んできた亜樹は、ついそう口にした。

すると榎並は、唇の片端を持ち上げた。この笑い方は本当に癇《かん》に障る。また歯を食いしばりそうになって慌てて顎の力を抜く。

この男に共感とか連帯感とかいう感情を期待するのはやめよう。ただの仕事相手として割り切るのだ。そうすれば腹も立たない。野沢夫婦を探ることから突破口を開こうとする方向性は一致したのだし、この前までの投げやりな態度よりはいくぶんましになり、引き締まった表情を見せただけでよしとしよう。亜樹は自分に言い聞かせた。

仁科とは、吉祥寺《きちじょうじ》駅から徒歩十分の喫茶店で待ち合わせた。彼女の家はこの駅近くにあり、小金井にある野沢家に電車で通っているという。携帯電話に出た仁科が、担当の家庭のことは話せないとの一点張りだったのを、何とか説得した。殺人事件に関係して、どうしても宥子の兄の秋本と連絡を取る必要があると説いて、やっと会ってくれることになった。ただし、宥子の兄について何も知らないと釘を刺された。それでもいいと亜樹は答えた。野沢夫婦の日頃の様子が少しでもわかればそれでいいという気持ちだった。

静かな喫茶店で向かい合った仁科は、六十五歳の宥子とは同年代のようだった。着ている服も白いブラウスにグレイのスラックス、ニットのカーディガンと地味で実直そうな印象だ。野沢家に通うようになって、もう十年以上になるという。

「どういう経緯で野沢宥子さんの家に雇われたんですか?」

ここでもやはり質問を繰り出すのは亜樹の役目だ。これにはもう慣れた。

「その前に申し上げておきますが、私はしばらく野沢さんのところへ行かなくてよくなりました」

「えっ？　いつです？」

仁科にアポイントメントを取った時はそんなことは言っていなかった。

「ついさっきです。旦那様から言い渡されました」

隣の椅子で、榎並が身じろぎした。

「どういう理由で？」

「奥様の今度の入院は長引きそうなので、家政婦は当分必要ないと」

馴染みの家政婦をいきなり切ってしまうとは。警察が宥子に接触しようとしたことと関係しているのだろうか。野沢のつっけんどんな態度を思い出した。

「私たちは宥子さんにお話を伺いたいと思っているのですが——」

「それは無理だと思います」

仁科は慎重に答える。だが警察の聴取に構えたり、怯えたりしている様子はない。しっかりした人だと亜樹は判断した。家政婦として余計な口出しはせずに黙々と働くタイプではないか。

「宥子さんの様子を教えてもらえませんか？　あ、病名ではなくて、どういった方かということだけで結構です」

仁科は少しだけ考え込んだ。

「体は丈夫ではありませんね。それは確かです。持病もいくつかお持ちですが、一つ一つは深刻なものではありません」

一言、一言を嚙み締めるように言う。

「問題はむしろ、精神的な弱さだと思います。奥様について、刑事さんがお知りになりたいというのなら、それが一番の特徴です」

「具体的にはどういうことでしょう。どうもご主人の話では要領を得ませんでしたので」

亜樹も慎重に尋ねた。仁科は数秒間、女刑事の目をじっと見た後、口を開いた。

「心の弱さが体調に出るんです。それでしょっちゅう具合が悪くなって寝込まれてしまいます。今回は消化器官に不具合が出て、点滴治療を受けておられます。ストレス性のものだと言われているので、やはり精神が影響されているのだと思います」

若い頃、続けざまに両親を亡くしてから、この傾向が強くなったらしい。その後はたった一人の兄である秋本に頼っていた。が、その兄も宥子が結婚した直後に離れていったので、今は夫である野沢に精神的に寄りかかっているという。

「奥様には、庇護してくれる人が必要なんです。そしてその人の言うことには、とても従順です」

「それが今はご主人なのですね」

仁科は深く頷いた。

「それならご主人は大変ですね。そんなふうに頼られると」

「旦那様はお忙しいんです。だから私を雇っていたんですよ」

淡々としゃべっていた仁科が、初めて憤りのような感情を見せた。

「ご主人もじっと奥様に付き添っているわけにはいきませんよね。お仕事もあるだろうし」

水を向けてみると、仁科はわずかに顔をしかめた。

「まあ、そうですね」

亜樹が続きを促すつもりで黙っていると、仁科は言葉を継いだ。

「お出かけは多かったですね。時には数日間家を空けることも。奥様は不安そうにしていましたが、不満は口にされませんでした。とにかく旦那様には従順でしたから」

亜樹はふと思いついたことを口にした。

「宥子さんが入院しても、家事をする人は必要でしょう。ご主人があなたにお休みを与えたのはなぜですか？」

仁科は、ゆっくりとテーブルの上に両の手を上げた。地味なシルバーの指輪が左手の薬指にはまっており、それを右手でくるくる回している。

「野沢さんは、宥子さんが入院されている間、どこかへお出かけされるんでしょうか」

仁科は顔を上げた。亜樹を真っすぐに見詰めてくる目に、また怒りの感情が浮かぶ。

「女性ですか？」

亜樹は踏み込んで尋ねた。仁科は顎を小さく動かして頷いた。

心から宥子を心配しているのは、夫ではなくこの忠実な家政婦ではないか。そんな気がした。

「あなた方のご質問は、奥様のお兄様のことでしたね？　奥様は、ずっとお兄様に会いたがっていましたよ」

はっとした。心を許した家政婦との間でそういう会話が交わされていたのだ。

「お兄様も心配でしょうにね。妹さんのことが」

「そりゃあ、そうでしょう。私は会ったことがありませんけど、仲のいい兄妹だったらしいですよ」

「なぜ姿を消されたか、宥子さんはおっしゃってなかったですか？」

「そうですねえ」

仁科は考え込んだ。何もかも話す気になってくれたのならいいが。

「そこは奥様もよくわからないようでした。自分が旦那様と結婚したからかもしれないと、それだけは気に病んでいらっしゃったみたいです。お兄様は気まぐれな——常識外れなところもある人で、時に突拍子もない行動に出ることがあったそうです。その時も、奥様の結婚にへそを曲げてしまって、無鉄砲なことをしたんではないかと」

「へそを曲げただけで三十年も行方をくらましているんですか？」

つい声を大きくしてしまった。

「すみません」と仁科に頭を下げて、亜樹は考えた。中原康代も、一雄のことを「変わってる」と評していた。あの時も納得できなかったが、さらに疑問が湧いてきた。妹に譲った資産以外を売り払っていいなくなるなんておかしい。

そんな処理をしたのは根岸だったのでは？　自称発明家の秋本は、趣味に没頭して信頼する不動産屋に何もかもまかせていたという。根岸は、秋本に知られないうちに彼の資産を勝手に処分してしまったのではないか。

「ところでご主人が言うには、宥子さんにはお兄様から連絡があると——」

「もう何年も前のことですよ」

吐き捨てるように言う仁科の顔が、ぽっと紅潮した。

「元気でいるから心配しないようにと連絡があったそうです。それも奥様に直接ではなくて、お兄様の知り合いという方から連絡がきて、それを旦那様が伝え聞いて奥様に知らせたという経緯です。二、三回そういうことがありましたね。意気消沈していた奥様は、その言葉に飛びついたんです。頼り切っていたお兄様が、連絡を絶ったままの現実に耐えられなかったんでしょう」

仁科が、野沢に対していい印象を持っていない様子がだんだん露わになってきた。それにしても秋本との接触は、野沢が亜樹たちに告げた内容とはかなり異なっている。この前の電話では、宥子本人が兄と連絡を取り合っているというニュアンスだった。しかし宥子には、秋本の知り合い経由で秋本から連絡が届いていると仁科は言っている。

なぜ嘘をつく必要があるのだろう。「どこかにはいる」と野沢の言う秋本は、なぜ姿を消したままなのか。

それ以上はたいした情報は得られなかった。仁科は根岸恭輔という名前には心当たりがなかった。

「とにかく、入院した奥様には会えないと思いますよ。まず旦那様が許さないでしょうし、旦那様が言うことには奥様は従いますから。お医者様からの許可も下りないと思います」

聴取が終盤に近づいたと感じたのか、仁科は早口になった。

「結婚前にお隣だった中原さんが心配されていました。宥子さんは、それで幸せなんでしょうか」

手提げバッグを引き寄せ、帰り支度を始めていた仁科は、亜樹の言葉に椅子に座り直した。

「旦那様は好き勝手に生活されていますが、それでいて必要以上に奥様を束縛していると、私には感じられます。でも、それが奥様にとっては心地よいのでしょうね。人生の選択肢を誰かに預けた上に、その誰かにああしろ、こうしろと命じられるのが。ご主人に従順だというのはそういうことです。それが小さい時から身に付いた生き方なんです。お兄様もいなくなった今となっては、奥様にはご主人しかいないわけですから」

　仁科は、スマホに保存した野沢夫妻の写真を見せてくれた。派手なセーターを着た野沢の首元からゴールドのチェーンが見えていた。右頬に目立つほくろが二つある。一つは大きくて一つは小さい。整髪料でオールバックにした髪型といい、大ぶりな指輪を二個もはめた指といい、遊び人という風貌だ。血色もいい。

　それに引き換え、宥子は目を伏せていて、気弱な印象だった。痩せて貧相だし、頭髪には銀色のものがかなり混じっている。年上とはいえ、夫よりもだいぶ老けて見える。野沢はそんな妻の肩に手を回して悦に入った笑みを浮かべていた。写真を見る限り、仁科が説明した夫婦の関係性がわかる。

「やっぱり宥子さんご本人に会ってみたいんです。最初に申し上げた通り、これは殺人事件の捜査なんです。ごく短い間でかまいません。宥子さんという人がどんな方か、直にお会いして判断させてもらえませんか？」

　去ろうとしていた仁科は立ったまま、二人の刑事を見下ろした。口の中で「殺人事件」と呟く様子が見て取れた。野沢に頼んでも絶対に拒絶されるだろう。だから家政婦に頼むしかない。どうやら彼女は野沢を嫌っている様子なので、それに賭けた。仁科は、たっぷり一分は考え込んだ。

「奥様が総合病院に入院されるのは、精神科にもかかるからなんです。奥様の場合、体調は精神状態とも強く関係していますから。ただ体の不具合を治したらいいというわけではありません。そこを理解しておいてください」

「承知しました」

「それでは結構です。何とか算段してみます」

強い口調で言った後、仁科は一礼して背を向けた。

仁科が自動ドアから店外に出ていくのを見送った後、亜樹は詰めていた息を吐いた。

仁科は、ただ家政婦として雇われているだけではなく、宥子に相当肩入れしているようだ。家政婦が庇いたくなるほど、宥子は自立性がなく、不安定なのか。夫や家政婦に頼り、世話を焼かれながら六十五歳まで来てしまったわけだ。

それにしても秋本はいったいどこに行ったのか。兄がいたら宥子はそこまで夫に依存することはなかっただろうに。亜樹は仁科が去ってもしばらく考えを巡らせていた。榎並は結局一言も口をきかなかった。


署に帰ってからも亜樹は、野沢夫婦と秋本の関係について考えた。考えれば考えるほど、秋本による復讐説が頭の中を占めるようになった。

世情に疎く、実務経験のない秋本には太刀打ちできないほど、根岸のやり方が巧妙だったとしたら、バブルが崩壊した後も、根岸は秋本の資産を奪ったことをしばらくはごまかし続けていたかもしれない。

しかし、宥子の結婚話が浮上した時、さすがの秋本も我に返って現実を見始めた。そして根岸の裏切り行為に気づく。妹も自分の意に染まぬ男に奪われ、生活の糧を生み出してくれていた不動産も失ったことを知って愕然《がくぜん》としたはずだ。打ちのめされた秋本は、妹夫婦の前から姿を消した。そして――。

そして根岸に復讐しようとしたのではないか。動機としては完璧だ。妹の宥子は兄がいなくなってから、夫である野沢に頼り切っていて、兄がそんな気持ちでいることには思い至らない。野沢も義兄がいなくなってくれて助かったはずだ。束縛と依存関係の夫婦は、うまくバランスを取っている。

今のところ根岸殺害の動機につながるものを突き止められていないのだから、自分の推理を捜査会議で発表してもいいのではないか。亜樹はこの仮説に夢中になり、早速榎並に相談した。捜査会議が始まる前、自販機の置かれた廊下の突き当たりで缶コーヒーを飲んでいた榎並は、一応亜樹の意見に耳を傾けてはくれた。ブラックコーヒーの缶をゴミ箱に捨てると、長椅子に腰を下ろす。ネクタイの結び目に指を突っ込み、ゆっくりと緩めた。

隣に座った亜樹が野沢夫婦のことに触れると渋い顔をした。

「束縛と依存だと？」

ぎろりと横目で亜樹を見た。

「少女漫画の読み過ぎじゃないのか？」

この男に腹を立てるのは、エネルギーの無駄使いだと肝に銘じていたはずなのに、憤怒が溢れそうになる。ぐっと奥歯を噛み締めて耐えた。

「真面目に聞いてください。マル害を殺したホシも動機も、まだわからないんですから。この視点が突破口になるかもしれません」

「もうちょっとましなことを考えられないのか。ハート形とコロンの次は束縛と依存か。お嬢さんは想像力が豊かだな。何でお前、刑事なんかになったんだ？」

もう我慢ができなかった。

「榎並さん」

低く抑えた声を絞り出す。

「私の高校時代の友人は、ストーカー被害にあったんです。彼女が付き合っていた社会人の男は、必要以上に相手を支配する人だった」

突然の亜樹の告白に、榎並はやや驚いた顔をしたが、何も言わなかった。

「それを彼女は自分が愛されている証拠だと思っていました。いや、思い込まされていたんです。支配はどんどんエスカレートしていきました。ファッションやメイクにまでうるさく口出しをするようになった。そのうち別の男性と会話すること、出かけることすら禁じられた。私や他の友人は、過剰な束縛は、相手の身勝手さからくるもので、愛情とは違うと何度も説得しました。でも聞く耳を持たなかった。彼女は巧みに男に操られていたんです」

ここまで話すつもりはなかった。だが言葉はどんどん溢れ出してきた。

「そのうち、彼女も気がついたんです。相手を尊重することのない恋愛なんてまがいものだって。付き合いだして一年が経っていました。男は友人を愛しているのではなく、ただ友人を支配して悦に入りたいだけだった。自分に力があることを誇示していい気になっていたんです。ようやく目が覚めた友人は、彼に別れを切り出しました。が、男は承知しなかった。そこから執拗なストーカー行為が始まりました」

男は自分から離れようとする恋人が許せなかった。つきまとって暴言を吐き、異様な数のメールを送りつけてきた。その執念深さときたら怖気《おぞけ》を震うほどだった。

声が震えた。思い出したくもない過去だった。あの出来事を仕事の相棒にしゃべることになろうとは、思ってもみなかった。

「ある日、ナイフを隠し持った男は友人を待ち伏せしました。下校途中の道に私も居合わせました」

目を閉じた。新菜の悲鳴をすぐそばで聞いた気がした。

「男は逃げる友人を追いかけて、背中を刺しました」

榎並は眉をくいっと持ち上げた。

「倒れた友人が助けを求めていたのに、私は怖くて体が硬直して、何もできませんでした。友人が男に押し倒されたのに、その場にただ立ち尽くしているだけだった。男はうつ伏せになった友人に馬乗りになってナイフを振り下ろしました。通りかかった男の人たちが取り押さえてくれなかったら、友人は確実に死んでいたと思います」

今日の捜査を終えた刑事たちがしゃべりながら階段を上がってきて、講堂に入っていく。廊下の隅で対峙する二人に注意を払う者はいなかった。

「私は警察に通報することすらできなかった。私はただ怖かったんです。圧倒的な力と凶器の前で一歩も動けなかった」

やがて救急車がやってきて、新菜を搬送していった。亜樹は警察署で事情を聴かれたが、まともに答えることもできなかった。体が震えて仕方がなかった。

「そのまま、暴力に負けたままでいるのは嫌だった。恐怖に打ち勝ちたいと思いました」

榎並は腕を組み、壁にもたれかかった。

「それがお前の刑事になるモチベーションとなったのか。なかなかの経験だな」

唇の片方を持ち上げる例の笑い方をされ、頭に血が上った。

「あなたに言われたくありません。監察に目を付けられているくせに」

はっとしたがもう遅かった。相棒として組んだ所轄の刑事が自分の抱えた問題を知っているとわかると、彼が不愉快になるのは目に見えている。せっかく飯田が忠告してくれたのに。だが自分が刑事になった理由を軽んじられたので、感情を抑えられなくなった。

新菜はナイフで脊髄《せきずい》を損傷させられ、下半身不随になった。一生自分の脚で歩くことができなくなった。自分がすぐに行動を起こして男を止められていれば、そこまでの障害を負うことはなかったかもしれない。

あの出来事が亜樹の人生を変えた。

榎並は皮肉げな表情を引っ込めて、壁から引き剝がすように身を起こした。隣に座っていた亜樹の方に少し体を寄せる。

「監察に目を付けられるよう仕向けたのは、俺自身だ」

「は?」

「タレコミをしたのは、俺なんだ」

「それはどういうことなんでしょうか。事情が呑み込めません」

榎並は立ち上がり、亜樹を見下ろして言った。

「お前はこれに首を突っ込むな。所轄の刑事なんかには手に余る案件だ」

むっとして立ち上がった。傲岸不遜《ごうがんふそん》な本庁刑事と再び対峙する。

「警察スキャンダルに関わることだからですか?」

「警察スキャンダル、な。安直な言葉だ。いいか――」

榎並が一歩前に出たので、亜樹は思わず一歩退いた。

「これはお前の好きな言葉遊びでは済まないんだ。お前がそのごたいそうな正義感を大事にして、警察の中で出世したいなら、忘れろ」

亜樹は腹を立てるのも忘れて、歩き去る榎並の後ろ姿を見ていた。

捜査会議が終わった後、亜樹は飯田を呼び止めた。

「自分でタレコミをしただと？」

誰もいなくなった講堂の隅で、亜樹の話を聞いた飯田は、驚きの表情を隠さなかった。

「そう言いました。榎並さん」

「なんてこった」

飯田は薄い頭を掻きむしった。

「俺たちは勘違いをしていたのかもしれんな」

「勘違い――って？」

「奴は暴き出そうとしているのかもしれん」

「つまり、監察も手の出せない警察スキャンダルを？」

飯田は頷き、難しい顔をして黙り込んだ。しばらく亜樹は、彼のよれよれのスーツの襟を見ながら横に座っていた。

おもむろに口を開いた飯田の推察は、亜樹を驚嘆させた。自分でタレコミをしたのは、綾瀬署の巡査部長を自殺に追い込んだ上層部に揺さぶりをかける魂胆があったのではないか。畠山が死んでほっとしている不正の当事者たちに、自分は何もかも知っていると知らしめることが目的なのではないか。

「彼はうまく立ち回り、監察に呼び出されても、処分も下されなかったというレアなケースを作り上げた。だが、そこまで派手に動いたら、不正の当事者たちも気が気じゃないだろう。榎並はどこまで知っているのか。いつ奴が告発するか。証拠はつかんでいるのか。監察が奴に協力しているのか。そうやって戦々恐々としているのは、上層部の奴らかもしれん」

飯田は拳を口元に当てて低い唸り声を上げた。予想外の事態に出くわした時の彼の癖だ。

「警察スキャンダルについての情報が漏れて、俺たち一部の者が知ることになったのも、もしかしたら奴がわざと流したのかもしれん。上層部を脅すために。奴は罠を仕掛けたのさ。向こうが働きかけをしてくるのをじっと待っている」

亜樹は頭の中を整理した。

「つまり、榎並さんは、たった一人で強大な権力者たちと闘おうとしている？」

それから声を落とした。

「もしかしたら、自分にも上層部の手が伸びるかもしれないのに？」

飯田は答えずにまた唸った。

警察スキャンダルを暴くために、榎並の取ったやり方は、とても危険な方法ではないか。すでに一人の警察官が命を落としているのだ。

「奴は本当はとんでもない切れ者で、肝の据わった男なのかもしれんな」

そしてとんでもない変人だ。飯田の言葉に、亜樹は頭の中で付け加えた。

「だが、危険人物には違いない。徹底的に階級に縛られた警察組織で、孤立無援で上と対決しようとしているんだからな」

そのことをわきまえた上で付き合わなければならないと飯田は言った。要するに、榎並には深入りするなということだ。結局は前と同じ忠告に落ち着いたわけだ。

「飯田さんは、どう思います？」

「何がだ？」

「榎並さんの目的は達せられると思いますか？」

飯田は元部下を気遣わしそうな目で見返した。

「あのな――」飯田は目をしょぼしょぼさせた。

「それは榎並の問題であって、お前さんの問題ではない。そのことをよくわきまえておけ。今は目の前の捜査に集中しろ」

「わかりました」

そう答えたものの、亜樹の心はざわついた。榎並は偏屈で協調性がないところは変わらないが、友人の仇を取るために大きな警察スキャンダルを暴こうとしているのだ。無謀過ぎる。彼のような変わり者でなければやろうとは思わないだろう。

新菜を守れなかった自分の不甲斐なさと刑事を志《こころざ》した理由を榎並に話した時、彼は鼻で笑った。だが規模は違うかもしれないが、彼は亜樹と同じく理不尽と闘うことをやり遂げようとしている。

「わかったか？　クロ」

念を押してきた飯田は、まだ心配そうにしている。余計な情報を亜樹の耳に入れたことを後悔しているのかもしれない。

「大丈夫です」

亜樹は元上司に向かって笑いかけた。

「きっとこの事件を解決してみせます。とっかかりはつかみましたから。長引けば、捜査本部の規模は縮小されて、飯田さんは本庁に引き上げさせられるかもしれませんものね。そんなことにならないうちに解決します」

とっかかりをつかんだというのは、いささか大げさだったが、秋本の線から、何かが浮上してくる気がしていた。

「山五建工」への聴き込みから秋本につながった。あそこで働いた榎並の勘だけは本物だった。


亜樹の予想は当たった。

二日後の捜査会議で、みのり不動産時代の根岸を当たっていた捜査員が、みのり不動産で働いていた人物と接触できたと報告した。水島《みずしま》という元従業員は、根岸が中堅の不動産屋を辞めて、浦和市で独立した時に、ついてきたという。従業員といってもかなり親しい間柄だったので、根岸は水島に相談しながら商売を進めていた。

みのり不動産はなかなか軌道に乗らなかった。背に腹は代えられない根岸は、かなり悪辣《あくらつ》な商売をするようになった。土地転がしにも手を染めたらしい。まだバブルが崩壊する前で、誰も彼もが土地取引で利を上げようと血眼になっていた頃だった。土地の所有者でなくても、畑違いの事業主らが参入してきて高騰する土地を買い漁っていた。

「水島氏に言わせると、その頃の根岸はバブル期特有の違法すれすれの土地取引に手を染めていたと。登記簿だけを見せて、今買わないと別の人に持っていく、いくらでも買いたい人はいるんだと言って押し付ける。沼地を埋め立てただけで地盤改良も施さない土地を、これからいくらでも上がるといって嘘をつく。立ち退きの説得に応じない店子《たなこ》に、嫌がらせをして出ていかせる。そんなことです。だから彼の周囲にはヤクザまがいの胡散臭い人物が何人もいたらしいです」

水島は根岸のやり方が嫌になって、みのり不動産を去って独立したのだという。秋本一雄という客がいたかどうかはよく憶えていないとのことだった。

登記簿だけを見せて土地を転売することを、「ミズテン」という。その言葉を、亜樹は祖父から聞いた。亜樹の祖父母はバブルの頃、神田神保町《かんだじんぼうちょう》で小さな軽食喫茶を営んでいて、当時の狂乱を目《ま》の当たりにしてきた。亜樹にも時々、その時の話をしてくれたものだ。土地の値段が短期間で倍、倍に値上がりした。地味に商売を続けていた商店主たちもそれに否応《いやおう》なく巻き込まれていったそうだ。

立ち退きに応じず、木造の店舗で頑張っていた和菓子屋が放火されたり、小さな蕎麦《そば》屋にその筋の男たちが客として来て、長時間居座って営業を妨害されたりした。それでも意地で売却に応じなかった店主も、地価が暴騰したために相続税が払えなくなって、店を手放さざるをえなくなったという。

「人の心も欲で膨らんで、挙句にバブルみたいに弾けた時代だったよ」と祖父は言っていた。

捜査員は、水島から提供された当時の写真をスクリーンに大映しにした。亜樹は写真に目を凝らした。数人の男たちがどこかの飲み屋で気勢を上げている図だった。誰かが向けたカメラに上機嫌でポーズを取っている。中心にいて、グラスを掲げているのは根岸だ。そばを取り囲んでいる四人の男たちは、なるほどまっとうな職業人には見えなかった。パンチパーマを当てていたり、てらてら光る生地のシャツを着ていたり、異様に日焼けしていたりする男たちだ。あの狂乱の時期、こんな輩は大勢ひしめいていたのだろうなと思った。

その時、一番奥でグラスに口をつけて笑っている男に、亜樹の目は釘づけになった。

軽薄で自堕落な性情が透けて見える男の頬には、特徴的な大小のほくろ。ついこの間見た写真の男を若くするとこうなるに違いない。男は宥子の夫、野沢謙二郎だった。

第八章　署名行為

野沢の任意聴取が行われた。

亜樹と榎並が担当した。根岸とともに違法な仕事をしていた男が、失踪した秋本の妹と結婚している。これは偶然だろうか？

捜査員が見つけてきた写真をつきつけると、野沢はあっさりと根岸を知っていると白状した。

「でもこの間の電話では知らないと言われましたよね」

「ああ、言ったさ」

野沢は横柄に言い、脚を組んだ。

「根岸が殺されたことも知っている。だけど知り合いが殺されたからっていちいち申し出る必要もないだろ。軽はずみなことを言って面倒なことに巻き込まれるのは御免だからな」

「どうしてそう思うんですか？　根岸さんとの間に何かトラブルでもあったのですか？」

野沢との会話や仁科の話から、亜樹は野沢に何かあると睨んでいた。

「いいや。一時はあいつと組んでかなりいい思いをさせてもらったからな」

「宥子さんとの結婚もその一つですか？」

「冗談じゃない」

宥子の名前を出すと、野沢は気色《けしき》ばんだ。デスクを軽く手のひらで叩く。その手首にはロレックスらしき腕時計が巻かれていた。

「宥子は俺がいないとやっていけないんだ。生活全般から、何もかもな」

「あんたも彼女の資産がないとやっていけないんじゃないのか？　生活全般から、何もかも」

榎並がおもむろに口を挟んだ。

「何だと？」

今まで黙りこくっていたもう一人が、刑事とは思えないぞんざいな口をきいたためか、野沢は激昂《げっこう》した。彼の首から顔までが見事に朱に染まるのを、亜樹は暗澹《あんたん》たる思いで見た。榎並はなぜいきなり口を挟み、なんだってそんな言い方をするのだ。うまく話を聞き出そうと苦心している自分の努力を完全に無視するとは。

だが榎並は、亜樹の感情など忖度せず続ける。

「調べはついているんだ。さっさと吐いた方が得策だ。こっちも時間を無駄にしたくないのでね」

相棒の脚を蹴り上げたい気持ちを、亜樹はぐっとこらえた。

榎並の言葉は、半分は本当で半分ははったりだ。根岸と野沢が旧知の仲だったことを踏まえて、捜査本部はみのり不動産の元従業員、水島に再度連絡を取った。水島は、自分が辞めた後にみのり不動産に事務員として雇われた人物を紹介してくれた。

水島が紹介した佐藤《さとう》という女性は、秋本という裕福な顧客のことを憶えていた。

佐藤は、根岸と秋本の間には、秋本の不動産に関してトラブルがあったとは勘付いていたが、深入りすることが怖くて、根岸に問い質したことはないと言った。頻繁にみのり不動産を訪れていた秋本の姿がふっつりと消えた時、佐藤は不安にかられた。そしてもう限界だと、二年半勤めたみのり不動産を辞めたのだという。

　少しずつ根岸という男の輪郭がはっきりしてきた。

　ただ、水島と佐藤の証言だけでは、根岸が実際に何をしたのかは解明できない。みのり不動産がなくなった今では、契約書などの書類は手に入らない。所有権移転登記も複雑に工作されていて、根岸が秋本の不動産を奪ったと証明するのは相当難しいだろうということだった。本庁捜査第二課の詐欺や横領担当捜査員たちの協力を得て、当時根岸が手がけた不動産取引について調べを進めているところだ。

　亜樹と榎並はその捜査の結果を待つことなく、野沢を呼びつけたのだった。悠長に待っている時間が惜しかった。それを上層部も許した。野沢の証言が重要だと判断されたのだ。

「どうだ？　秋本氏と根岸の関係について知っているんだろ？　そりゃあそうだよな。あんたは秋本氏の妹と結婚したわけだから」

　榎並は容赦なく責め立てた。野沢はだんまりを決め込んだ。彼の組んだ脚が貧乏ゆすりを始めるのを、亜樹は見つめていた。

「秋本氏はどこにいる？」

　野沢はそっぽをむいたきりだ。これ以上しゃべると自分に不利になると悟ったのか。

「殺したのか？」

　野沢と亜樹はぎょっとして、榎並を見返した。

「なんだって？」

　聞き返す野沢の言葉尻が震えていた。

「殺したのかと訊いている」

榎並は落ち着き払って繰り返した。野沢はこれ以上ないというほど目を見開いた。

「秋本は生きているに決まってるだろ」

「たった一人の肉親である妹を置き去りにして？」

亜樹が抱いていた疑問を榎並も口にした。

「いいか――」榎並は身を乗り出した。

「莫大な資産を所有しているため、研究だか発明だかにうつつを抜かして安泰な暮らしが可能だった男が失踪した。精神的に不安定な妹を残して。バブルのどさくさに紛れて、彼の資産は一部を妹に譲ったとはいえ、大半は消えてしまった。それに嚙んでいるのは根岸だ」

「あ、あの頃はバブル崩壊とともに無一文になった奴らが大勢いたさ」

野沢の反論にも榎並は動じなかった。

「秋本は違うね。狂乱物価に乗っかってひと儲けしようなどと考える類の人物じゃない」

「あんたは秋本の何を知っているというんだ」

「お前は根岸のやり口を知ってるんだろ？　秋本が本当はどうなったか知っている。だからこそ、秋本が生きていると周囲に対して偽装工作を行った。その理由は何だ？」

「あれは宥子のためなんだ。兄が突然いなくなったことに耐えられず、ひどく動揺して病気が悪化したからな」

そう言いながらも野沢は青ざめた。貧乏ゆすりが収まらず、今や体中が小刻みに震えていた。

しかし榎並は平然として相手を眺めている。相変わらず顔には何の表情もない。

何の根拠もない憶測を持ち出して参考人を脅すとはいったいどういう料簡だろう。事情聴取の定石から完全に外れている。調書をどんなふうに書いたらいいだろう。どうせ自分に押し付けられるに決まっているのだ。亜樹は冷や汗をかいた。それでも榎並を止めようとは思わなかった。その先を聞きたかった。

「知っていることは全部吐いた方がいいぞ。お前は根岸を知らないと一度嘘をついたんだからな」

　榎並は追い詰めた。野沢は視線をあちこちにやった挙句、ぐっと唾を呑み込んだ。何と答えたら自分の身を守れるのか迷いに迷っているのかもしれない。

「いくら人のいい資産家だとしても、丸裸にされて妹までつまらん男と結婚させられて黙っているわけないだろ？」

　野沢は何かを言おうと口を開きかけたが、思い直したように閉じた。

「つまり、秋本はもう生きちゃいない」

　榎並は断じた。

「で？　殺したのは根岸か？　それともお前か？」

　唇を嚙んだ野沢にさらに畳みかける。

「とうに死んでしまった秋本が根岸を殺すのは不可能だ。そうだろ？　根岸まで手にかけたのはお前か？　今さら仲間割れをして？」

「ち、違う！」

　この男を一癖も二癖もある人物に見せかけていた吊り上がった目は潤み、日に焼けた肌は不健康に黒ずんでいた。頰の二つ並んだほくろの上を、汗が滑り落ちていく。

「根岸が殺されたのはニュースで知ったんだ。もう何年も会ったことも連絡を取り合ったこともない」

ら耳を傾けた。

続いた彼の告白は、調書にまとめるには充分価値のある内容で、亜樹は熱心にメモを取りなが
一九八七年、みのり不動産を起こした根岸は、折からの土地の高騰に目をつけてひと儲けしようと画策した。たいして価値のない土地や物件が、とんでもない値をつけていた。そうした状況に目をつけて、投資家や金融業者のみならず建設業者やパチンコ店経営者、運送業者、小金を持った隠居者までが土地売買に参入してきた。

土地を転がすだけで不動産業者の懐には、見たこともない大金が転がり込んでくる時代だった。しかし地方都市で商売を始めたばかりの根岸は、なかなかいいチャンスに巡り合わなかった。元手がなかったし、大きな土地取引にも参入できなかった。バブルの恩恵を受けたとは言い難い状況だった。野沢らチンピラ崩れの輩を使って地上げに食い込み、ちまちまとおこぼれに与《あずか》るしかなかった。

そんな時に秋本一雄が客としてやってきた。彼は埼玉県内のみならず、都内にも物件をいくつも所有しており、その一つを売却したいとみのり不動産を訪ねたのだった。無欲で無心な秋本は、特にこだわりもなく、たまたま目についた不動産屋に入って来たという。

根岸はすぐに秋本が上客だと見抜いた。気のいい裕福な客を自分のところに囲い込むために、彼に取り入った。秋本が化学知識を駆使して実験や研究に没頭し、そこから発明品を作り上げることに感服したふりをした。

社会にとってあまり有益な製品を作り上げることができず、誰にも相手にされなかった秋本は気をよくした。特に愛煙家の根岸が、クロモジから抽出した精油でこしらえたコロンを気に入り、是非実用化したいと申し出ると有頂天になった。

「根岸はせっせと秋本の家に通って機嫌を取っていたよ。コロンを製品化するために走り回って工場や店舗と交渉して」

同時に秋本の不動産管理を請け負った。実際それらは大きな利益を生んだのだが、秋本は入ってくるものには無頓着だった。コロンの製品化が現実味を帯びてくると、自分の発明がこれからどんどん知れ渡っていく妄想に夢中になった。そう仕向けたのは根岸だった。コロンが出来上がると、根岸は衣服に染みついた煙草の臭いを消すために愛用して秋本を喜ばせた。

コロンは秋本の発明の中でも自信作だったし、きつい煙草の臭いも包み込んで爽やかな匂いに変える効果が実際にあった。リンデラが店頭に並ぶと、口コミで人気が出てまずまずの出だしを見せた。女性向けの雑誌に取り上げられたりもした。試しに作った一千本がはけ、追加の注文がきた。

これは長期的に売れる製品だと根岸は顧客を持ち上げた。他の発明品も製品にして売り出そう。それには資金が必要だ。今なら秋本が所有する不動産がいくらでも金を生む。そう焚きつけた。秋本は根岸の言葉を鵜呑《うの》みにし、やがて土地の権利書をそのまま根岸に預けることまでした。根岸にまかせていれば、所有する不動産をうまく運用して利益を生んでくれると信じるようになった。

「そういうとこ、あいつはほんとにうまいんだ。他人の懐にするりと入り込むのが。コロンの材料であるクロモジを採取するのに付き合って、田舎《いなか》にある秋本の親戚宅近くの山林を歩き回るのについて行ったりさ」

秋本こそ、みのり不動産を大きくする足掛かりとなると判断して食らいついたということだ。そしてそれはその通りになった。いくつかの不動産取引で失敗したと秋本には報告したが、その実、莫大な利益を自分のものにしていた。いつの間にか、勝手に登記情報を書き換えた挙句に転売したりと、やりたい放題をした。

秋本は、よもやそんなことになっていようとは知らず、次の製品を商品化するために浦和市の自宅にこもっていた。妹の宥子の世話もある。一緒に住んでいた妹のことも、根岸に相談するようになっていた。その頃から宥子は兄べったりで手がかかった。ちょっとしたことで精神のバランスを崩し、とても外に出て働くなどということはできなかった。

妹を心配する秋本に、不動産の一部を宥子名義に変えるよう勧めた。宥子自身に家賃収入が入るようにして、生活を安定させれば彼女も落ち着くのではないかという根岸の提案を、秋本は受け入れた。

「で、お前が宥子と結婚し、そして秋本は行方不明になった。完璧な計画だ」

「俺が宥子と結婚したのは、根岸の勧めに従ったからだ。それは認める。でも俺はそんなこと、うまくいくわけがないと言ったんだ」

野沢は泣き声になった。完全に榎並の策にはまっている。

男性と付き合ったことのない宥子に言い寄り、結婚を迫ったが、当然、兄は妹を心配した。根岸と野沢がつるんでいることは、秋本は知らなかった。唐突に宥子の周辺に現れ、籍を入れようと急く野沢を訝しがった。

「根岸がまかせておけと言ったんだ。秋本は俺が説得するからと」

その言葉を信じた野沢は、秋本には内緒で宥子との婚姻届を出した。それがちょうど三十年前の夏だという。

「で、始末したってことか？　うるさい兄を」

非情な声が狭い部屋の中に響き渡った。

「俺は何も知らないんだ。本当だ！」

野沢は頭を抱えてデスクに突っ伏した。

結婚から一か月経って、根岸が秋本のことはもう心配ないと言ってきたそうだ。それが何を意味するのか、野沢はよくわからなかった。とにかくその夏から秋本の姿を見ることはなくなった。根岸も次製品の開発や工場との契約延長など、いろいろな手続きができなくて不便だから、捜しているのだとは言ったらしいが、たいして心配している様子ではなかった。その頃には、秋本一雄名義の不動産はほとんど売却され、残りは妹に移譲されていた。

宥子の手前、秋本の行方を問い質す野沢に、根岸は秋本が生きているよう、うまくごまかせばいいとアドバイスした。兄を心配する宥子を落ち着かせるためには、それが一番いいと野沢も判断し、以来、宥子には兄はどこかで生きていると言い続けているのだと言った。今年で結婚三十年になる。だから秋本が行方不明になったのは、三十年前の夏で間違いないと野沢は言った。

「要するに、お前も秋本の資産を奪う計画に加担したということだろ？」

榎並に追及されて野沢は呻いた。

「何もかも根岸が謀《はか》ったことだ。俺はそれに乗っただけだ。宥子は俺がいないとやっていけない。情も湧いた。だから一緒にいる」

野沢の言葉を額面通りに受け取ることはできなかった。根岸の手下として、時には地上げや違法な行為に及んでいたであろう男が、資産家の妻をがっちりつかまえている構図にしか見えなかった。榎並と亜樹が、疑り深い目を向けていることに気づき、野沢は焦ったように言葉を継いだ。

「それきり、根岸とは縁を切ったんだ。あいつが東京に出て新しい会社を起ち上げたのは知っていたが、あれ以上関わり合いになりたくなかった」

初めは虚勢を張っていた野沢は、今はすっかりうなだれていた。


榎並は野沢を解放した。

ここで行方をくらましたりしたら、それこそ野沢も何か後ろ暗いところがあると自白したようなものだ。金づるの妻を捨てて身一つになるとも思えなかった。

「榎並さんが言うように、根岸が秋本氏を殺したとして――」

野沢が去った取調室で、亜樹は疑問をぶつけた。それまで亜樹は、行方が知れなくなった秋本が根岸を殺害したとばかり考えていた。資産を横取りされ、妹を騙して胡散臭い男と結婚させた恨みを晴らすためだ。だが野沢が告白した内容を考え合わせると、榎並の推測の方が的を射ていると思えた。

亜樹がこだわった「オリオン都市開発の出発点は、リンデラなんだ」という根岸の言葉の真の意味がわかった。きつい煙草の臭いを緩和してくれるという効果もあって、根岸はその後もリンデラを律儀に使い続けていたのだ。たとえその出発点を与えてくれた相手を殺してしまったとしても。

ポケットに両手を突っ込んだまま、パイプ椅子にだらしなく座った相棒を、亜樹は横目で観察した。この男はいったいどういう人間なのだろう。まったくやる気もなく、能力もない刑事だと思っていた。「ケイゾク」という閑職《かんしょく》に追いやられて腐っている男。そんな評価を勝手に下していた。でも違うのかもしれない。

「じゃあ、誰が根岸を殺したんでしょう」

榎並は頭を回《めぐ》らせて亜樹を見た。

「お前のやり方なら――」

もうむっとはしなかった。榎並の言葉に、亜樹は耳を傾けた。

「可能性を一つずつ潰していく、だろ?」

「そうです」

翌日、亜樹と榎並は宥子が入院しているという病院を訪ねた。根岸を殺す動機がある人物を一人ずつ当たっていくしかない。最も有力なのは妹の宥子だと二人は考えた。

もしかしたら宥子は、精神的な脆弱《ぜいじゃく》さを装っているだけかもしれない。兄が根岸に殺されたことを察し、いつか兄の復讐をしようと機会を狙っていたのかもしれない。これは動機になり得るのではないか。宥子との面会の申し出を、野沢は拒否しなかった。体調も戻りつつあるし、面会の場に仁科が付き添うということで、許可された。

宥子が入院している総合病院は、八王子《はちおうじ》にあった。JR中央線の八王子駅からかなり離れており、交通の便が悪い。八王子駅からはタクシーを使った。

壁が明るいクリーム色に塗られた面会室で、榎並と亜樹は宥子を待った。壁際には自動販売機が並び、テーブルを挟んで、他の面会者が患者と談笑していた。点滴スタンドを自分で押して入ってきて、飲み物を買う患者もいた。

十数分後、仁科が宥子と並んで入ってきた。

「お待たせしました」

ゆっくりと歩く宥子に歩調を合わせて近づいてきた仁科が、立ったまま挨拶をした。その隣で、宥子もお辞儀をした。亜樹はじっくりと宥子を観察した。小柄で痩せているせいで、ベージュの病衣が大きく見える。ひっつめ髪には白いものが多く混じっていた。化粧気のない顔は、透き通るほど白い。唇にも血の気がない。仁科が椅子を引いてやり、宥子はゆっくりと腰を下ろした。

「こんなふうに押しかけて申し訳ありません」

亜樹は頭を下げた。

「いいえ」

「お体の具合はどうですか?」

「ええ、おかげさまでよくなりました。近々退院できるそうです」

「それはよかったですね」

宥子はかすかに微笑んだ。

「お疲れになるといけませんから、単刀直入に申し上げます」

亜樹は根岸の写真を取り出して、テーブルの上に置いた。

「この人に見憶えはありませんか?」

宥子は緩慢な動作で、写真を自分の方へ引き寄せた。そして時間をかけてそれに見入った。亜樹は辛抱強く返事を待った。

「見たことはありません」

じっくり写真を見た後、宥子は答えた。

「確かですか?」

念を押す亜樹に、「知らない人です」と迷わず続ける。

「根岸恭輔という名前に心当たりは?」

それにも「知りません」という答えが返ってきた。仁科が隣で、不安そうに眉根を寄せて宥子を見やった。亜樹は、この人物が三月二日に殺されたこと、宥子の兄の秋本一雄と知り合いだったことを話した。宥子は兄の名前が出た時だけ、わずかに目を見開いたが、それ以外は特に感情を露わにすることはなかった。三月二日未明にどうしていたか訊くと「三月二日……」と無表情に繰り返すのみだ。

「もちろん、家にいらっしゃいましたよ。どこにもお出かけされませんでした。私が手帳につけていますから、間違いありません。そもそも奥様は、通院以外で外出されることはほとんどありませんから。そんな夜間に出かけるなんてとんでもない」

仁科が横から口を挟んだ。寝る前には睡眠導入剤を服用しているので、夜中に目が覚めることもないはずだと付け加える。宥子は子どものように、家政婦に身を寄せた。この調子では、通院も一人では行けないのではないか。それほど弱々しく、頼りない印象だ。静脈の浮き出た手の甲を細い指でさする様子、必要以上に瞬《まばた》きをする仕草が、そうした性情を裏付けしている。

亜樹は軽く咳払いをして、質問を変えた。

「お兄様はどうしていらっしゃいます？」

その質問には、宥子よりも仁科の方が敏感に反応した。咎めるような視線を送ってくる。病人を刺激するなとその表情は語っていた。まさに庇護者だ。

「兄は――」

一度目を伏せた後、顔を上げる。その顔に笑みが浮かんでいるのを認めて、亜樹は驚いた。

「兄はどこかで私を見守ってくれているんです。いつも私を気遣う言葉を伝えてくれますから」

きっぱりと言い切り、さらに微笑んだ。多幸感に溢れた表情だ。仁科が目配せを送ってきた。これで宥子がどういう人物かはよくわかったでしょうと、目が語っていた。

「病室にお戻りになって結構です。お手間を取らせて申し訳ありませんでした」

宥子と仁科は、来た時と同じようにゆっくりとした歩調で去っていった。二人が病室に向かっていった後、榎並と亜樹も面会室を後にした。

「可能性は潰れたな」

病院の前のタクシー乗り場に立って、榎並が言った。

「そうですね」

宥子は兄が生きていると信じている。いや、信じ込もうとしている。ずっと頼り切っていた兄が自分から離れていったとは、到底受け入れられないのだろう。現実逃避は、彼女が自身を守る防衛手段でもある。

入院して、精神科の治療も受けていると説明した仁科の言葉の意味がよくわかった。あんな脆《もろ》い精神の持ち主が、復讐など考えるはずがない。第一、あの体格で根岸のような大柄な男を刺し殺すのは不可能だ。会ってみてよかった。

そうした発見をさせるため、仁科はあえて宥子と刑事を引き合わせたのかもしれない。


野沢宥子は、殺人の容疑者から除外された。

翌日の捜査会議で、こうした一連の捜査のことを亜樹が報告すると、会議場はざわついた。まさか鑑取り八班が、秋本一雄という人物をたどり、実のある情報を掘り出してくるとは思っていなかったのだろう。秋本の線は、大きく注目されることになった。秋本の義弟である野沢については前日の会議で報告してあったので、別の班が彼のアリバイを探ってきていた。殺人事件が起こった時間、野沢は小金井市内の行きつけの雀荘《ジャンそう》で麻雀《マージャン》をしていたことが明らかにされた。部屋に設置された防犯カメラが、夜を徹して麻雀に興じる野沢を映していたので間違いはないということだった。

「つまり、その秋本という人物を三十年前にマル害が殺し、そのせいで今回、マル害が殺害されたと、そう考えるんだな」

生島係長から念を押され、亜樹は「そうです」と答えた。

「しかし、それは推察に過ぎない」

「一つの可能性として申し上げております」

生島の言葉に被せるように言うと、彼はむっとした表情を見せた。鑑取り捜査で有益な情報を得たからといって、勝手な推測を立て、大きな口をきくなということか。

「もし秋本が殺されているとしたら、誰がマル害に殺意を抱くというんだ？」

一番有力な妹の宥子は病弱で、そんなだいそれたことをする力はない。宥子が容疑者から外れたことで、亜樹も考えあぐねていた。今のところ、根岸に害意を抱く人物が見当たらない。やはりこの線は見当違いだったのか。

生島は黙ってしまった亜樹をねめつけて、別の捜査員を指名した。根岸の愛人から話を聞いた捜査員が立ち上がった。

「ネイリストの長峰麗香さんに話を聞きました」

根岸と長峰は、安定的な愛人関係を五年以上続けている。二人は密会用に広尾《ひろお》のマンションの一室を借りており、それは長峰の夫も承知しているとのことだった。それでは密会とは呼べない大っぴらな関係だったということだろう。理解しがたい関係性だが、今はそこは捨て置かねばならない。

長峰麗香は根岸が殺されたことに衝撃を受けており、警察の聴取にたいして、根岸が殺される理由に心当たりはまったくないと言ったそうだ。ＩＴ関連の会社に勤める寛容な彼女の夫も、根岸を殺す動機を持っているとは言い難い。一応、彼のアリバイを調べてみたが、根岸が殺された晩には、海外出張に行っていたことが判明した。

「長峰さんの証言でちょっと気になることといえば――」

その捜査員はやや声を張った。

「マル害は、殺害される数か月前に奇妙なことを数回口にしたそうです」

心を許した愛人に根岸が語ったのは、実際妙なことだった。彼は長峰に「ある男が自分は人を殺したことがあると告白してきた」と面白そうに話したそうだ。

それをどのように理解したらいいのだろうか。生島も戸惑った表情を見せた。

「人を殺したことがある、だと？」

ひな壇の面々が顔を見合わせている。

「はい、そうです」

捜査員は緊張して白くなった顔を伏せて、メモに目を凝らした。

「長峰さんの話によると、マル害は実に愉快そうに話していたそうです。誰がそんなことを言ったのかと訊いても、笑って答えなかったそうです。その人物が語った殺人の詳細についても教えてくれなかったと」

「酔った上での与太話じゃないのか？」

「長峰さんも最初はそう思ったそうですが、どうもそういう人物に出会って親しくなったのは、本当のようでした。その後、何度も同じことを長峰さんに話したそうですから」

「誰なんだ？　そいつは」

「長峰さんの推測では、居酒屋かバーで知り合った人物ではないかということでした。マル害は酒の席で、面白がってその人物とかなり深い付き合いをしている様子だったと」

「自分が人を殺したと告白するなんて信じられんな。羽振りのよさそうなマル害に取り入ろうと、作り話をしたのかもわからんな」

「まあ、そうかもわかりません」

　捜査員は尻すぼみに小さな声を出して着席した。亜樹は考え込んだ。居酒屋で知り合ったのなら、根岸がよく行っていた赤羽の可能性が高い。だが、赤羽駅周辺で聴き込みを行った感触では、根岸はいつも一人で来て飲んで帰っていくというパターンのようだった。それとも亜樹たちが行かなかった店では誰かと親しくなったのだろうか。

　次に草野が報告に立った。彼はリンデラをクロモジから精製し、製品に仕上げている工場に行って、製造工程を調べてきたようだ。彼は亜樹に焚きつけられた、オリオン都市開発の出発点はリンデラという線を律儀に追っているようだ。彼の前職の専門性とも相まって、かなり熱心に調査してきていた。

　以前、亜樹に話したようなクロモジ精油という香料の抽出法、そこにホホバや柑橘、樹皮精油をどれくらいの割合で混ぜるかなどを専門用語を使って説明した。捜査員たちは、たいして熱心に耳を傾けているようではなかった。

「秋本氏がクロモジのコロンを思いついたのは、子どもの頃によく行っていた母親の実家の周辺にクロモジがたくさん生えていたからだそうです。田舎ではクロモジ精油に鎮静や抗菌の作用があると知られ、日常的に利用されていたそうです。きっと秋本氏もそこに目をつけたんでしょう」

そして根岸は、そのクロモジ精油に秋本に取り入るとっかかりとして目をつけたわけだ。草野の報告が終わると、別の捜査員が手を挙げた。彼の班は、行方が知れない秋本の資産について捜査している。

「秋本氏が所有していた不動産については、登記簿上はもう他人のものになっています。一部は妹名義に移されましたが、秋本氏名義の土地、家屋は現在はほとんど残っていません。そこに正式な売買契約が成立していたかは今のところ不明です。ところで秋本氏名義の土地が一件だけ四国にありました。それが母親の実家だった場所のようです。継ぐ人がいなくて秋本氏が引き受けたとのことでした。ですがずっと空き家になっているらしいです」

「母親の実家？　家があるなら、そこに秋本氏がいるのではないか？」

秋本を根岸が殺したのではという推理を、生島は受け入れかねているようだ。

「空き家だと聞いていますが、確かめたわけではないので」

「どこなんだ？　そこは」

「愛媛県です。愛媛県南部の大洲市です。大洲警察署に問い合わせてみましょうか？」

榎並がさっと手を挙げた。

「現地に行って調べてきたいと思います」

生島は、大崎管理官をちらりと見やった。管理官は背筋を伸ばして座ったまま、ゆっくりと立ち上がった榎並を見ていた。

「これも勘ですか？」

飛行機が松山空港に近づき、着陸態勢に入った時、亜樹は榎並に尋ねた。今は四月下旬で、平日とはいえゴールデンウィーク前の機内は混んでいた。

秋本の母親の実家のことを調べ上げてきた捜査員が言ったように、地元警察に問い合わせれば、そこが本当に空き家かどうかはすぐにわかるはずだ。実際に行ってみたいという榎並の真意がわからなかった。

たいした成果が上げられそうにないこの出張が認められたのはなぜだろう。捜査本部の幹部は、この男はやりたいようにさせておくのが得策だと判断したのだろうか。得体の知れない事故人材を捜査本部に組み込まれて、首脳陣も苦心しているのか。それとも大崎管理官には思うところがあるのだろうか。鑑取り八班が追う先に、何かがあると判断してくれたのならいいけど、と亜樹は考えていた。

亜樹の問いには答えず、榎並は逆に質問してきた。

「何で根岸は、秋本の母親の実家である家をそのままにしてあったんだろうな」

秋本が所有していた不動産を好き勝手に転売したり、登記を書き換えたりして利益を自分のものにしたのに、と榎並は続けた。

「田舎の土地は、大した値段では売れなかったんですかね」

少し考えてから亜樹は答えた。

「そうかもしれん」珍しく榎並は同意した。

「が、別の理由があるのかもしれん」

「別の理由？」

機体は薄い雲を突き抜けて降下している。榎並の肩越しに、瀬戸内海とそこに浮かぶ大小様々な島が見えた。

「野沢が言っていたろう？　根岸は秋本がリンデラの原料であるクロモジを採取するのについていったと。その土地は、秋本の母親の実家がある愛媛県ではないか。つまり根岸は、当時すでに秋本の所有になっていた空き家に行ったことがあったんだ」

「あ」

やっと榎並が考えていることに思い至った。もし秋本が殺されたとしたら、それは愛媛県大洲市にある母親の実家ではないか。

自分の資産がすっかり消えているのに気がついた秋本は根岸を問い質し、犯罪だと怒った。警察に訴えると言ったのかもしれない。

根岸は秋本をなだめ、言葉巧みに田舎の空き家に連れ出した。そこで凶行に及んだ。根岸があの土地にだけは手をつけないでいたのは、あそこに殺人の痕跡が残っているからでは？　いや、場合によっては秋本の死体が埋まっているのではないか。あの土地が他人のものになれば、隠しているものが露わになってしまう。

榎並は野沢に目を付けて追い詰め、今度は大洲の空き家に着目した。この先には何があるのだろう。素知らぬ顔で窓の外を眺めている榎並の横顔を、亜樹はつくづくと見た。

滑走路に着陸した機体が衝撃を受けて弾んだ。機体はゆっくりと駐機場に着いた。亜樹は気を取り直してシートベルトを外した。

今回の出張にあたり、愛媛県警本部には連絡を入れてある。捜査共助の指示は、県警から大洲署に伝わっているはずだ。松山から大洲までＪＲ特急で三十分ちょっとで行けるので、昼過ぎには着いた。大洲駅前に大洲署の警察官が迎えに来てくれていた。

「ご苦労様です」

「こちらこそ、すみません」

捜査本部も初めてなら、捜査目的での他県への出張も初めてだ。亜樹は、瀧本《たきもと》と名乗った警察官に頭を下げた。小柄で童顔だが、思慮深そうな目からは老練な印象も受ける。年齢不詳の男は刑事課の刑事だという。

「署にお寄りになりますか？」

「いや、直接現地に行きたい」

榎並の言葉に、瀧本は「わかりました」とハンドルを切った。

東京の捜査本部の捜査員の出張の趣旨を瀧本はよく心得ているようだ。大洲駅から秋本の母親の実家まで二十分あれば着くという。

「お知らせをいただいてから調べてみましたが、あそこはもう四十年以上誰も住んでいませんでした。一応、行ってみましたけど、もう家屋も傾いてしまって見る影もありませんよ」

標準語でしゃべってはいるが、瀧本の言葉には独特の訛《なま》りが感じられた。

「そうですか。ありがとうございます」

亜樹は礼を述べた。

東京から来た捜査員がそれ以上語らないので、瀧本も口をつぐんだ。市街地はすぐに抜け、どんどん山の方に向かっていく。大洲市というところは盆地なので、周囲は山だ。山といってもそう高くはない。比較的なだらかな山が連なっている。その一つに向かって瀧本は車を走らせた。

「着きました」

彼が車を停めたのは、だらだらした坂道を上った地点だった。細い道路端に寄せている。

「敷地はどうにも荒れてしまっているので、車を入れる場所がないんです」

亜樹と榎並は、後部座席から降りた。瀧本が示す場所は、実際ひどく荒廃していた。背の高い雑草が前庭にはびこり、その向こうに軒の落ちそうな純和風の平家が立っていた。家の周囲には、よく垣根で見かける赤い葉先の低木が植えられていた。昔はきちんと手入れされた垣根だったのかもしれない。木製の門だけはしっかりしている。門には表札が埋め込まれており、かろうじて「加地《かじ》」と読めた。秋本の母親の旧姓だろう。

少し離れたところにもう一軒家が見えたが、瀧本によるとそこも空き家だという。ここは数軒の集落だったらしいが、集落自体がなくなって久しい。家は打ち捨てられたままだという。

「この辺は不便ですからね。土地も痩せているし。畑をやって細々と暮らしていた年寄りが亡くなると、跡を継いで住む人はいなくなってしまって」

説明を聞きながら榎並は躊躇することなく敷地内に足を踏み入れる。亜樹もその後を追った。玄関ポーチの前時代的なタイルは割れて、その間からも雑草が生えていた。当然だが玄関には鍵がかかっている。無駄だとわかっていたが、一応「ごめんください」と声をかけてみた。いくら待っても応答はない。

三人は諦めて家屋の脇に回った。窓は雨戸が閉まっていて、中を窺うことはできなかった。榎並が雨戸をガタガタ鳴らしてみたが、びくとも動かない。家が歪んで建て付けが悪いか、レールが錆びついているのだろう。

そう大きな家ではないので、すぐぐるりと一周できた。敷地は広い。ざっと見た感じ、二百坪はありそうだ。家の横に納屋のような建物があった。雑草を掻き分けて近づいた。納屋の引き戸はなんとか開いた。暗さに目が慣れると、朽ちた農機具や莚《むしろ》や縄、大きな木樽などが置いてあるのがわかった。壁にずらりと鍬《くわ》や鎌、ツルハシやシャベルが掛けてあるのを、榎並はじっと見ていた。

　いずれこの家を調べなければならないだろうが、どんな理由で捜索許可を取るのだろう。ただの推察だけでは難しい。確たる証拠をつかまなければ無理だ。そんなことを、亜樹は考えていた。

「この家に人が出入りしていたという目撃情報は取れないか？」

　榎並の背後に立っていた瀧本は顔を曇《くも》らせた。

「この近くに人が住む家はもうありませんから、それは難しいと思います。この辺は本当に辺鄙《へんぴ》なところで。この上にホテルはありますが、とてもここを窺えるような場所ではないので」

「ホテル？」

「ええ。ずっと前は県立青年いこいの家という厚生施設みたいな宿泊所やったんですが、今はウッドペッカーホテルというまあまあしゃれたホテルになっています」

　東京から来た捜査員の手前、「まあまあしゃれた」と形容する瀧本がおかしかった。

「なーんにもないとこですが、そこがええのか、宿泊客は途切れないようです。星の観察には適しとるとか。なにせ、この辺は夜になると真っ暗ですから」

　緊張がほぐれてきたのか、方言が混じりだした瀧本は饒舌になった。森林浴やバーベキューなど、自然を堪能できるのがウッドペッカーホテルのウリだそうだ。ホテルの近くには、流星広場という星空観察に適した場所も整備されているらしい。

　瀧本の説明を聞きながら、加地家の外に出た。車を停めた場所まで戻ると、細い道路がずっと先まで続いていた。榎並がぶらぶらと道路を歩きだしたので、亜樹と瀧本も後に続いた。新緑に覆われた山の中だ。深く息を吸い込むと、苦しいほどの濃い酸素が肺を満たした。道は緩いカーブを描いている。道路の片側の斜面は少しずつ高くなっていくようだ。

「あ、これ」浅い緑の葉をつけた低木を斜面に見つけて、亜樹は指差した。

「これ、クロモジです」

急いでスマホを取り出して、クロモジの画像を表示した。草野とクロモジを調べていた時、何度も目にした画像だ。榎並が寄ってきて、画像を熱心に見た。瀧本は何のことかわからず、ぼんやりと立っている。こんな地味な樹木など見慣れているといった様子だ。よく見れば、その辺りにはたくさん生えていた。低山や雑木林の中に自生している木だということは、亜樹はすでに知っていた。だが実物を目にすると気持ちが昂った。

「やっぱりここへ来たんですよ。秋本さんと根岸は」

榎並は何とも答えず、また歩きだした。クロモジが生えていた斜面はどんどん険しく高くなり、そのうち土と岩が露出した崖になった。

「この崖の上には遊歩道が通っていて、ホテルから流星広場まで行けるようになっているんです」

崖の上には森があるようだ。こんもりと繁った樹木から突き出した枝が風に揺れている。人の気配の消えた今は、道路もあまり通行がないようだ。それでも道端には電信柱が立っている。都会では見ることのない木の電信柱だ。汚れた笠の蛍光灯がついているものがあるということは、この先には人家があるのだろうか。今も夜になると道端の蛍光灯がぼんやりとでも灯るのかと亜樹はその侘《わび》しい光景を思い浮かべた。反対側の崖は見上げるほど高くなった。

もうそろそろ引き返した方がいいのではないかと思い始めた時、榎並がふと足を止めた。電信柱から少し離れた道端に、丸まったセロハン紙が落ちていた。自然のものだけしかない場所で、浮いて見えた。亜樹は近寄ってかがんでみた。セロハン紙の中に枯れた花があった。風雨にさらされて、もはや何の花だったのかは定かでない。道端に供えられたように置かれた花束。しばらく亜樹はそれを見下ろしていた。

「戻ろう」

榎並の一言で、三人は踵を返した。亜樹は一度だけ振り返って朽ちた花束を見た。風が吹いてセロハン紙がかすかに揺れていた。

車を停めた場所から見ると、木立の向こうに遊歩道が見えた。崖の上にある流星広場に続く遊歩道なのだろう。木立の向こうに回ってみると、細かい石畳が敷かれた道が、上り坂になって続いていた。

「まあ、せっかく来たんだから、そのホテルへ行って聴き込みをしてみるか」

榎並の指示に従って瀧本は車を出した。彼が言う通り、ホテルはかなり離れていた。ホテルへの進入路が長いし、門を入ってから建物までも結構あった。瀧本は、正面玄関の前に車を付けた。

午後一時のホテルは、チェックアウトも終わったのか、落ち着いていた。フロントに寄っていくと、スタッフが「いらっしゃいませ」と笑顔を向けてきた。亜樹は警察であることを告げた。

「このホテルの下に人家がありますね。そこに人が出入りしていたかどうか知りたいんです」

フロント係は戸惑った顔を見せた。当然の反応だろう。ここで勤務している人に、遊歩道の向こうにある家のことなどわかるはずがない。

「それはちょっと……」

案の定、フロント係は口ごもった。さらに困惑するだろうなと思いつつ、亜樹は続けた。

「私たちが知りたいのはもう三十年も前のことなんです」

「三十年――」

フロント係は絶句した。瞼《まぶた》が重そうに垂れた瞳で見返すこの人はそう若くはないが、そんなに昔のことなど心当たりはないだろう。しかも瀧本の説明によると、ホテルの経営母体も名称も変わっている。カウンターに片肘《かたひじ》を置いた榎並も期待はしていないという顔をしている。

礼を言って引き下がろうとした時、和田というネームプレートを付けたそのフロント係が言った。

「それでは刑事さんは、あの事故のことを調べていらっしゃるんですか？」

「あの事故？」

「ええ。今月の初めにいらっしゃったお客様に訊かれたんです。三十年前、崖から転落して亡くなった大学生がいたと聞いたことはないかって」

亜樹の頭に、さっき見た風に揺れるセロハン紙が浮かんできた。


亜樹は、目の前に座った中年男性をじっと観察した。

ウッドペッカーホテル内の小会議室。隣に座った榎並も同じように相手を見ていた。南田と名乗った男が差し出した名刺には、「(有）ミナミダ海産　社長」とあった。

ウッドペッカーホテルのフロント係からもたらされた情報に、榎並も亜樹も瞠目《どうもく》した。ついでに立ち寄った場所で、こんな情報が得られるとは思ってもみなかった。三十年前、ここがまだ県立青年いこいの家と呼ばれていた時、遊歩道の先の崖から女子大学生が転落する事故があったという。

さらに驚いたことに、四月に入ってすぐ、その時夏合宿をしていた元大学生三人がホテルに泊まりにきたらしい。三十年前の夏といえば、秋本が姿を消した時期だ。そして榎並は、秋本は根岸によってあの家で殺されたと睨んでいる。この符合をどうとらえるか。ただの偶然かもしれない。だが、そうではないかもしれない。

「当たってみる価値はあると思います」

亜樹の進言に榎並も頷いた。捜査の方法がだんだん嚙み合ってきたなと思いつつ、亜樹はフロント係に件《くだん》の客の連絡先を訊いた。代表者として記入されていたのが、今向かい合っている南田だ。電話で捜査内容をかいつまんで話すと、南田は驚いた様子だった。口を閉ざして考え込んだ後、すぐに大洲まで行くと言った。言葉通り、彼は松山から車を飛ばして一時間でやってきた。

そこまでの反応をする南田に、亜樹も緊張した。何かあるという気がにわかに湧いてきた。複雑な話になるかもしれないから大洲署に移動しようかとも思ったが、やはり現地で話を聞いた方がいいと思い直した。和田に頼んで部屋を貸してもらった。

亜樹は南田にわざわざ来てくれた礼を述べた。三十年前、大学生だった男は、年相応に顔に皺が寄り、体に脂肪を蓄えた中年男になっていた。

「三十年前の夏、このホテルの前身の施設で何があったか詳しく聞かせてくれませんか？」

そう促すと、南田はおもむろに口を開いた。

この場所で行われていたのは、松山大学マンドリンクラブの夏合宿だった。夜の合奏練習の時、コンサートミストレスだった四年生の女子学生が、楽曲の解釈で指揮者と言い争いになり、一人で外に飛び出していった。練習が終わっても戻って来ない彼女を捜していたところ、崖から転落して絶命しているのを見つけた。第一発見者は、彼女と諍いになった指揮者だという。

その時の詳しい様子を、南田は語った。亜樹はメモを取りながら、熱心に聞いた。榎並も相当に興味を引かれた様子だ。亜樹が朽ちた花束を見つけたことを告げると、南田はそこがまさに篠塚という名前のコンサートミストレスの遺体が発見された場所だと言った。二十日ほど前、南田を含む元部員三人がそこを訪れたのだと告げる。

「で？　刑事さんは何を知りたいんですか？」

南田がここまで来たのは、警察が何を捜査しているか知りたいからだろう。南田たちは、どうも篠塚が崖から転落した顛末《てんまつ》に不審感を抱いているようだ。「ちょっと外の空気を吸ってくる」と出ていった彼女が、なぜあんなところで足を踏み外したのか。三十年前は、流星広場もなく、今よりずっと暗かったはずだ。若い女性が森の中に足を踏み入れること自体、あり得ない気がした。

どこまで南田に話していいものか。亜樹は判断しかねて榎並を見やった。

「三月二日、東京赤羽で一人の男が殺されました」

榎並がゆっくりと話し始めた。ここが正念場だと判断したように、真剣な横顔だった。亜樹も核心に近づいているという感触をつかんでいた。何の根拠もないのに、自分たちは強引に大洲に出張して来た。捜査本部は、半ば榎並に押し切られた格好だ。今も秋本の失踪と女子学生の転落死を結びつけるものはない。ただ時期が同じだったというだけだ。

だが、ここには何かがある。榎並が言った「勘」の意味がわかりかけた。刑事になって初めて覚える感触だった。榎並が南田に話す内容に耳を傾けつつ、亜樹はそっと身震いした。

根岸の殺害事件の捜査は行き詰まっている。鑑取り班の自分たちは、根岸の過去を洗う任務を課せられた。そこで浮上してきた秋本一雄という男。裕福だった彼の資産はバブル期に消滅し、根岸の創業資金に化けた疑いが濃い。三十年前、秋本は気にかけていた妹を残して奇妙な失踪を遂げた。自分たちは、秋本が根岸によって殺害されたのではないかと睨んでいる。榎並はそこまで率直に話した。理路整然とした話しぶりだ。今まで亜樹に聴取を押し付けながらも、彼はそばできちんと頭を働かせていたのだ。

なぜ自分たちが大洲まで来たかという理由を語った時、南田の顔色が変わった。

「この近くの家でその秋本という人は殺されたというんですか？」

「証拠は何もないんです」亜樹はたまらず口を挟んだ。

「だが、その可能性は高いと思う」

榎並は、遊歩道の向こうの空き家が、秋本の所有地なのだと説明した。根岸もそこに来たことがあって土地鑑がある。人里離れた場所にある空き家。三十年前の夏。

南田は顔を上げ、相対した刑事の背後の壁をじっと凝視した。長い沈黙の後、彼は言った。

「その場所に行ってみましょう」

三人は腰を上げた。ホテルのロビーのソファで、手持ち無沙汰な瀧本がぽつんと座っていた。三人を見つけると、さっと立ち上がる。

「もう一回さっきの家に行ってみる」

榎並の言葉に瀧本もついてきた。今度は歩いてホテルへの進入路へ向かった。南田は一度振り返ってホテルを見た。大幅な改装がされてはいるが、建物自体は昔のままだという。彼は、篠塚というコンサートミストレスがたどった道を頭の中に描いているのだろうか。もしかしたら、夜の道を下っていく女子大生の姿を見ているのかもしれない。

「ここはグラウンドだったんです。あの晩は照明が点いてグラウンドを照らしていた」

南田は、門の内側の広い植栽部分を指して呟いた。木々の間に数軒のコテージの屋根が垣間見えた。

新しく整備された遊歩道の入り口に来た。石畳のモダンな遊歩道が、ずっと先まで続いている。

「あの当時もここは遊歩道と呼ばれていました。けど、ただの山道だった。篠塚は——」

そこで言葉を切る。榎並は遊歩道から木立を透かしてみている。木立の向こうに、さっき歩いた廃れた道路が見え、さらにその先に空き家の姿が見えた。

「ここからなら、あの家の様子は見えただろうな」

「でも夜ですよ」

「グラウンドの照明が届いていたんじゃないのか?」

「それにあの晩は満月でした。とても明るい——」

南田も腰をかがめて空き家を窺った。そしてそのまま歩を進めて家に近づいた。

「あの当時からここに人は住んでいなかったようです」

亜樹の説明に、南田は大きく頷いた。

「高木は助けを求めてここらの家に飛び込んだらしいです。でも誰もいなかったので、走ってここの家まで戻ってきた」

高木とは飛び出していった女子学生を捜していて、彼女が崖から転落しているのを見つけた指揮者だ。篠塚と言い争いをした張本人でもある。南田は悲しそうに首を横に振った。

「あいつは自責の念に苛《さいな》まれていましたよ。言い争いがなければ篠塚は外に出ていくこともなく、死ぬこともなかったと、ずっと言ってました」

「その人にお会いして話を聞きたいのですが」

榎並の申し出にも、首を横に振る。高木は、篠塚の死によほどショックを受けたらしく、卒業を待たずに大学を退学し、皆の前からも姿を消したという。

「篠塚とは特別な絆で結ばれていましたからね。ただの指揮者とコンミスの間柄というだけでは説明できないもので」

「恋愛感情を持っていたと？」

「いえ、そういうわけでもありません。音楽でつながった仲間なんですが、そういう一括りでは表せない関係でした。深い信頼関係で結ばれていたというか――、少なくともあの時点では、お互いなくてはならない存在だったと思います。だからこそ、言いたいことを言い合って争いにもなったんです」

調べに当たった大洲署員に、篠塚を突き落としたのではないかと疑われたことも、彼を失意のどん底に追い込んだのだと、南田は瀧本をちらりと見やって言った。

誰にも告げずに大学を去った彼の喪失感、傷心は深いものだったと、その時皆は改めて認識したのだという。

「それ以来、誰とも連絡を取っていません。あんなことがあって、あいつの人生は大きく変わったんやろうな」

四人は黙って遊歩道を上がった。流星広場には誰もいなかった。南田の案内で崖の突端まで行った。そこから下を覗くと、少し先に見憶えのある電信柱が立っていた。篠塚は、あの辺の崖から転落したのだと南田は説明した。当時広場はなく、この辺りは鬱蒼《うっそう》とした森だったと言った。

「だからおかしいと思ったんですよ。慎重な篠塚が満月の晩だからといって森の中に入っていくなんて」

「誰かに追われていたとしたら？」

とうとう榎並が疑念を口にした。南田の顔に緊張が走った。

「我々は、三十年前の夏、さっき見た家で殺人が行われたと考えている」

瀧本がわずかに身を揺らし、彼の足下の砂利《じゃり》が鳴った。

「三十年前の夏というだけで、はっきりした日時はわからない。だが、もしあなた方の合宿中にその凶行が行われていたとしたらどうだろう。篠塚という学生が夜に一人で外に出る。遊歩道を上がっていこうとした時、あの家の異変に気づいたとしたら？」

南田は、これ以上ないというほど目を見張り、ぐっと唾を呑み込んだ。彼の喉仏がゆっくりと上下する。

「つまり、こういうことですか？　篠塚は、あの家で人が殺されるところを目撃したと？」

「あるいは死体を埋めているところを」

くっと喉を鳴らしたのが自分だとは、亜樹はすぐには気づかなかった。

「犯人も彼女に見られたことに気がついた。そして――」

南田はそれ以上を言うことは到底できないというように、口をつぐんでしまった。

そして犯人である根岸は、彼女を追いかけた。遊歩道を逃げた篠塚は崖に追い詰められて根岸ともみ合いになり、転落して命を落とした。亜樹は南田が口にできなかったことを想像した。

「篠塚さんが練習場を出ていってから発見されるまで、どれくらいありましたか？」

南田は記憶を探るようにしばらく考え込んだ。

「練習を最後までやって後片付けをするのに一時間以上はかかったと思います。それから高木が捜しに出て、後の者も手分けして――」

結局二時間近く経った後に、高木が駆け込んできて篠塚の身に起こったことが判明した。それなら根岸は、悠々と後片付けをして逃げおおせたのではないか。

「そういえば、篠塚が落ちた崖の上は踏み荒らされていて、あれはもみ合いになった跡のようにも見えたな。結局は足を踏み外した跡ということになったんですが」

「他に気がついたことは？」

また南田は考え込んだ。二本の指が忙しく顎をこすった後、何かに思い当たったように、急いで顔を上げた。

「高木は、駆け込んだ空き家の一軒には、人の気配がしたと言っていた気がします。でもどれだけ大声を出しても応答がなかったらしいです。今、それを思い出しました」

南田は、蘇る記憶をたどるように、視線を宙に泳がせている。

「道の上に倒れていた篠塚を見つけて、僕は彼女を抱き上げたんです。まだ温かかった」

悲痛な顔を刑事に向ける。その時の感触が鮮明に浮かんできたのだろう。

「森の中を抜けてきた彼女は、やっぱり森の匂いがしました。濃い緑の爽やかな匂い。血塗れで死んでいるのに、そんな匂いが気になるなんて――。でもそうなんです。篠塚の洋服には樹木の匂いが染みついていました」

目を赤くしてうつむいた南田を見ながら、亜樹は急いでバッグに手を入れてリンデラの細い容器を取り出す。

「この匂いじゃなかった？」

自分のジャケットの袖に吹きかけ、南田の前に腕を突き出した。一瞬戸惑いを見せた南田は、おずおずと顔を亜樹の袖に寄せてきた。

「ああ――」

南田の太い眉が下がって、泣いているような表情になる。

「この匂いだ。あの時、篠塚の体から立ち昇っていたのは」

午後五時半を回った頃、瀧本の運転で大洲署に向かった。

南田とはウッドペッカーホテルで別れた。またいつでも話を聞けるように、携帯番号をしっかり聞き出した。傾きかけた太陽の光を浴びながら、彼が乗った黒いステップワゴンは、坂道を下っていった。

「三十年も前の調書が残っているかどうか――」

運転をしながら瀧本は首を傾げる。警察資料は、事件記録でも保管期間は十年と決まっている。だが規定通りきちんと処分されるとは限らない。未解決の事件や重大事件に関わる資料、また以後の参考になる資料などは当然長く保管されている。その選別や保管期間は、それぞれの警察署の裁量にまかされているというのが実情だ。事故扱いのものはもう残っていないのではないか。

「田舎の警察には、案外残っているもんさ」

榎並は気安く言った。「田舎の警察」と言われた瀧本は、気を悪くしたようでもなく、しきりに資料が残っているといいがと心配している。篠塚が事故死した時、大洲警察署が現場検証に入った。第一発見者の高木や南田も署で詳しい事情を聴かれたという。その時の調書が、どうしても見たいと榎並は言った。亜樹も同感だった。榎並の推測を裏付けるものが欲しかった。今のままでは、この情報を捜査本部に持ち帰っても疑いの目で見られるだけだろう。

大洲署は、国道五十六号線沿いにあった。二十二年前に今の地点に新築移転したと聞いて嫌な予感がした。移転時に古い資料は処分されてしまったのではないか。瀧本が資料管理係に話を通してくれ、資料室に案内された。かなり広い部屋にスチール棚がずらりと並んだ場所だった。ファイルに入れられて整然と並んでいるものもあれば、段ボール箱やプラスチックケースに押し込んであるものもある。フェルトペンでタイトルや発生日時が書きこまれてはいるようだが、ざっと見た感じでは保管状況はいいとは言えない。窓のない部屋の中もいやに埃っぽい。

「すみませんねえ。うちのような田舎の警察では、デジタルデータに置き換えるとか、そういうことがなかなか進まんのです。で、このありさまで」

案内してくれた資料管理係がぺこぺこと頭を下げた。管理係といってもそれを専業としているわけではなく、他の仕事と兼務しているらしい。現在の建物に移ってきた時も、古い警察署にあった資料をそのまま搬入しただけだと言い訳をした。それを聞いて、亜樹は俄然やる気になった。榎並とともにスチール棚の奥へ入っていった。古い資料は奥の方に保管されているらしい。

「あとは私たちでやりますから」

スチール棚を見上げながら入り口に向かって怒鳴ると、資料管理係の警察官はまた謝りながら去っていった。瀧本は残って手伝いをしてくれた。背の低い彼は脚立を持ってきて、熱心に箱やファイルを抜き出していく。

「えっと……、三十年前というと一九九四年ですね？」

「そう。八月五日ね。その前後」

南田から聞いたマンドリン合宿の日にちを頭に思い浮かべながら、亜樹は答えた。昔の資料が入った箱に、年月は記載してあるが、中身は整理されておらず、ラベルのないものもある。

別の棚を当たっている榎並は答えもしなかった。たっぷり一時間は経った時に、目当ての資料を見つけたのは瀧本だった。古びた一冊のファイルにまとめられた資料を、三人は資料室の隅にある机に広げて見た。まだ手書きのものが多かった。捜査報告書、供述調書、鑑識報告書、死体検案書、現場写真に三人は見入った。

篠塚瞳は、駆け付けた救急車で運ばれたので、写真は道路の上に人の形に描かれた白い線と、黒い血液を写し取っているのみだった。現場を実際に見ているだけに、その場に倒れていた女性の姿は容易に想像できた。蛍光灯のぼんやりとした明かりに照らし出された若い女性は、両目を開けていたという。崖の上から篠塚を見つけた部員たちには、こちらを見上げているように感じられただろうか。助けを求めているように？　でももうその時には彼女の息はなかったのだ。

死体検案書によると死因は外傷性脳幹損傷だった。榎並はせわしなく資料をめくった。興味を引かれたのは、部員数人の供述調書だった。特に第一発見者の高木圭一郎のものは目を引いた。南田の話では、彼は直前に篠塚と激しく口論をしており、そのせいで篠塚を追いかけていって崖から突き落としたのではと疑われたという。そうした予備知識を頭に入れて読むと、彼の供述は重要だった。彼は篠塚が倒れているのを見つけた直後、二軒の空き家に駆け込んだとも言っていた。南田の話からすると、おそらくは加地家にも助けを求めたのではないだろうか。

手書きの文字を、榎並の指が追っていく。それにつれて亜樹も瀧本も、高木の調書を読んだ。

「これは――」

亜樹はつい言葉を発した。榎並も珍しく唸った。

高木の調書にはこうあった。篠塚のところまで崖を滑り下りて抱き上げた。顔を近づけて何度も名前を呼んだが反応はなかった。それで急いで下の道路を駆け戻った。月明かりに、数軒の家が見えた。初めに駆け込んだ家は真っ暗で明らかに人が住んでいなかった。道路に戻って少し離れた人家に駆け込んだ。

「そこには人がいると思った」と高木は供述していた。なぜなら家の中に電灯が点いていたからだった。庭も明るく照らされていた。「工事現場にあるような白熱投光器が灯されていて、家屋の裏を照らしていた」と。家の後ろで何か作業をしていると思った高木はそこへ回り込んだ。しかし誰もいなかった。

今度は家の玄関へ行って、引き戸を激しく叩いた。それでも誰も応答しなかったという。「誰かいたはずなんだ」と高木は言い募ったらしい。「玄関の柱に湿った土で手形がついていたから」と。「左手の薬指が欠けた手のひらだったからよく憶えている」

その部分を読んだ亜樹と榎並は思わず顔を見合わせた。

警察は、高木が自分の犯行を隠すために嘘をついているのではないかと疑ったようだ。彼の供述を裏付けるために、翌朝二軒の空き家を訪ねた。篠塚の死に事件性がないか慎重に捜査を進めた様子が窺える。

捜査報告書には、加地家には高木が申し出たような形跡はなかったとある。すなわち高木が見たという投光器はなく、家の中に明かりも点いていなかった。玄関には鍵がかかっていた。写真が数枚添付されていた。家屋の全容、家の裏手を写したもの、それから玄関脇の柱。そこにだけは高木の証言を裏付けるものがあった。

黒土で汚れた手のひらの形が木の柱に付いていた。手のひらには薬指が途中までしかなかった。

「榎並さん――」

体が震えるのを、亜樹は抑えることができなかった。

その当時の捜査員は、この意味を理解できなかったろう。これが、左手薬指が欠損した男が残した刻印で、その男はまさにあの晩、殺人を犯してその証拠を隠滅していたのだ。

亜樹は加地家の構造を頭に思い浮かべた。家屋は崖下の道路に平行に建っていた。もし裏手が煌々と明るく照らし出されていたのなら、遊歩道の入り口からも木々を通して見えたに違いない。遊歩道を上がろうとしていた篠塚にもきっと見えた。彼女は遊歩道から一段下にある道路を横切って、木立の前まで行ってみた。そしてたぶん、根岸が家の裏手に穴を掘って死体を埋めているところを見たのだ。同時に根岸の方も自分の凶行を若い女性に見られたことに気がついた。

泥だらけになりながら一心に死体を埋めようとしていた根岸は、道具を放り出して彼女の後を追った。篠塚は叫び声を上げながら必死に遊歩道を駆け上がり――、そして森の中に逃げ込んだ。根岸も必死だ。彼女の口を封じなければ、自分は破滅だ。森の中を走り抜ける女子学生に追いついて、崖でもみ合いになる。そしてとうとう篠塚を突き落とす。

根岸は彼女がこと切れたことを確かめただろうか。しばらくは死体のそばにいたかもしれない。かがみ込んでただ見つめ、呼吸が止まるのを冷酷に待っていたか。

崖下に倒れていた篠塚が見つかるまで、それから二時間近くはあっただろう。南田の話では、彼女が出ていってからも練習は続行され、皆で手分けして捜し始めたのは一時間以上経ってからだった。施設の外に捜しにいった高木が篠塚を見つけて駆け込んできたのは、さらに数十分後だったという。

だから根岸は、家に戻ってやりかけた作業を続けることができた。秋本の死体を埋めて土を均《なら》したのだ。やっと作業が終わった頃、若い男が家を訪ねてきた。根岸は呼びかけには応えず、じっと息を殺していただろう。男の慌てた気配から、崖下の女性が見つかったのだと察した。

男が諦めて去った後、大急ぎで片付けて犯行現場を後にした。ただ一点、玄関脇の柱に自分の特徴的な手のひらの跡を残したのを失念した。いや、もう一つあった。篠塚ともみ合いになった時、彼女の衣服にリンデラの香りを移した。あの匂いは、嗅いだ者に強い印象を与える。三十年経った今でも、南田の記憶から立ち上がってきたように。

　警察に長く拘束された後、高木は解放された。彼の供述には現場の状況と合致しないところもあったが、捜査の結果、高木が同期の女子学生を殺害したという容疑は払拭《ふっしょく》された。篠塚の死は事故だと断定されたのだ。

　榎並と亜樹は、見つけた古い資料を持ち出した。これを三十年間も手つかずで保管してくれていた大洲署に感謝したかった。資料を捜査本部へ持ち帰る手続きをした時には、もうすっかり日が暮れていた。長かったが、収穫は多い一日だった。まさかこんな展開になるとは。三十年前の転落死と今回の殺人事件はつながっている。

　大きく息を吐いた後、疲れも見せず飄々とした風情の榎並を、また亜樹は見やった。

　瀧本が気を遣って、近所の食堂から出前をしてもらったあんかけ焼きそばを、会議室で三人で食べた。それで朝から何も口にしていないことに気づいた。とろりとした濃厚なあんが胃袋に沁みた。

　捜査の概要を聞いた瀧本も興奮していた。

「すごいことになりましたね。それほどの捜査にちょっとだけでも力添えできたことを誇りに思います」

「瀧本さんがよくしてくれたおかげです」と感謝すると、瀧本は恐縮した。温かい焼きそばを食べているせいで、額に汗が浮いて光っている。

「いやあ、ウッドペッカーホテルで三十年前、大学のマンドリンクラブの事故があったことを聞き出せたのは大きかったですね」

「ラッキーでしたね。私、今までマンドリンなんて楽器のこと、よく知らなかった」

亜樹は箸を置いて、スマホを取り出し、マンドリンを検索してみた。丸い胴に八本の細い弦が張ってあった。二本が一対でこれをトレモロという奏法で奏でるようだ。

「あっ!!」

亜樹が出した大声に、瀧本が口に入れたそばを呑み込みかけて噎《む》せた。

「榎並さん、これを見てください」

顔を上げた榎並の目の前にスマホを突きつける。

「ピックですよ。マンドリンを演奏するピック」

表示されているのは、きれいなハート形をしているマンドリンのピックだった。

「あれは犯人の署名行為《サイン》だったんですよ」

犯人は、自分がしたことを隠す気などなかったのだ。初めからマンドリンに関係していると公言していた。

南田が言っていた。親しかった四人は、篠塚の形見をもらったと。彼女の愛用のピックをもらい受けたのは、高木だった。篠塚の死の直前、激しく口論した指揮者であり、事故の第一発見者であり、加地家の空き家に助けを求めて駆け込んだ男。今も行方が知れないという高木こそが、殺人現場にサインを残していったのではないか。

亜樹は、ハート形のピックの画像をいつまでも見つめていた。

第九章　星の精

　榎並と亜樹の報告を受け、すぐに捜査本部は動いた。二日後には態勢を整えて、本庁の生島係長を指揮者として、捜査本部から六人が大洲に派遣された。もちろん榎並と亜樹も彼らと合流し、捜索に加わった。

　大洲署の協力を得て、加地家の庭で捜索が行われた。高木の供述調書によると、投光器が照らし出していたのは、家屋の裏手だった。その部分を広くブルーシートで囲って、人海戦術で掘り起こした。農家の庭は広い。裏庭だけでも五十から六十坪はありそうだった。雑草や灌木《かんぼく》も繁っている。朝の七時から始めて、埋まっているものを見つけたのは、午後三時を回った頃だった。人の骨だった。長い年月、土の下にあって黒ずみ、ばらばらになっていた。大洲署の鑑識員が、見つけたままの状態で鑑識作業を行い、写真を撮った後、それらは丁寧に掘り出された。

　白骨は警察車両で東京へ送られた。翌日、加地家の内部も捜索されたが、目ぼしいものは発見されなかった。内部はタヌキかハクビシンかわからないが、小動物が侵入した形跡もあって荒れ果てていた。長い間、誰もここへは来ていないことが窺えた。

　瀧本が、加地家の元隣人という老人を捜し出してくれていた。その人から聴取もしたが、実のある話は聞けなかった。加地家にまだ家族が住んでいた六十数年前、母親に連れられて子どもだった秋本一雄が来ていたことだけは憶えていると彼は言った。自然に溢れたこの地で過ごしたことが、後に秋本にクロモジ精油のコロンを作るヒントを与えたのかもしれない。

「やりましたね、榎並さん」

松山空港へ向かう警察車両の中で、亜樹は興奮していた。大洲署の交通課の若い巡査が運転する車の後部座席に、榎並と並んで座っていた。

「まさか本当にあの家の敷地内から死体が出てくるとは思いませんでした」

榎並が黙り込んでいるのも気にならない。亜樹はまくしたてた。

「これで一気に捜査が動きますね。マル害が殺される理由は、本人が過去に犯した殺人にあったんですね。とんでもない人間だったわけですね、根岸という男は」

「黒光」榎並が口を開いた。

「お前が刑事を志した動機はわかった。だが、実際の捜査にくだらん感情を持ち込むな。現場では頭を冷やせ。真実を冷徹に見通す目を養え」

亜樹は暗い車内で目を見開いた。まさか榎並から捜査法について忠告されるとは思わなかった。一瞬言葉に詰まったが、自分を落ち着かせるために大きく息を吸い込んだ。

「わかりました」

亜樹は静かに答え、前を向いた。少し伸び上がるようにして背後を窺う運転手の両目がルームミラーに映っていて、亜樹と目が合うと、彼は急いで居住まいを正し、フロントガラスに向き直った。

古い白骨が誰か特定するのには日数がかかるということらしい。ＤＮＡがうまく採取できるかどうかも定かでない。ＤＮＡが採取できたら、行方不明者の妹である宥子のものと比較し、血縁関係があるか調べられる。捜査本部は、榎並と亜樹の推測をおおむね支持していた。

鑑取り八班が無理やり行った地方出張が、捜査を大きく進展させた。捜査は三期に入ったが、皆熱を帯びていた。世間はゴールデンウィーク真っ只中だったが、捜査本部には関係なかった。捜査員たちの榎並を見る目も変わった。今までは深く関わることを避け、扱いに戸惑っていたのに、彼が次にどこに目をつけるか、どんなことをするのかと気にしている様子が見て取れた。

榎並も少しだけ変化した。何もかも亜樹に任せて捜査会議でも発言しなかったのに、発言の機会も増えた。その分、亜樹の出番は減ったわけだが、気にならなかった。

「今回、大洲署が古い資料を保管していたのが功を奏したわけか。資料をきちんと管理して規定通り年月の経ったものを処分していたら、こうはいかなかったわけだな。田舎の警察のずぼらさに感謝するべきかな」

いい結果に気をよくした杉本署長が軽口を叩いた。すると榎並がすっと立ち上がった。

「大洲署の資料保管状況は決して良好とはいえませんでした。目的の捜査資料を捜し出すのには時間がかかりましたから。しかし残っていたものは完璧でした。当時の事故の様子や捜査の手順、写真などの証拠品を目にすることができたことは大きかったと思います。こうした物的証拠は、署によっては行方が知れなくなることもあります。うっかりミス、あるいは誰かが意図的に隠匿してしまうということが発生していて、うやむやにされております。大洲署の怠慢さをあげつらうより、大事な資料を紛失してしまった関係機関の管理体制を問うべきだと思います」

杉本署長は、目を白黒させている。まさか自分のちょっとした発言に本庁の刑事が嚙みついてくるとは予想していなかったのだろう。亜樹にしても、榎並が捜査資料の保管について意見を述べた意図がわからなかった。窓のない埃っぽい大洲署の資料室で、夥しいファイルやプラスチックケース、段ボール箱と格闘していた情景を思い出した。あれをことさらここで取り上げる必要があるのか？

会議場内も困惑や呆れの空気に満ちていた。的の外れた発言だと失笑する者さえあった。生島係長も苦虫を嚙み潰したような顔をしている。彼が部下をたしなめようとした時、大崎管理官が口を開いた。

「榎並君の発言には一理ある」

さざ波のように広がりかけた笑いと囁き声がさあっと退いていった。

「今度はたまたま過去の資料に当たって結果につながりましたが、資料の管理体制については私も疑問を持っている部分は多々あります。きちんと管理していればこうやって役に立つのに、紛失するなどもってのほかです。今回のことはいいきっかけになったと思います。この機会に見直しを行い、紛失した資料がある場合には原因を追究して、もしそこに関わった内部の人物がいるなら、厳しく罰するべきでしょうね」

科学捜査担当の管理官らしい発言といえば言えた。だが榎並の発言同様、唐突感は否めない。今は事件解決へ向かう時で、これからの捜査方針を話し合うのが妥当だと思われた。気まずい空気が流れた。

榎並は「よろしくお願いします」と頭を下げて着席した。


根岸を殺した犯人として浮上してきたのが、三十年前に行方知れずになったマンドリンクラブ員の高木圭一郎だった。そう目星をつけた榎並たちの推理を、さらに強固に裏付ける物証が見つかった。

法善寺交番に、近所の住人からあるものが持ち込まれた。それはマンドリンのピックだった。

住人がそれをわざわざ交番に届けたのは、ピックが凝固した黒い汚れに覆われていたからだった。

「うちの犬がこれをどこからか拾ってきたらしいんです」

そう住人は言ったそうだ。散歩の途中でくわえたのを、飼い主は気づかなかった。庭にある犬小屋の中に敷いた毛布の下から出てきたそれを見て、飼い主は肝を潰した。彼はハート形のものがマンドリンのピックだとは知らなかったが、怪しい汚れが血液のように見え、近所で起こった殺人事件と結び付けた。それで念のため交番に届けたようだ。

雑種の飼い犬は、散歩中に様々なものをくわえて帰り、犬小屋の中に隠す癖があると飼い主は言ったそうだ。交番の巡査から捜査本部に届けられたセルロイド製のピックは、すぐに鑑識に回された。鑑定の結果、付着していたのは根岸の血液だと判明した。

捜査員が飼い主から事情を聴き取ったが、飼い犬がピックを持って来た正確な日時はわからなかった。だが、決まった犬の散歩コースをたどってみると、桐ケ丘団地の中を通ることがわかった。ホームレスの老人が、返り血を浴びたコートを拾った植え込みのある公園の横もコースの中に含まれていた。

「ピックは、コートのポケットに入っていたのではないか」

捜査員は鑑識に伝えた。コートのポケットの中も血液で汚れていたので、当初はここに凶器が入れられていたのではないかと疑われた。そのことを捜査員は忘れていなかった。

すぐさま調べられ、ピックの丸みを帯びた形状が、ポケットの中の血液の付着状況と一致した。殺害現場の血でくり抜かれたハート形ともぴったり合った。ホシは殺害現場の血の中から拾い上げたピックをコートのポケットの中に収めて桐ケ丘団地まで来て、そのコートを、丸めて植え込みの中に捨てていったようだ。それをホームレスが植え込みから引っ張り出した時に、ピックはポケットから落ちた。捜査の手が伸びる前に、ピックを散歩中の犬がくわえて持ち去ったのだろう。

亜樹がこだわった流れ出た血液の中のハート形は、マンドリンのピックだったということが明らかになった。報告を聞きながら、亜樹は頭を忙しく働かせていた。

高木圭一郎犯人説の根拠となったのは、やはり大洲署で見つけた資料と、高木と同学年のマンドリンクラブ員、南田の証言だった。秋の定期演奏会を見据えての夏合宿の真っ最中にコンサートミストレスの篠塚瞳という学生が事故死した。その原因を自分が作ってしまったと思い込んだ指揮者の高木は、大きな衝撃を受けた。彼女を信頼し、強い絆でつながっていたという彼は、大学を中退して姿を消した。

他の部員たちは収まりの悪い思いを抱きつつも、それぞれの人生を歩んできた。ところが突然、根岸が東京で殺された。その捜査線上に浮かび上がってきたのが、愛媛県大洲市で三十年前に起こった転落事故だった。同じ夜に行われていたと推察された殺人事件と隠蔽《いんぺい》工作は、白骨死体の発見で現実となった。

誰が根岸を殺したのか。リンデラの香り、薬指の欠けた手形、ハート形のピック——それらは小さなパズルのピースだった。全景が見え始めると、中心には高木がいた。会ったこともない元指揮者の男。傷心のまま、過去を捨てて生きてきた男。

南田からもたらされた情報によると、取り壊される寸前の大学の部室棟の黒板に、高木と思われる人物が「ことを起こす」という合図である言葉を書き残していたという。

さらに亜樹は考えた。初めはコートを安易に植え込みの中に押し込んでいったホシの真意がわからなかった。どうしてすぐに見つかるような場所に捨てていったのだろうと気になっていた。

しかも、コートのポケットの中にマンドリンのピックまで入れてあったことが判明したのだ。コートとピックという証拠品が先に見つかっていたら、ホシはひどく動転していたか、あまりに思慮が浅いかのどちらかだと思っていただろう。ピックの意味も理解されなかったろう。しかし愛媛県まで行って、南田と話してみてわかった。ホシが高木圭一郎だとしたら、彼は初めから犯行を隠す気などなかったのではないか。すぐに見つかるように証拠を点々と残していったことからそれが窺える。

亜樹は、高木圭一郎という人物そのものに興味を持った。そして絶対に自分が逮捕したいという気持ちが湧いてきた。

捜査本部でも、高木の身柄を押さえることに注力することになった。篠塚瞳が亡くなって三十年の節目に現場を訪れた南田を含む三人は、高木の居場所には心当たりはないと言う。他の部員はどうか。南田に頼んで当時の名簿をもらい、一人一人当たることになった。大分県にある高木の実家にも捜査員が派遣された。

他の捜査員には、引き続き根岸の周辺を当たるという任務が課せられた。高木はマル害の周辺にいたはずだ。そして彼が三十年前の犯人だと気がついた。そこにどういう経緯があったのだろう。

南田に頼んで学生時代に撮った高木の写真を送ってもらった。集合写真なので、はっきりと人相はわからない。やや気難しそうに口を真一文字に閉じて、真っすぐにカメラを見ている。背は高く、肩幅も広かった。音楽家というよりは、スポーツ選手という印象だ。刑事課の亜樹の席で榎並と二人、パソコンの画面に見入った。

「榎並さんはどう思いますか？」

榎並の意見を聞くということに、もう抵抗はなかった。

「お前はどう思う？」逆に訊き返された。

こうした偏屈な対応や、「お前」と呼ばれることにいちいちカチンとくることもなくなった。

「三十年間、高木圭一郎は失意を抱きつつどこかで暮らしていたわけでしょう？」

亜樹は思考を巡らせた。

「長い間に篠塚瞳の事故死を受け入れて、無為に過ごしていたかもしれません」

衝撃的な事柄に遭遇し、その後は人生を投げ出すようにして生きてきたのだろう。昔の友人たちと連絡を絶ったことから容易に想像できた。

だが、根岸という男にどこかで出会ってしまった。三十年という時を経て、そして愛媛と東京という地理的へだたりを越えての偶然の出会いだけでは、根岸が同時期に合宿所近くにいて犯罪に手を染めていたと気がつくことはなかったはずだった。

しかし、高木の記憶を激しく呼び覚ますものがあった。根岸の体から立ち昇るリンデラの香りだ。倒れていた篠塚を抱き起こした時、彼女の体からも同じ匂いがしたことを、高木は思い出したのだろう。きっと南田が嗅いだよりももっと強烈で印象的だったと推測される。

そして決定的だったのは、根岸の欠けた薬指だろう。この二つが揃った時、高木の中にはある考えが芽生えた。三十年前、この男は合宿所近くにいたのではないか。そして篠塚の衣服にコロンの匂いが移るくらい接近した何かがあったのではないか。

高木が彼女を突き落としたのではないかと疑われた原因の一つが、崖の上の乱れた雑草と土だった。誰かともみ合った形跡ではないかと警察は見ていた。

もし警察が疑ったように、誰かが篠塚を崖から突き落としたのだとしたら、それは根岸の仕業ではないか。彼はどうしてもそれを確かめずにはいられなかった。

「で？　どうやって高木は確かめたと思う？」

榎並に問い詰められ、亜樹は視線を宙に漂わせた。

「わかりません。根岸が三十年前の、死体も隠しおおせたと思っている殺人のことを、告白するとは思えません」

「そうだな。親しくなって、三十年前に大洲市に自分もいたのだと切り出しても、根岸は警戒するだろうからな」

「そうですね。ことは殺人ですからね」

小さくため息をついた亜樹を真っすぐに見据えて、榎並は言った。

「だが、こうしたらどうだ？　自分は人を殺したことがあり、うまく逃げているのだと言う人物が現れたとしたら？」

「あ」

亜樹は頭の中をさらった。根岸の愛人だった長峰麗香の証言。

――ある男が自分は人を殺したことがあると告白してきたと話していた。実に愉快そうに。

あれは高木が根岸の告白を引き出すための誘い水だった？

三十年も経ち、根岸にも心の緩みがあった。今まで誰にも気づかれずにきたのだ。死体も発見されず、それどころか秋本が死んだことさえ露呈していない。野沢をそそのかして、秋本の妹に兄は生きていると思い込ませている。

秋本に宥子という精神的に脆弱な妹がいたことは、根岸にとっては好都合だった。特に何も問題を抱えていない資産家の男がある日突然失踪したなら、疑問視されるに違いない。犯罪の匂いのする状況だ。だがそこで宥子が、兄とは時折連絡を取り合っていると周囲に思い込ませるカモフラージュに一役買った。そういう工作を野沢にやらせた根岸は、もう安心だと高をくくっていただろう。

あの時、ちょっとした手違いで死体の処理をしているところを若い女性に見られたが、口は封じた。あれも事故死と断定された。完全犯罪を成し遂げたのだ。

その首尾を誰かに自慢したかったが、今や自分は成功した経営者なのだからできない。だが、自分の身元を知らない者になら、酒のつまみ程度としてならしゃべってもいいだろう。しかも相手も同じように人殺しをしたことがあると言っている。なかなか面白いじゃないか。

根岸の心理を、亜樹はなぞってみた。それから手帳を取り出して急いでページを繰った。大洲へ出張する前の捜査会議で、捜査員は何と報告していただろう。長峰麗香は、そんな怪しい話を根岸に話した相手は、居酒屋で知り合った人物ではないかと証言していた。かなり親しくなったようだとも。だが、そうだとしても――。

その相手が根岸に名前や身分を正直に打ち明けたとは思えない。それが高木であればなおさらだ。おそらく根岸も同じことをしただろう。

「居酒屋で知り合った人物――」

手帳に目を落としながら、つい言葉がこぼれた。愛人が耳に挟んだのはそこまでだ。相手を特定することは困難を極めるが、きっと高木なのだ。初めて根岸殺害事件の中に、高木という男の影を見た、と思った。

「居酒屋で知り合うのは、客とは限らないんじゃないか？」

「え？」

「店側の人間かもしれん」

「まあ——、そうですけど」

それには同調しかねた。根岸が通っていた飲み屋を訪ね回った時、彼は気軽に店員と口をきいていたという。だが、店員が客にそんな深刻な告白をするだろうか。しかし、まったくあり得ないとも言い切れないだろう。酔客どうしが店で偶然に会うということはあるかもしれないが、約束でもしない限り毎回会うとは限らない。聴き込みをした店では、どこも根岸は連れもなく一人でやってきたと証言していた。店員なら、行けば必ず会える。親しくもなるだろう。実際、根岸を好いている経営者や従業員はいた。飲み屋の店員と客――一定の距離があり、それゆえについ気を許してしまいそうな関係ともいえるのではないか。

頬に手をやって考え込んだ亜樹に、榎並は畳みかける。

「お前は憶えていないか？　最初に居酒屋に聴き込みした時、どの店でも根岸の印象を聞くと、まず彼の匂いに言及したろう？」

「はい、そうでした。根岸氏は、外国製の煙草と愛用していたコロンが混じった独特の匂いを振りまいていたと多くの人が証言していました」

中には「あの人が近づいてきただけでわかるよ」と言った者もいた。

「だけど一人だけ、根岸の匂いを言わなかった奴がいた」

亜樹は目まぐるしく頭を働かせた。そんな人がいただろうか。話を聴きにいっても全く相手にしない店員と口論になったことはあったが。

「最初に行ったカフェ&バーのバーテンダーだ」

また手帳を繰った。「カフェ&バー　エポック」は、最初に対応に出たのが店長で、彼が呼んできたバーテンダーに「君はたまに話していたんじゃないか?」と話を振った。

亜樹はあのバーテンダーの風体を思い出そうとした。だが黒縁の眼鏡をかけていたという以外はよく憶えていなかった。バーテンダーにしては愛想がなく、堅物なイメージだと思ったのは、あの眼鏡のせいかもしれない。口数も少なかった。

そういえば、「根岸さんについて、何か気づいた点はありませんでしたか?」という問いかけにも「いや、別に」としか答えなかったはずだ。

しかし、ただ口数が少ないおとなしい性格で、根岸の匂いに気がついていたとしても、客の噂話をしたくなかっただけかもしれない。

「行って確かめてみるか」

榎並はゆらりと立ち上がった。


「カフェ&バー　エポック」に、あのバーテンダーはいなかった。ひと月ほど前に辞めてしまったと店長は言った。彼は武内修《たけうちおさむ》といい、二年ほど働いていたらしい。その前は何をしていたかは知らないと店長は言う。

「でもバーテンダーとしての腕はよかったから、やっぱり水商売で働いてたんじゃないかな」

突然辞めたいと言い出して困ったのだと店長は言った。

「でも引き留めたって無駄だってわかってますからね」

店長は諦め顔だ。最近では、一つの店に腰を落ち着けて働くという風潮はなくなってきている。どこか報酬のいい店を見つけたのかもしれないと言う。

亜樹は、高木の若い頃の写真を店長に見せた。店長は「うーん」と唸った。

「似ている気もするけど、どうかな？　武内君、いつも眼鏡をかけてたからなあ」

店長は別のスタッフを連れてきた。二十歳を少し過ぎたような若いスタッフも首を傾げた。武内が客である根岸と特に親しくしていたという感じはなかったと二人とも証言した。時には客と店員が店外で飲むこともあるが、武内にはそんな様子はなかったと言った。真面目で淡々と仕事に取り組むタイプで、仕事が終われば無駄話に興じたりすることもなく退店していたようだ。

やはり外れか。可能性の一つが潰れたことでよしとするかと思い始めた時、若いスタッフが言った。

「武内さんが住んでいたとこ、僕、知ってますよ。今もそこにいるかわからないけど」

数人でマンションの部屋をシェアして住んでいたはずだという。そのマンションは、同居の部屋が多く、外国人も同郷国人同士でいるそうだ。たまたま彼の知り合いが同じマンションに住んでいて、「カフェ&バー　エポック」に来た時に武内を見て彼に耳打ちしたらしい。

亜樹はマンションの住所を聴き取った。

「武内君に辞められて、うちとしては結構辛いものがありますよ」店長は、愚痴をこぼしている。

「彼、店内で流す音楽を選んでくれてましたからね。自分のレコードを持ち込んだりして」

亜樹の手が止まった。そういえば、この店では、レコードで曲をかけるのだと前に聞いた。

武内と相対した時、彼はどんなことを話していただろうか。音楽について何か語っていた気がする。そうだ。根岸とどんな会話をしていたかという問いに対して、武内はこう答えたのだった。

「他愛のないことですよ。世間話程度です。天気や景気の話、あとは音楽の話とか」

根岸の周辺を当たった捜査員からは、彼が音楽に興味を持っていたとの報告はなかった。バーテンダーと音楽の話をしたとは考えにくい。なぜ武内は、そんなことをわざわざ刑事に語ったのだろう。音楽というキーワードをそこで告げた真意は何か。

「この中の何枚かも武内君が残していったレコードなんですよ。もういらないからって」

店長は、カウンターの後ろの棚を指差す。前に来た時も飾ってあったレコードジャケットが並んでいた。亜樹は、ジャケットを一枚ずつ見ていった。そして真ん中辺りにあるジャケットを見て、息を呑んだ。

『珠玉のマンドリン名曲集』とある。榎並もそれに気づいたようで、ジャケットに視線を合わせたまま動かない。

「これは――」声がわずかに震えた。「ずっと飾ってあったんでしょうか」

店長は振り返ってレコードジャケットを見た。

「ええ。ずっと同じものを並べていましたよ」

「私たちが前に来た時も？」

「はい、もう何か月も変えていません。武内君が飾ったものです」

榎並と一緒にバーを出た。夕方で人通りは多い。赤ちょうちんに灯が入り始め、キャッチが道行く人に声をかけている。

黙って歩きながら、亜樹は考えた。武内が高木である可能性は高い。彼は刑事が聴き込みに来た時、音楽というキーワードを提示した。後ろには、マンドリン音楽のレコードが飾ってあった。高木は、自分が犯人であるというサインを出し続けていたのに、自分たちは気がつかなかった。目の前の犯人を取り逃がしてしまったのだ。

あの時は、まだこの事件に音楽が関係しているとは知らなかった。だが今は、赤羽の殺人と三十年前の女子学生の事故死との間に「マンドリン」を置くとうまくつながると知った。つい、足が速まった。

　スタッフが教えてくれたマンションは、飲み屋街エリアの大通りから道を一本入ったところにあった。勤め先まで数分で歩いていける近さだ。

　パチンコ屋の裏手にある細長い五階建てだった。外壁は黒ずんでいてヒビが入り、築四十年は経っているようだ。繁華街でも家賃はそう高くないだろう。外階段を上がり、四階の一室の呼び鈴を押した。長い間があって、ドアが開いた。スウェットの上下を着て髪の毛がぼさぼさの男が出てきた。亜樹の顔を見るなり、大あくびをした。今まで寝ていたのだろう。男の目を覚まさせようと、いきなり警察手帳を突き出した。効果はてきめんだった。男はぱっと目を見開いた。

「警察？　何ですか？」

「武内修さんはいらっしゃいますか？」

「武内？　ああ、あの人はもうここにはいませんよ。部屋を引き払ったから」

　やはり一か月前のことだという。亜樹は落胆したが、気を取り直した。

「ルームシェアをされているんでしたね？」と尋ねる。

　男はマンションの部屋を三人で借りていたと説明した。この辺で働く人を口コミで集めて、家賃を三分の一ずつ負担する仕組みだという。初めは同じ店で働いたりする既知の間柄の者が集まっていたけれど、入居者が入れ替わるたびにそういう関係はなくなってしまった。大家もそういうところはルーズで、大目に見ている。だから一緒に住んでいてもお互いのことは知らない。武内のこともよく知らないと答えた。

「次の住人はもう入居されました？」

「いや、まだ」

「部屋を見せていただいていいですか？」

男が身を退いたので、「お邪魔します」と玄関に入った。玄関にはくたびれた靴が数足、乱雑に脱いである。隙間を見つけてパンプスを脱いだ。榎並はぺしゃんこのスニーカーの上で堂々と革靴を脱いで上がってきた。廊下の先がキッチンになっており、饐《す》えた食べ物の臭いが漂ってきた。男が指し示した武内が住んでいた部屋は、一番手前にあった。

合板の引き戸を開けると、がらんとした六畳間だった。きれいに何もなく、毛羽《けば》立《だ》った畳の上に家具の跡があるのみだ。

「荷物は何も残っていないんですね」

男はスウェットをまくり上げて脇腹を掻きながら、「小さな棚とテレビがあったけど、階下に住む住人にやったみたいですよ」と答えた。突然押しかけてきた刑事に、早く帰ってもらいたいようだ。突っ立ったまままいくつか質問をしたが、男は本当に武内のことは何も知らないようだった。ここにいたのは寄せ集めの同居人といったところか。武内がどこで勤めていたかも、出ていった理由も知らないと言った。

押入れの襖を開けてみたが、ここも見事に空っぽだった。襖は破れて表装が一部垂れていた。襖をそっと閉じながら、亜樹は何気なく襖の破れに目をやった。小さなものが挟まっているようだ。破れに指を突っ込んで広げてみた。挟まっていたものが畳の上に落ちた。亜樹の全身の産毛が逆立った。

「榎並さん、これ――」

ハート形のピックだった。高木はまたここにも手がかりを残していった。

亜樹は素早く白い手袋をはめ、震える手でピックを拾い上げた。鼈甲でできたピックだった。

独特の模様が浮き出たピックには、上部に小さな穴があいていた。亜樹はそれを目の前に掲げて、まじまじと見た。

もう間違いない。武内修と名乗っていたバーテンダーは高木圭一郎だ。彼は数々の物証を提示して、刑事をここまで導いてきた。自分から犯行を告白しているようなものだ。なのに、本人はここにはいない。彼は何を考えているのだろう。

「何ですか？　それ」

引き戸の向こうで同居人は、またあくびをした。


マンションで見つかったマンドリンのピックについて、南田に問い合わせた。写真も送った。すると翌日には返事が返ってきた。鼈甲製のピックは、亡くなった篠塚瞳が持っていたものに間違いないということだった。篠塚と親しかった元マンドリンクラブ員の女性が写真を見て確かめたとのことだった。

天然ものの鼈甲は、一つとして同じものがない。あのピックの模様は、女性の横顔に見える。鼈甲色の部分が女性の肌に見え、黒い模様が女性の髪の毛に見える。横を向いた女性の頬には、頬紅みたいな褐色《かっしょく》が浮いている。そして目に当たる場所には、小さな穴が開いている。穴が開いているのは、ピックの中でも鼈甲だけで、樹脂製のものにはないとのことだった。

篠塚瞳の隣でいつも弾いていた元クラブ員が言うには、それは篠塚が先輩から譲り受けたもので、とても大事にしていたそうだ。そして、彼女が亡くなった後、高木が形見としてもらったのは、練習用のセルロイドのものと、鼈甲のものとの二枚だそうだ。鼈甲のピックを、篠塚が摘まんでカメラに向けた写真があるはずだから、捜してみると彼女は言ったという。

桐ケ丘団地で見つかったピックとマンションの部屋で見つかったピックが、その二枚に違いない。榎並と亜樹の推理を裏付ける決定的な物証だった。

失意のうちに東京までやってきて偽名を使い、孤独に暮らしていた高木は、三十年ぶりに過去と向き合うことになった。バーテンダーとして働く店の客から、遠い昔に嗅いだ匂いがした。それがすべての発端だった。

自分が犯した殺人の作り話をする高木に気を許した根岸は、ほろ酔い加減で告白したに違いない。

「お前は人を殺したといっても一人だろう。俺は二人も殺したんだ。後の一人は殺したくて殺したわけじゃない」

そんなふうに口火を切ったのかもしれない。

その時の高木の心情は、どんなものだったか。最初の衝撃から立ち直ると、彼は冷静に過去を見返した。三十年前、篠塚というサークル仲間の死に直面して覚えた違和感が、気の迷いでも何でもなかったと思い知った。

どうして高木が根岸に復讐をするに至ったか。なぜあれほどの行動に出たのか。そこの心理は、他人には理解しがたいものだ。南田たちには納得できるのだろうか。高木と篠塚の関係性を知る彼らなら。しかも高木は、自分が為した殺人の痕跡をわざと残していっている。

捜査会議でも、高木の奇妙な行動は問題になった。彼は殺人現場にハート形を残した。あれは意図的に付けられた印だった。根岸の腹を刺して倒れたところにセルロイドのピックを置き、改めて根岸の首を掻き切って大量出血させた。ピックにかかるように狙いを定めて。そして高木は篠塚の形見のピックを剝ぎとり、持ち去ったのだ。

ところがそのピックは、逃走の途中にコートごと捨てられた。すぐに見つかる場所に押し込まれていた。そしてもう一枚の鼈甲のピックは、彼が住んでいた部屋に残されていた。高木はあらゆる場所にサインを残していったわけだ。なぜそんなことをしたのか。自分が犯人だと知らしめたいのなら、回りくどいことをせずに自首すれば済むことなのに。会ったこともない高木という男の心理に引き付けられた。

高木犯人説を受けて、鑑識が「カフェ＆バー　エポック」と住んでいたマンションへ赴き、高木の皮膚片《ひふへん》や毛髪などの残留物を採取してきた。ＤＮＡ鑑定の結果、コートに付着していた微量の血液のＤＮＡと一致した。その報告を聞いた時、亜樹は、コートの血液も、高木がわざと残したのではないかと考えた。

篠塚が鼈甲のピックを持っている写真が、メールに添付されて亜樹に送られてきた。確かにそれは、武内修なる人物の部屋で見つけたのと同じ模様だった。人差し指と親指の間に挟んだピックを、カメラに向けた女の子が一緒に写っていた。それが篠塚瞳だった。少し癖のある髪の毛と、ふっくらとした頰が特徴の女子学生だった。その後、恐ろしい運命が降りかかってくるとも知らず、篠塚は無邪気に笑っていた。

写真を送ってくれた国見冴子という女性とも電話で話した。彼女も惨い事実に打ちのめされている様子だった。だが抑制のきいた話しぶりで、篠塚の形見のピックを高木が受け継いだこと、そのピックの形状などを伝えてくれた。

話しているうちに、やや気持ちが昂ってきた様子の国見は、最後に亜樹に言った。

「お願いします。高木君を見つけてください」

その言葉を胸に刻みつけた。

高木圭一郎は、根岸恭輔殺害の犯人として全国に指名手配された。「カフェ&バー　エポック」の客が店内で写した写真にバーテンダー武内修が小さく写っていたのを何とか手に入れて画像解析にかけ、南田に確認を取ると、高木に間違いないという答えが返ってきた。苦渋に満ちた声だった。それが手配写真に使われた。

犯人を特定しただけでは、捜査本部の役目は終わらない。逮捕まで持ち込まなければ本当の解決とは言えない。犯人はつい一か月前まで赤羽のカフェ&バーでバーテンダーとして、根岸を殺した後も素知らぬ顔で働いていたのだ。

特に変わった様子はなかったと店長も店のスタッフたちも証言した。亜樹たちが訪ねてきた後もいつも通り仕事をこなし、客の応対もしていた。だが、近いうちに自分に警察の手が伸びることは承知していただろう。逃げ延びるつもりなら、あんなふうに証拠品を残していくことはなかったはずだ。

南田とは頻繁に連絡を取っていた。南田は、高木が激情を募らせて感情の赴くままに根岸に刃物を向けたとは考えられないと言った。

「あいつはそんな男じゃない。高木はやるべきことを為して、今は静かにその時を待っている気がする」旧友はそんなふうな感想を口にした。

そうした言葉を手掛かりに、亜樹は高木という男を理解しようとした。自首することなく、だがあちこちに自分にたどり着ける証拠品を残していったのは、警察にすべてを解き明かしてもらいたかったからではないか。根岸という人物が何をしたか。篠塚瞳はなぜ死んだのか。自分がどうやって真相を知ったのか。それを一つずつたどった上で、自分と対峙してもらいたかったのではないか。その時を待っているとは、そういう意味ではないか。

それなら――、それなら警察は高木を見つけ出して逮捕し、彼の犯した罪に適《かな》う裁きを受けさせてやらねばならない。

捜査本部は高木圭一郎の捕捉に力を注ぐことになった。彼の奇妙な行動に鑑《かんが》みると、案外赤羽の近くにいるのではないかという意見も出た。それもあり得ると亜樹は思った。逃げ延びる気がないのなら、馴染んだ赤羽に潜んでいてもおかしくない。

亜樹には、事件の解決に向けて貢献したという自負があった。ここまできたからには榎並と二人で高木を逮捕したい。高木の取り調べもやりたい。三十年前に遡《さかのぼ》り、高木圭一郎という人物を追ってきた榎並と亜樹にはその権利があると思った。他の誰かに任せるなんて考えられなかった。捜査本部の中で彼の供述を一番うまく引き出せるのは、榎並と自分しかいないと確信していた。

それが、初めて関わった殺人事件の捜査本部での最後の仕上げだと思った。

しかし高木が指名手配されて一週間後、突然榎並が捜査本部から外された。亜樹は耳を疑った。朝、赤羽署に出勤してきた時にいきなりそう知らされ、榎並は本庁に呼び戻されたということで、姿が見えなかった。

これは彼が監察に呼び出された原因と関係しているのだろうか。捜査本部に配属されて大きな働きをした刑事を、また事故人材として塩漬けにするつもりなのか。様々な思いが頭の中を駆け巡った。どれも亜樹には到底受け入れられないことだった。もうすぐ高木を逮捕できるという時に相棒がいないなんて。

朝の捜査会議のために赤羽署にやってきた大崎管理官の姿を見るなり、亜樹は彼に詰め寄った。

「なぜ榎並さんが本庁に呼び戻されたのでしょうか。今、捜査本部から榎並さんを外すなんておかしいんじゃないですか?」

大崎は足を止めて、まくしたてる亜樹を見やった。

「これは本庁捜査一課からの命令です」

大崎は物静かな口調で答えた。

「納得できません!」

一歩前に出た亜樹を、鹿嶋が押しとどめた。

「黒光、言葉を慎め」

赤羽署の平刑事が、本庁の管理官に盾突くとはとんでもないことだと言わんばかりに大汗をかいている。

「理由をお伺いしているんです。犯人のことを一番わかっている捜査員を外すことは、捜査本部にとっても――」

「出過ぎたことを言うな! 自分の立場をわきまえろ」

真っ赤な顔をして怒鳴りつける鹿嶋を、大崎は片手で制した。

「榎並君にはやるべきことがあるんです。こちらの捜査はもう一段落しましたから」

「一段落? まだ犯人を逮捕していません!」

「人員の配置は全体を見て判断しなければなりません。警察機構とはそういうところです」

頭に血が上った。大崎が上層部をかばっているとしか思えなかった。

「榎並さんを呼び戻す判断をしたのは本庁の誰なんですか?」

また一歩大崎に詰め寄ったが、彼は平然としていた。

「お前、自分の言っていることがわかっているのか?」

今や鹿嶋は、怒りで赤黒くなっている。

「わかっています！」

投げつけるように言葉を返した。同時に「現場では頭を冷やせ」という榎並の言葉が蘇ってきていた。

「榎並君が抜けた後の捜査班はまたデスクが編成し直します」

大崎は会議場に向かって歩き始めた。

「そういうことじゃなくて――」

「クロ、やめとけ」

後ろから止められた。振り向かなくても飯田だとわかった。太い腕でぐいぐい引っ張られ、玄関ロビーの壁際まで連れていかれた。大崎は何事もなかったように鹿嶋を従えて会議場に入っていった。

「落ち着け。お前が騒いだって何にもならん」

飯田に何度も言い含められ、亜樹はしぶしぶ捜査会議に出席した。

そこで亜樹は、捜査一課から来た別の刑事と組まされた。江尻《えじり》という四十代の刑事だった。捜査会議の前に、亜樹の抗議は多くの捜査員が目撃しており、赤羽署のはみ出し者の女刑事というような目つきで見られていた。江尻もこの厄介な刑事をどう扱ったらいいかと迷っている様子が伝わってきた。

新しい相棒と歩調が合わないまま、赤羽駅周辺の聴き込みをした。今の高木と親しくしていた人物はいないので、周辺の人間関係を追って居場所を突き止めることは至難の業《わざ》だった。学生時代のマンドリン仲間や親兄弟ともまったく連絡を取り合っていないそうだ。

二日、三日と時間が経つにつれ、亜樹は苛立った。高木の居場所をつかめないことだけではなく、榎並が唐突に本庁に戻されたことへの怒りだとわかっていた。大事な局面を迎えた捜査本部から榎並を排除した本庁への怒り。そして自分に何の挨拶もなしに去っていった榎並への怒り。

五日後に飯田から、榎並は「ケイゾク」に戻り、また監察に呼ばれたようだと耳打ちされ、亜樹の心がざわついた。いったい榎並の周辺で何が起こっているのだろう。捜査本部を放り出して去るほどの重大事案とは何なのだろう。赤羽を歩き回りながら、亜樹は頭を絞った。だが、一介の署員にわかるはずもなかった。

「近いうちに何かが動く」

そう付け足した飯田の言葉に一縷《いちる》の望みを託した。彼は何かを知っているようだが、それは亜樹に伝えることができないようだった。それとも情報を聞いた亜樹が、突拍子もない行動に出ることを恐れ、黙ったのか。

六月に入り、梅雨《つゆ》入りのニュースが日本列島を北上している頃、「何か」が明らかになった。警察内部からの情報ではなく、大々的にマスコミが報じた。

「綾瀬署員拳銃自殺のウラ」

「政治と警察のおそるべき癒着」

「隠し通せなかった警察腐敗」

そんなセンセーショナルな見出しが、TV番組のニュースや新聞に躍った。亜樹を始め、赤羽署員や、捜査本部員はそのニュースを貪《むさぼ》るように読んだ。おそらく一般の視聴者や読者も同じだっただろう。

ことの顚末は、複雑すぎて理解するのに時間がかかった。それでも近年にない大きなスクープを逃すまいとマスコミが丁寧に取材して報じたので、一週間もすれば全容がわかった。その上に飯田が本庁の情報通の警察官から仕入れたことを付け加えてくれたので、詳細まで知ることができた。

　自殺した綾瀬署の巡査部長の畠山は、地域課に配属され、ある日、相棒と警ら中に車上荒らしを捕まえた。犯人を綾瀬署に連れて帰って取り調べを行い、盗品を調べていた時に、畠山は大変なものを発見する。犯人がどこかの車の中から盗み出したものは、危険ドラッグの組織に関する資料だった。若者の間で流通する危険ドラッグを製造、供給しているのが、ある大学の薬学部の学生のグループだという証拠だった。それもかなり洗練された組織で、遊び半分でやっているようなものではない。彼らは専門知識をフルに生かして、麻薬取締法の規制をすり抜ける薬物を作り出して闇の流通網に乗せていた。首謀者である数人の学生は、そこから莫大な利益を得ているようだ。

　そのうちの一人の車を車上荒らしが狙い、重大な秘密書類とも知らずに盗み出していたのだった。危険ドラッグの実物も含む犯罪の証拠だった。畠山とその相棒は、驚いて上司に報告し、証拠品は綾瀬署の保管庫に預けた。

　しかし彼らは知らなかったが、その違法薬物組織の首謀者は、与党大物政治家の息子だった。大臣経験者でいずれ首相の座も狙えると目されていた彼に、なぜだか警察内部から内々に報告がいった。マスコミ報道によると、政治家と当時の警視庁副総監が東大法学部で共に学んだ仲で、非常に懇意にしていた。そういった関係性から、癒着が生じたのではないかということだった。

　副総監の意向がどれくらい働いたかはわからない。もしかしたら周囲の忖度から生まれたものかもしれないが、違法薬物組織の摘発は見送られた。組織は罰せられることなく表向きは解体された。だが裏社会に潜って犯罪にどっぷり浸かっている者もいるらしかった。政治家の息子は素知らぬ顔で犯罪からは足を洗い、今は政治家の私設秘書となっている。副総監も勇退して大手警備会社のトップの座に就いていた。

そして畠山が発見して保管庫に預けた証拠品は、いつの間にかなくなっていた。そういうものがあったという記録まで抹消されていた。完全に握り潰されたのだ。畠山は承服できなかった。相棒と一緒に上層部に抗議しようとしたところ、相棒は同調しなかった。それどころかあの晩の警ら中にはたいした事件は起こらなかったと言いだした。上層部からの圧力がかかり、相棒はそれに簡単に屈してしまったのだった。

畠山が同期で友人の榎並に相談したのは、相棒の裏切りに遭い、愕然とした頃だったと思われる。畠山にも相当の圧力がかかっていたため、友人を巻き込むことを恐れて、詳しいことまでは伝えなかったようだ。畠山にも全容が見えていなかったのかもしれない。彼が榎並にしゃべったのは、自分が見つけた犯罪の証拠品が保管庫から消えたことと、その裏には重大な警察不正が絡んでいるらしいことだけだった。

榎並は友人の力になろうとしただろうが、二人の警察官の力はあまりに小さかった。畠山は、車上荒らしから取り上げた盗品が現実にあったことを証明するために、車上荒らし本人からも証言を取り、また同じ晩に車を荒らされた別の被害者にも当たった。圧力に屈せず目障りな行動を取る畠山に、強大な圧力がかかった。

彼が苦労して証拠品が消えたことを証明しても、いつのまにか畠山本人がそれを盗んだことにされた。犯人から取り上げた証拠品は金目のもので、それを畠山がこっそり横取りしたという話がでっち上げられた。犯罪者にされた畠山は追い詰められ、失意と混乱の中、精神の均衡《きんこう》を失った。

　そして、彼は頭を拳銃で撃ち抜いて自殺した。残された榎並には、畠山を死に追いやった警察不正の輪郭がわからなかった。相手がわからないのでは、告発のしようもない。そこで一計を案じて、自ら監察にタレこんだ。警視庁捜査一課の榎並は、自殺した畠山からすべてを聞いている。あの男は要注意だと思わせた。実際に監察に呼び出されても、榎並は思わせぶりな態度を取るのみで、肝心なことは一切しゃべらない。ただ危険で不穏な人物という印象を植え付けた。

　このたびの報道を受けて、警視庁も事実を認め、正式に記者会見をして、謝罪した。監察が積極的に動いてすべてを明らかにしたのだった。監察からの要請で、榎並は本庁へ戻された。「ケイゾク」に戻った榎並は、今度は積極的に監察に協力したのだろう。

　正義を重んじた一人の警察官を死に追いやった警察不正は解明され、その原因となった政治家の息子の犯罪まで暴かれた。息子は逮捕され、政治家は失脚した。警察内部でも多くの逮捕者、処分者が出た。

　今回の不祥事の責任を取って警視総監が辞職する事態となった。朝の捜査会議を終えて、江尻と赤羽署を出ようとした時、後ろから呼び止められた。大崎管理官だった。

「黒光さん、三十分だけ付き合ってもらえますか?」

「はい」

　訝しく思いながらも答えた。管理官から目配せされた江尻は、一人で出ていった。亜樹は管理官について、署長室に入った。そこに署長はいなかった。

「お座りなさい」

　デスクの前の簡素なソファセットで向かい合う。

「榎並君とあなたが、赤羽台の殺人事件の捜査に関して目覚ましい働きをしてくれたことには感謝します」

管理官が何を話そうとしているのかわからず、亜樹は緊張して耳を傾けた。

「そんな時に、榎並君を本庁に返してしまい、あなたには申し訳ないことをしました」

「いえ」

突然の配置換えに憤り、管理官に食ってかかったことを思い出して、亜樹は赤面した。

「今回のことで、彼が本庁でやるべきことがあると言った意味がわかってもらえたと思います」

「はい、すみませんでした」

亜樹は頭を下げた。

「そのことを、もう少し説明しておいてくれと、榎並君からの伝言がありましたので」

「榎並さんから？　私に？」

大崎は頷いた。

「あなたは憶えていますか？　彼が愛媛から戻ってきた時、大洲署の実態に絡めて資料の保管についで言及したことを」

「はい」

もちろん、憶えている。榎並の唐突な発言に会議場内がざわついた。亜樹も不審に思ったのだった。

「こうした物的証拠は、署によっては行方が知れなくなることもあります。うっかりミス、あるいは誰かが意図的に隠匿してしまうということが発生していて、うやむやにされております」

今なら、あれは暗に畠山が陥れられた罠に言及していたのだとわかる。

大崎によると、あれを聞いていた捜査員の中に、当時綾瀬署で畠山に圧力をかけていた警察官がいたそうだ。綾瀬署から滝野川署に移り、今回の捜査本部に応援要員として派遣されていた。彼は、榎並が何を言っているかすぐに理解した。今度の事件で目覚ましい成果を上げた榎並がとうとう沈黙を破って行動を起こしたのだと思い、彼は上層部に注進した。あの発言は、静かだった水面に投げ込まれた一個の石だった。榎並は、様子見から転じて、相手を挑発することにしたのだ。

「そんな……」

絶句する亜樹に、大崎は微笑んだ。

「当然、向こうも榎並君を潰そうと画策するでしょう。でも、前のようにうまくはいかなかった」

大崎が「向こう」と呼んだ上層部に対して、もう一つの勢力が警察組織内部には存在した。政治家や副総監を守ろうとする勢力とは別の勢力だ。相対する勢力は、不正を一掃するべく動いたと大崎は言った。もう片方の勢力は、いわば警察の良心だった。畠山の死を受けて、彼らは結集していた。その勢力の中に大崎も含まれていた。科学捜査担当の管理官らしく科学と真実を重んじる彼は、榎並の味方についた。対抗勢力はマスコミにもリークして、隠しようがないほど反対勢力を追い詰めたのだった。

「そうだったんですね」

亜樹はさっと立ち上がって、深く頭を下げた。

「知らなかったとはいえ、失礼な言動をして、申し訳ありませんでした」

「榎並君も中途で捜査を離れたこと、あなたに何の説明もしなかったことが気になっていたんでしょう。あなたにはこれを聞く権利がある」

顔を上げると、大崎は柔らかな笑みを浮かべた。

「話はそれだけです。捜査に戻ってください」

亜樹は赤羽署を出た。ドアを抜けると、むっとする空気に包まれる。梅雨入りが近いことを感じた。敷地の向こうの歩道を、日傘をさした女性が歩いていた。亜樹は前庭に立って、スマホを取り出した。迷いが出る前に榎並にかけた。忙しくしている彼は、おそらく出ないだろうと思いつつ、耳に当てていた。

「はい」何回かのコールの後、榎並の声がした。

「黒光です」

「うん」

「今、大崎管理官から説明を受けました。榎並さんがこちらの捜査本部を抜けた理由を聞きました」

「うん」

相変わらず素っ気ない。

「榎並さんは——」一瞬、言い淀んだ。言いたいことははっきりしているのに、うまい言葉が見つからない。「榎並さんは、友だちの無念を晴らしたんですね。たった一人で闘って——」

「黒光」

「はい」

「俺は友人のために働いたわけじゃない」

「それは——」

「いいか。人の思惑や感情には関係なく、この世には正しいこと、守るべき筋がある。誰にも見えていて、誰にも公平で公明なもの。俺はそれに従って動いた。簡単なことだ」

「でも――」

「お前が向き合っている事件にも、それがあるだろ?」

「はい、そうです。あります」背中がすっと伸びた。

「なら、それに従っていればいい」

「わかりました」

それだけを答えると、通話は切れた。亜樹はスマホをしまって歩きだした。

荒川から吹いてくる湿り気を帯びた風が、白いシャツの襟をはためかせた。


榎並と話した翌日、大洲の家の庭から掘り出された白骨は、秋本のものだと判明した。DNA鑑定ではなく、歯の治療痕から断定された。やはり秋本は殺されていたのだ。三十年前に、空き家の柱に薬指のない手形を残した男によって。野沢宥子にも、その情報はもたらされた。

亜樹は、「兄はどこかで私を見守ってくれているんです」と言った宥子を思い出した。どんな心境でいるだろうか。頑なに信じないかもしれない。痛々しい気持ちになった。

ここまで証拠が揃ったのだから、後は根岸殺害犯である高木を逮捕するだけだ。捜査員たちは、高木の足跡を追った。都内のバーやスナック、居酒屋などを、写真を持って聴き込みに回った。高木の馴染みの場所がないか、かなり古い知人や家族、親族にも当たってみた。

亜樹も江尻と共にそうした捜査に従事していた。榎並と話して気持ちを切り替え、彼が言う「正しいこと」を全うしようという気になっていた。高木にとって、根岸を殺すことが正しいことだったかどうかはわからない。だが、おそらく彼は、警察がすべてを明らかにした後、自分を逮捕しにくるのを待っている。それが今、高木にとっては最も「正しいこと」なのだろう。

高木がどうしてこの殺人を犯したのか、その心情に迫るのは、ここまで追い詰めた自分にしかできないと思えた。本心を言えば、高木を榎並と二人で逮捕し、取り調べまでやりたかった。

榎並は今頃、監察と一緒に不正事件のすべてを明らかにすべく働いているのだろう。もともと彼にとって重要なのはそちらの方だったのだから。赤羽台路上男性殺人事件は、犯人を見つけるだけだ。榎並がいなくても捜査本部は粛々とその任務を果たすだろう。

頭でわかっていても、亜樹はどこか納得できなかった。このもやもやを晴らす方法が見つからなくて苛立ち、そうした自分に嫌悪感を抱いた挙句に落ち込んだ。

そんな日々が十日も続いた時だった。夜の捜査会議の後、亜樹は報告書を作成していた。何度も打ち間違いをしながらキーを叩いていると、草野が寄ってきた。

「黒光さん」

亜樹はのろのろと草野を見上げた。連日の疲れで肌はガサガサで、化粧は崩れてひどい顔をしているだろうとは思ったが、今さら草野の前で取り繕う気もなかった。

「僕、思い出したんです」

「何を？」

「何で警察官になったか。前に黒光さんに訊かれたじゃないですか」

確かに、そんな疑問を彼にぶつけたことがあった。その日が、今は遠く感じられた。

「研究室で微生物を相手に実験や研究をするのも面白かったけど、でも僕は人と接する仕事がしたいと思ったんです。自分の仕事が、社会の中で明確に何かを変えるところが見たかったんです。

それで警察官になろうと思いました」

どうしてそれが警察官になることにつながるのか。そうは思ったが、亜樹は口には出さなかった。草野の中で成立していれば、それは立派な理由になる。

草野は満足そうに微笑んで去っていった。

亜樹はそんな後ろ姿を、じっと眺めていた。


全国の警察署に配布された手配書を見て、似たような人物がいるとの報告はあちこちから寄せられた。そのたびに捜査員が確認に当たったがどれも空振りだった。

有力な情報が神奈川県の横須賀《よこすか》警察署からきたのは、六月も中旬を過ぎ、梅雨入り宣言が東北まで到達した時だった。海の近くのホテルにある展望ラウンジで働いている人物に似ているという。特に人目を避けるような様子はなく、警察署の近くのコンビニにもよく立ち寄るので、署員の目についたとのことだった。

今までの情報とは違い、手応えがあった。なぜなら赤羽から高木が消えた時期と、ラウンジに雇われた時期が近接しており、前はバーテンダーとして働いていたとラウンジの責任者に言ったらしいからだ。

捜査本部では、横須賀署には直接の接触を避けるように伝え、ホシと確定することに注力した。男が触ったグラスを密かに手に入れて、赤羽の部屋から採取された指紋と比較する計画だった。ラウンジの限られたスタッフにだけ打ち明けられた確認作業は、目立たないよう、地元警察にまかせられた。

本人に気づかれないよう細心の注意を払って行う作業は、時間がかかった。

その間、捜査本部はじりじりして結果を待つしかなかった。亜樹は、時に昂りそうになる気持ちを抑えるのに苦労した。ただ「待つ」という苦しさに耐えかねて、新菜に会いに行くことにした。

今までも、失敗したり、嫌なことがあったり、忙しくて心を喪《な》くしてしまいそうな時には、親友に会いに行っていた。花の香りと、新菜の笑顔で心が和み、奮起することができた。「フローリスト花音」は、亜樹にとって自分をリセットする場所だった。

「いらっしゃい、亜樹ちゃん。新菜は奥にいるわよ！」

新菜の母は、ワゴン車の荷台に盛り花を積み込みながら言い、慌ただしく出ていった。

「どうした？　捜査をほっぽりだしてうちなんかに来てていいの？」

新菜は作業台に向かって花束をこしらえていた。車椅子の新菜用に特注された低い作業台だ。

「いいの。今は何もすることがない。我慢の時なの」

亜樹の意味深な言葉に、新菜は肩を軽く上げただけだった。しばらくの間、亜樹は新菜が手際よく花束を作るところを見ていた。黄色いヒマワリを中心に白バラと白いガーベラを合わせ、アクセントにブルースターを散らせた品のいい花束だった。ベージュのパラフィン紙で丁寧に包み、クリーム色のリボンを巻いた花束を、「どう？」と持ち上げて見せる。

「いいね」

亜樹は答え、「新菜は花をいじっている時が一番幸せそうだね」と付け加えた。

「そうだよ！」

新菜は元気のいい声を出した。「花屋で仕事ができて、私はずーっと幸せなの」おどけたように言い、すっと真顔になる。

「私が不幸だと思ってた？」

探るような視線を送ってくる新菜を、亜樹は真っすぐに見据えた。

「ううん、そんなことは思ってないよ」

「私ね、亜樹が私のために警察官を志したのなら、それはとても辛いなと思ってた。歩けなくなった私に責任を感じて――」

「そうじゃないよ！」新菜の言葉に被せる。

「新菜のことがきっかけではあった。でも、新菜を守れなかったから、今、こうやって刑事をやってるわけじゃないよ」

新菜は何も答えず、手にした花束に顔を寄せて香りを嗅いだ。

「誰かのために働いているんじゃない。ねえ、新菜」

それには新菜が「うん？」と顔を向けた。

「この世にはね、人の思惑や感情には関係なく、正しいこととか守るべき筋があるの。私はただそれに従って動いているだけ」

新菜は驚いたというように目を丸くした。

「へえ！」ゆっくりと花束を作業台に置く。「成長したねえ、亜樹がそんなことを言うなんて」

それから小さく微笑んだ。

「それ、聞いて安心した」

亜樹も微笑みを返した。

「じゃあ、もう行くよ。私の仕事場、捜査本部へ戻らなきゃ」

「いってらっしゃい」

新菜は作業台の上に残っていたブルースターを一本、差し出す。

「これ、星の精とも呼ばれてるの。花言葉は『信じ合う心』」

亜樹は可憐な青い花を受け取った。そのまま店の外に出て、どんよりと曇った空を見上げた。車椅子で入り口まで来た新菜が、亜樹の背中に向かって言った。

「さっきの言葉、誰かの受け売りじゃなきゃいいけどね」

足を止めた亜樹に向かって、新菜は朗らかに笑い、「ま、いいか」と車椅子をくるりと回して店の中に戻っていった。

亜樹は、星の精という名の花を手に、駅に向かって歩いた。高木と篠塚は、ただ「信じ合う心」でつながっていたのかもしれない。シンプルであるがゆえに揺るぎないもの。人と人の関係は、本当は複雑でも何でもなく、そうしたつながりが一番強いのかもしれない。

重たい雲からポツリと一粒、雨が落ちてきて、亜樹は足を速めた。


横須賀署から、男の指紋が付いたグラスが送られてきたのは、新菜を訪ねた翌日だった。その日のうちに、鑑識から高木のものに間違いないとの報告が上がった。捜査本部に緊張が走った。とうとうホシを逮捕できるのだ。横須賀署は、捜査本部から捜査員が来るまではしっかり張り付いている。

高木は東京からそう遠くへ行っていなかったのだ。それも逃げる気はないという彼の意思表示のように思えた。時折岸壁に立って、海をのんびりと眺めていると横須賀署から報告がきた。昨日は、「よこすか芸術劇場」の前で、じっとポスターを眺めていたらしい。長い間たたずんでいたが、結局劇場に入っていって音楽を聴いたようだ。

「何のコンサートだったのか」という問いに、横須賀署の刑事は「地元のアマチュア管弦楽団のイージーリスニングの曲を演奏するコンサートだったようです。ポール・モーリア特集かなんかの」と答えた。高木は時に音楽を鑑賞しながら、平静を保った生活を送っているように見える。

やはり彼は逮捕されるのを待っているのだという気がした。

彼が残していった数々のサインを、亜樹は思い浮かべてみた。殺人現場に残されたハート形。血液の付いたコートとピック。カフェバーの棚に飾ってあったレコードジャケット。マンションの部屋に残された鼈甲のピック。あのすべてが、警察に向けてのメッセージのように思えた。過去を読み解き、殺人の動機に気づき、何もかも理解した上で、自分のところへ来てくれと、高木は訴えている。

ここまでの道筋をつけたのは、榎並と亜樹に他ならない。

「黒光」生島が呼んだ。

「はい」

考えにふけっていた亜樹は、急いで立ち上がった。会議場中の視線が自分に集まるのがわかった。

「お前が行け」

「え？」

「お前が横須賀まで行け。高木を逮捕して来い」

「……わかりました」

大崎管理官が大きく頷くのが見えた。

本庁に足を踏み入れるのは三度目だった。以前は研修で来ただけなので、内部の様子はよくわからなかった。それでも亜樹は、迷わず六階へ上がった。捜査一課があるフロアだ。第二から第五強行犯捜査までのデスクがいくつものシマを形成している。その中を、亜樹は足早に進んだ。緊張で足が震えた。

目的のデスクは、すぐにわかった。つかつかと歩み寄る亜樹を、通路脇のデスクに座った刑事たちが不審そうに見やった。見当をつけたシマの一つのデスクの前で亜樹が立ち止まった。パソコンのディスプレイに見入っていた刑事がふと顔を上げる。

「榎並さん」

彼の顔には、驚きも怒りも表れてはいなかった。ただ真っすぐに亜樹を見ていた。

「高木圭一郎の居場所が判明しました。これから榎並さんと私で確保に向かいます」

榎並はすっと目を細めたが、黙ったままだった。

「大崎管理官からの下命です。榎並さんは一時、『赤羽台路上男性殺人事件特別捜査本部』へ戻るようにということです」

榎並の隣の刑事が、亜樹の言葉を聞いて唖然《あぜん》と口を開いた。彼は突然入ってきた女性刑事から榎並へと視線を移した。その向こうにいる刑事も顔を上げた。亜樹は自分を奮い立たせた。

「最後は私たちでケリをつけるべきではありませんか？　高木もきっと待っています」

「わかった」

榎並はパソコンを閉じて立ち上がった。

第十章　散りぬべき時知りてこそ

　四か月の間に、三度も瀬戸大橋を渡るとは思っていなかった。しかもまた雨の中だ。ワイパーがフロントガラスを行ったり来たりしている。六月末の今は、梅雨真っ只中だ。

　穂波の結婚式の日も、雨だったという。結婚式を挙げた穂波夫婦が、冴子に会いに来てくれたのは半月前のことだった。慶治は想像していた通りの好青年で、穂波を大事にしてくれるだろうと確信できた。結婚式の写真や動画を見せてもらいながら、食事をした。翌日には岡山後楽園や倉敷《くらしき》美観地区へ一緒に行ったりもした。

　二人はその後、広島の厳島《いつくしま》神社と、島根県の出雲《いずも》大社を回って名古屋へ帰ったはずだ。今頃は青海楼で忙しく働いていることだろう。もう穂波のことは心配しなくていい。そこがはっきりしたら、心が落ち着いた。

　ＣＤプレイヤーからマンドリンの曲が流れていた。熊谷賢一の『マンドリンオーケストラのためのヴォカリーズ』。

　大学時代の演奏会のテープから落としたものだ。約束通り、南田が送ってきてくれた。この四か月の間に明らかになったことが、まだ冴子の中ではうまく咀嚼できなかった。

　三月に松山大学マンドリンクラブの部室で、高木が黒板に書き残した言葉を見つけた。その言葉に導かれるように、かつて夏合宿をしていた施設を訪れた。その後、南田に、東京から大洲にやってきた刑事から連絡がきたことをきっかけとして、ことは動きだした。冴子たちがウッドペッカーホテルに泊まった日から二十日ほど後のことだった。話は三十年前の瞳の事故死に関わっていた。あれはもしかしたら事故ではなかったかもしれないと聞いて冴子は戦慄した。

　南田も一人で抱え込んでいるのが苦しかったのか、刑事と会った後、知り得たことを電話で伝えてきた。

　耳に流れ込んでくる南田の声が、遠い極寒の地から、冷たく寂しい土地から来ているような気がした。体の中心がどんどん凍り付いていく思いだった。冷えきった霊安室で瞳に付き添っていた時と同じだ。あの時、つい数時間前まで一緒にいた友が行ってしまった先はどんなところだろうと想像し、震えていた。もう友人も時間も取り戻せないとわかっていたけれど。あの感覚はそれから数年間、時折冴子を襲った。

　ようやくあの呪縛から抜け出したと思っていたのに、今度はもっと恐ろしい話を聞くことになった。南田は、努めて感情を抑えているようだが、言葉の端々に滲《にじ》み出る悔しさを隠せなかった。

「瞳は殺された？」

　偶然にも、いこいの家の下にあった空き家で行われた殺人を目撃してしまったというだけの理由で。そんなこと、あまりにも理不尽だ。崖の上から足を踏み外して転落死しただけでも耐えられない運命だと思っていたのに。

　東京で起こった殺人事件を捜査している男女の刑事から聞いた話を、南田は詳細に伝えてきた。あの辺りに繁茂しているクロモジという樹木から作ったコロン。左手の薬指が欠けた犯人。バブル時代、不動産屋によって殺された顧客。東京の事件は、細い糸であの場所につながっていた。その糸は瞳の死にまでつながっていて、事件の捜査で東京からやってきた刑事がそれを解き明かしたという。

「ちょっと待って」

あまりにかけ離れたつながりが冴子にはにわかに理解できず、途中で頭を整理しなければならなかった。

「とにかく刑事たちは、あの空き家の庭に死体が埋められていると睨んどる」

南田の話はさらに進む。その時点では、空き家は大洲署によって厳重に現場保存され、死体を捜索するために東京から捜査本部がやってくるのを待っていると言っていた。

死体という言葉に吐き気を催した。いや、冴子の心を掻き乱しているのは高木のことだ。東京から来た刑事からその後もたらされた情報によると、東京の殺人の犯人は高木ではないかというのだ。南田が刑事たちに、高木が瞳のピックを形見としてもらったことを話のついでに語ったので、そんな疑いを持ったらしい。この仮説についてどう思うか、南田は刑事から問われたという。警察にもまだ詳細はわかっていなかったが、彼らの推測はこうだった。高木は瞳を殺した相手を東京で見つけ出した。それは三十年前、空き家に死体を埋めた不動産屋で、その現場を見てしまった瞳を口封じに殺したのだ。

「三十年も前のことよ、瞳が死んだのは」

囁き声になった。その間、高木はどうしていたのだろう。誰にも連絡を取らず、瞳を事故死させてしまった原因を作ったと、自分を責め続けていたのか。それが第三者が関わった殺人だとわかった時、やはり誰にも知らせずに彼は行動を起こした。

あの時の南田との会話も、自分の心境も鮮明に思い出せる。

「どうして今頃そんなことを」

「あいつには、三十年なんか関係ないんや」

冴子は固く目を閉じた。高木が抱えた痛哭《つうこく》、悲傷、悔い、憤り、切なさ、やりきれなさを思うと、身が裂かれる思いだ。きっと南田も安原も同じ気持ちだったろう。

「リンデラっていうんやて」

「え？」

「不動産屋に殺された資産家が発明したコロン。クロモジから作った」

南田は、女刑事からリンデラの香りを嗅がされたのだという。それで一気に三十年前に引き戻されたと言った。死んだ瞳を抱き上げた時、その香りがしたことを思い出したと。

「きっと高木も同じじゃったんやろ。あいつの方が先に篠塚を見つけたんやから」

リンデラは、殺人者である不動産屋がいつも身に着けていた。資産を奪い取ろうと狙いを定めた裕福な顧客の歓心を買うためだという。瞳を抱き起こした時、「ただ森の匂いがしただけや」と言った南田は、リンデラというコロンの匂いを嗅いでいた。それは瞳が最後にこの世に残していった合図だったのかもしれない。この香りを憶えていて。この香りのする男が私を殺したのよと。

そのメッセージを受け取った高木は見事に復讐を果たした？

運命とはなんと残酷なものだろう。もし資産家の客が、大洲に関係していなかったら、あの場所にクロモジが生えていなかったら、瞳は今も生きていて、高木も姿をくらますことはなかったはずだ。その上に高木は東京という遠い地で、犯人に出会ってしまうのだ。彼が為したことは、あまりに悲しい復讐劇だ。

「本当に高木君なの？　高木君がその人を殺したの？」

素朴な疑問を南田にぶつけた。間違いであって欲しかった。だが南田から返ってきた返事はさらに残酷なものだった。赤羽で刺し殺された男のそばには、ハート形の印が残っていたという。血がべっとりと付着した地面にハート形にくり抜かれた空白があり、当時その意味を捜査陣は誰も理解できなかった。

「ピックね。マンドリンの」

冴子にはすぐにわかった。死んだ瞳が森の匂いのコロンをまとってメッセージを残したように、高木も殺人現場にメッセージを残したのだ。これは三十年前のマンドリンクラブの事故に関係する殺人だと。

「高木君はどこにいるんだろ」それだけしか言えなかった。

「私たちだけにわかる合図を残して――」

「さあなあ。どこにおるんかなあ」

心配と困惑がない交ぜになったような口調で、南田は言った。

「あいつ、いっぺん松山に来たことは確かやけど」

――その時鐘は鳴り響く

仲間にしか伝わらないメッセージ。あの時すでに高木は瞳を殺した男と出会っており、復讐を決意していたに違いない。あの言葉が持つ深い意味がようやくわかった。誰も見ないかもしれない不確実な方法でも、彼は自分が「ことを起こす」と残したかったのだろう。それとも、あの言葉を部室まで来て書くことで、自分の心を奮い立たせたのか。どちらの想像も、切なすぎて心が痛かった。

「ねえ、南田君、私たちが高木君にしてあげられること、ないかな」

「ないな。そんなことをあいつも望んでないやろ」

南田の言う通りだった。もう彼は何も求めていない。部室に来て黒板に白墨であの言葉を書きなぐる高木の後ろ姿を思い描くと辛かった。部室に入り、楽器や楽譜を見て楽しかった音楽三昧の学生時代を少しでも思い出しただろうが、彼の決心を翻《ひるがえ》すことはできなかった。

それ以来、冴子は東京・赤羽の殺人事件について注目するようになった。殺された男は、根岸恭輔。その名前を冴子は胸に刻みつけた。捜査本部の読みが合っているなら、彼が瞳を殺したのだ。

大洲の空き家から、誰のものとも知れぬ白骨死体が見つかったことは、ニュースになった。捜査の進展については、詳しいことまでは伝わってこなかったが、折々に南田に刑事から連絡があるようだった。黒光亜樹という女性刑事だ。その都度、南田は冴子と安原に連絡をくれた。五月には、二枚のピックが次々と見つかった。セルロイドのものと鼈甲のもの。高木は瞳の形見を、現場周辺に残していたようだ。鼈甲のピックが瞳のものだという証拠として、瞳と共に写った写真を、冴子は実家から捜しだしてきてスキャンし、警察に送った。

鼈甲のピックには、特徴的な模様があった。

「これ、女性の横顔に見えるでしょ？」

そう瞳は言ってつくづく眺めていたものだ。二つとない天然のピックだった。三十年前の一九九四年、鼈甲の材料となるタイマイが、ワシントン条約により輸入禁止となった。それで先輩からもらったピックを、瞳は特に大事にしていた。黒や茶色、褐色が微妙に鼈甲の部分を浮き立たせ、それが女性の横顔を象《かたど》っていた。

「ほら、ちょうど目に当たるとこに穴が開いてるでしょ？　偶然なんだけど、偶然が生み出すものってあるよね」

偶然が生み出した特徴的な模様のピックを受け継いだ瞳は、偶然の重なり合いによって命を落とした。そのことに、三十年も経って自分たちは気づいたのだ。

高木は幼い時に母親を亡くし、彼の心の中にはぽっかりと空洞ができたのかもしれない。その空洞を満たしたのは、大学で出会った音楽であり、仲間であり、充実した学生生活だった。あのまま卒業して離れ離れになっても、あの四年間で得たものは、高木の人生を支え続けたに違いない。しかし不慮の事故で瞳が死んだ時、彼の中身はまたごっそりと持っていかれたのだ。三十年後、瞳の死の真相を知った高木は、犯人を手に掛けずにはいられなかった。そうすることによって、彼の中の虚ろな穴が埋められたとは思えない。高木本人も、それは重々承知していただろう。でも、彼は行動を起こした。

写真を送った後、黒光という刑事から連絡をもらった。瞳のピックの形状や、それがどのようにして瞳から高木に渡ったかを説明した。話しているうちに、黒光が真摯《しんし》に事件に向き合い、地道な捜査を行っているという印象を受けた。

「瞳は他人を思いやる人間でした。温厚で優しくて、でも一本線が通っているというか、そういう強さも持っている素敵な女の子でした。なにより、音楽が好きでした。あんなふうに命を奪われるいわれはありません」

瞳の人となりを語っているうちに、言葉が溢れ出してきた。

「もし生きていたら、結婚していいお母さんになって、そして今もマンドリンを弾いていたと思います。そして私たちは、時々会って昔話をして――」

熱いものが込み上げてきて、涙がこぼれた。黒光は黙って耳を傾けてくれた。冴子は最後に彼女に言った。

「お願いします。高木君を見つけてください」

なぜだかこの人なら、罪を犯した高木とまっこうから向き合ってくれる気がした。


三度目に瀬戸大橋を渡ってたどり着いた松山で、また南田と安原と合流した。

松山大学のキャンパス内の部室棟は、すっかり解体されて更地になっていた。新しい部室棟が建つ準備はまだ始まっていなかった。南田、安原、冴子は傘をさし、黙って立って更地を眺めた。

それから移動して、大クスノキの前まで行った。学生たちが行き来する中、ゆうに十メートルを越える深緑のクスノキは、樹冠を堂々と広げていた。ここにクスノキが立っていたおかげで、部室のトタン屋根は、夏の強い陽射しから守られていたのだった。

一瞬、強い風が吹いてきた。枝葉が揺れると、大きな雨粒がまとまって落ちてきて、地面を叩いた。冴子は目を閉じて、雨粒がトタン屋根を打つ音を思い浮かべた。

やはり三人は黙ったまま、南田に導かれてキャンパス内のカフェまで行った。傘を畳んで入ると、二階の席に案内された。

二階にあるカフェの窓の高さに平行して電線があり、小雨の中、三羽のツバメが止まって盛んに囀《さえず》っていた。冴子はゆっくりと店内に視線を戻した。

「ねえ、憶えてる？　県立青年いこいの家の近くの森でアオバズクが鳴いてたのを」

向かいの席の南田も、安原も同時に首を横に振った。

「そう？　聞いてたと思うな。ホウ、ホウって密やかに鳴く声。でも姿は絶対現さない」

合宿の時、アオバズクの声に気がついたのは、瞳だった。毎年聞こえる声の主がアオバズクだと教えてくれたのは、いこいの家のスタッフだったと思う。高木も含む数人で、鳴いているアオバズクを探しに行ったこともある。森の入り口まで行って、その暗さに諦めて引き返した。平和な合宿風景だ。冴子はまた心を過去に飛ばした。

森からの青い匂い。湿り気を帯びた涼やかな風。夜空で瞬く無数の星。練習場で調弦をするバラバラな音。もう戻らない過去のひととき。

「何で出会《でお》うてしもうたんやろうな。高木と根岸って男」

ぼそりと安原が言った。

「出会わんかったら、高木が人を殺して警察に追われるようなことにはならんかったのに」

「いや、俺は出会うてよかったと思うとる」

南田が穏やかな声で言った。

「何でや？」

「高木はずっと三十年前の出来事を引きずってきたんや。長い間根無し草で世捨て人やった。殺人という極端な行為に走ったことは、もちろん正当化はできんけど、真相がわかって、あいつ、人生に切りがついたと思う」

「そうだね」

彼をかわいそうだと哀れんだり、運命の残酷さを恨んだりするのはもうやめようと冴子は思った。

「あいつ、どこにおるんかなあ」

もう何度も口にしたことを、安原がまた繰り返す。

「私はね――」

離れた席で、音楽サークルらしき学生のグループがわっと笑い声を上げた。それぞれの足下に楽器のケースが置いてある。

「高木君、どこかのストリートピアノで『想い出のサンフランシスコ』を弾いてると思う」

「そうかもしれんなあ。なんも考えずにピアノ、弾いとるかも」

「ちいとはうまくなったやろか」

冴子は、細川ガラシャの辞世の句を頭の中でなぞった。

――散りぬべき時知りてこそ世の中の花も花なれ人も人なれ
「バカだね、高木君」

どこにいるとも知れぬ旧友に向かって心の中で呟く。

もし死んだ瞳が口がきけたなら、やっぱり彼女も「バカだね」と言った気がする。でもその後に「だけど、ありがとう」と続けたかもしれない。

『劇的序楽「細川ガラシャ」』の中で鳴り響いている鐘の音が、いつか高木に届いた時、せめて癒しと救いとなるようにと冴子は祈った。

エピローグ

風に揺れたクスノキの枝が屋根に当たるパラパラという音を聞いた後、瞳は高木に向き直った。一口飲んだコーヒーはぬるくなっていた。

「そんで？　コンサートホールに入って皆が揃ったら、何を話すんやろな？」

高木が尋ねてくる。

「そうだねえ」

瞳は机に頬杖をついて考え込んだ。

「長い間会わなかったんだから、いっぱい話すことはあるでしょうね」

「コンサートそっちのけで？」

「そうそう。同じ場所、同じ時間で奇跡みたいに出会うんだから。でもせっかくだから音楽も楽しみたいよね」

「音楽から離れとっても、そこは一緒やろうな」

「音楽は、きっと私たちを引き戻してくれるよ。ここで過ごした四年間に」

「そうやな」

高木はまたスコアに目を落とす。

「やっぱりありがとうだね」

「え？」

高木が顔を上げた。

「私、皆にはありがとうって言うと思う。四年間、一緒に過ごしてくれて。マンドリンオーケストラで音楽をやってくれて。合宿で朝から晩まで共に練習をしてくれて。私のとりとめもない話に付き合ってくれて。その全部にありがとうだよ」

スコアから顔を上げた高木を真っすぐに見る。

「高木君には、特にありがとうって言うと思う」

高木が「何で？」と言い返す前に、瞳は続けた。

「だからね、いつか街中でポール・モーリアとかレイモン・ルフェーブルの音楽を演奏するコンサートのポスターを見つけたら、絶対に会場に入って来てね。私は先に入って待ってると思うから」

「ああ」

肯定とも嘆息とも取れる呟きを口にした後、高木は足下に置いたバッグから、新しいスコアを取り出した。

「ところで、秋の定演では、鈴木静一の『幻の国 邪馬台』をやりたいって、篠塚、言うとったやろ？　まだその気あるんか？」

「もちろん、あるよ！」

すぐさま瞳は答え、高木が机の上に広げたスコアに見入った。

温かな春の風が開け放たれた引き戸から流れ込んできた。同時に講義が始まる物憂《ものう》いチャイムが聞こえてきたが、二人は、額を突き合わせたまま、夢中でスコアをめくりながら話をしていて、顔を上げることはなかった。
またクスノキがざわりと揺れた。

参考文献

○『まるごとマンドリンの本』 吉田剛士 青弓社
○『松山大学マンドリン倶楽部史 アンサンブルを駆ける』 松山大学マンドリン倶楽部
○『警視庁捜査一課殺人班』 毛利文彦 角川文庫
○『「捜査本部」というすごい仕組み』 澤井康生 マイナビ新書
○『警視庁監察係』 今井良 小学館新書
○『ミステリーファンのためのニッポンの犯罪捜査』 北芝健 監修 相楽総一 取材・文 双葉社

本書を執筆するにあたり、松山商科大学（現松山大学）マンドリン倶楽部ＯＢの板東悦二氏にマンドリンに関する専門的なアドバイスをいただきました。この場を借りてお礼を申し上げます。

その時鐘《ときかね》は鳴《な》り響《ひび》く

2024年10月31日　初版

著者
宇佐美《うさみ》まこと

装画
わじまやさほ

装幀
長﨑綾（next door design）

発行者
渋谷健太郎

発行所
株式会社東京創元社
〒162-0814 東京都新宿区新小川町1-5
03-3268-8231（代）
https://www.tsogen.co.jp

印刷
萩原印刷

製本
加藤製本

　ISBN978-4-488-02913-5　C0093